KB265805

키스 후에 남겨진 것들

키스 후에 남겨진 것들

키스 후에
남겨진 것들

김주연 장편소설

블루닷

차례

생리를 하지 않는다.

예정일에서 일주일이나 지났다. 정확하게 28일이던 주기가 지난 학기(방송국에서 개편을 하는 6개월 단위를 일컫는 말)부터 들쑥날쑥대더니 벌써 석 달째 소식이 없다. 열세 살에 첫 생리를 시작하고 20년 만에 처음 있는 일이다.

단순한 생리불순일 거라며 대수롭지 않게 말하자 아침 프로그램 작가 민정은 병원에 한번 가보라는 말과 함께 의심 가득 찬 눈초리로 "너 혹시 요즘 만나는 남자 있었니?"라고 물었다. 나는 민정의 말이 끝나기 무섭게 방송국 화장실이 떠나가라 빽– 소릴 질렀다.

─ 내가 무슨 동정녀 마리아라도 되냐!

나쁜 년. 염장을 질러도 정도껏이지. 나는 최소 지난 3년간 임신의 단서를 제공할 만한 그 어떤 행위도 하지 않았다. 아니, 솔직히 말하자면 '못했다'. 그걸 누구보다 잘 알면서, '너 혹시'라니?

그게 바로 어제 일이다.

그리고 오늘 4월 15일은 내 서른세 번째 생일이다.

굳이 민정의 충고 때문이 아니더라도 내 건강 내가 챙겨야겠다 싶은 맘에 출근 전 들른 동네 산부인과에서 뜻하지 않은 생일 선물을 받았다.

─ 조기폐경 징후가 보입니다. 치료하지 않고 그냥 두면 질이 빡빡하게 건조해지면서 난소와 자궁이 위축될 수 있어요. 호르몬을 활성화시킬 수 있는 운동이 좋으니까 일단 조깅이나 자전거 타기 같은 유산소 운동부터 시작하세요!

1분 전, 하얀 형광등 불빛 아래서 내 아래를 한참이나 들여다본 의사가 내 얼굴을 똑바로 쳐다보며 이렇게 말할 땐 어떤 리액션을 취해야 할까.

게다가 '빡빡하게'라니!

물론 증상을 알기 쉽게 설명하려 한 의도였을 뿐이라 백번 이해해도 이건 아니지 않나. 저 의사는 국어시간에 미화법도 배우지 않았을까. 이래서 이과생들은 안 된다. 의사는 내 차트에서 신상명세 부분을 쓰윽 훑어보더니 계속 말을 이었다.

─ 방송 작가시군요. 그럼 밤샘 많이 하겠네. 아무래도 과로로 인한

스트레스가 원인일 수도 있겠어요. 근데, 무슨 프로그램 하세요?

내 직업을 들은 대부분의 이들이 그렇듯 방금 내 질을 들여다본 의사 역시 호기심 어린 눈으로 물었다. 다음 질문은 듣지 않아도 뻔했다. 어떤 연예인하고 친하세요?

괜히 죄라도 지은 사람처럼 시선이 자꾸만 바닥으로 떨어졌다. 자궁을 제대로 관리 못한 죄가 이리도 클 줄이야. 의사의 말처럼 점점 위축되고 있는 건 나의 난소나 자궁이 아니었다. 내 마음이었다.

나는 호르몬제가 처방된 처방전을 집어 들고 자리에서 일어났다. 그리고 병원 문을 나서며 문득 궁금해졌다. 지금 이 순간 나보다 불행한 여자가 이 우주에 또 있을까.

전체 여성의 1%에게 찾아온다는 조기폐경.

'전체 중의 1%'라는 범주에는 아무나 들어갈 수 있는 게 아니다. 내가 33년을 살아오면서 한 번도 속해보지 못한 범위다. 한때 '대한민국 1%를 위한 자동차'라는 광고 카피도 있었고, 고등학교 때 모의고사 성적이 전국 상위 1%면 서울대는 따놓은 당상이었다. 백화점들은 연간 수천만 원을 쓰는 1%의 상류층 고객을 VVIP라 부르며 대접한다. 나도 항상 1%에 들고 싶었다. 남들과는 다른 특별한 사람이 되고 싶었다.

제길. 그러나 난 결코 이런 1%를 원한 건 아니다.

아직 출산은커녕 결혼조차 하지 않은 내게 이건 너무 가혹하다. 어떻게 생겼는지도 모르는 난자에 애착을 가져본 적도 없고 배란의 유무

따위로 나의 여성성을 가늠하고 싶은 생각은 추호도 없다.

하.지.만. 매달 치러내는 게 귀찮기만 했던 ‘그것이’ 막상 내게서 사라질지 모른다고 생각하니 놀라울 정도로 처연한 심정이 든다.

설마 서른셋, 삼땡이 시작되자마자 여성으로서의 내 삶도 땡! 종치고 마는 걸까.

내가 세상에 태어난 날인 오늘, 할 수만 있다면 다시 엄마의 자궁 속으로 들어가 버리고 싶다.

누구에게나 매력적이고 강렬하게 저장된 냄새가 있다.

내게 있어 그건 바로 새벽 3시 15분, 노트북을 열고 전원 버튼을 살짝 톡 건드렸을 때 본체에서 미세한 울렁거림과 함께 내뱉는 위이잉하는 소리와 어울려 희미하게 퍼지는 냄새다. 적당히 기계적이고도 무심한 듯 시크한 그 냄새가 날렵하게 허리를 휘돌리며 나의 뇌 속을 후벼 집고 들어와 수만 개 후각 세포들을 간질간질 자극 할 때면 그 섹시함에 일순 몽롱함을 느낀다.

아아~ 조오타!

그렇다고 오해는 마시길. 나는 결코 독특한 취향을 가진 이상한 여자가 아니다.

나는 흰 바탕 위 커서의 깜빡임을 사랑하는 반짝이는 감성의 소유자다. 내 연애보다 청취자의 코끝 찡한 연애사에 꼼꼼히 형광펜으로 밑줄 쫙 그어가며 눈물콧물 범벅되는 게 더 달콤한 SBC 방송국의 9년차 라디오 작가다.

방송국은 매년 봄, 가을에 두 번의 개편을 맞는다.

개편의 다른 말은 제4차 세계대전쯤 되지 않을까. 총알과 대포가 머리 위로 휙휙 날아드는 전쟁터에서 살아남기 위해 어쩔 수 없이 생존의 법칙이 지켜지고 비릿한 피 냄새로 얼룩진 곳. 방송 프로그램을 만드는 사람들은 전우의 시체를 넘고 넘어 목표를 향해 달려가는 고단한 전사들이다.

내가 일하는 SBC는 대한민국에서 오직 세 곳뿐인 공중파 방송국 중 한 곳이다. 이 거대한 조직이 매해 공채 형식으로 뽑는 기자, 피디, 아나운서를 비롯하여 방송기술직, 행정직에 이르기까지 신입사원의 입사경쟁률은 '언론고시'라는 구태의연한 표현을 사용하지 않더라도 천문학적 수치를 기록한다. 방송사의 뾰족한 문턱을 넘어보려는 전국의 대학졸업반들이 월세 30만 원의 고시원과 800원짜리 편의점 삼각김밥 매출 수직 상승에 지대한 공헌을 했다 해도 전혀 틀린 말이 아니다.

그러나 그렇게 무시무시한 경쟁에서 승리하였다 하더라도 진짜 전쟁은 입사 직후부터다. 내 몫으로 편성받은 프로그램을 살리고 띄우기 위한 고단한 노력은 환자의 귀중한 생명을 살리기 위한 종합병원 응급실의 절실함과 크게 다르지 않다.

내가 막내 작가로 SBC에 처음 입성했을 때 역시 거의 사람 몰골이 아니었다. 나흘째 감지 못한 머리에서부터 찐득하게 올라오는 체취와 똥병으로 부글거리는 아랫배의 요동을 자장가 삼아 방송국 숙직실에서 쪽잠을 청하는 일이 허다했다. 이곳이 바로 〈체험 삶의 현장〉이고 〈인간 극장〉이며 〈긴급출동 SOS〉라는 득도의 순간을 만끽하기도 전에 눈꺼풀은 저 혼자 스르륵 감기곤 했다. 메인 작가 선배로부터 언제 호출될지 모르는 핸드폰을 꼭 쥔 채 틀림없이 난 이렇게 중얼거리고 있었을 거다. 제발, 좀 살려줘. 나 이러다 죽을지도 모른다구!!!!!

D-15

여기서의 디데이라 함은 만난 지 막 한 달쯤 된 애인과의 로맨틱한 첫 1박2일 여행이라든지, 침 질질 흘리며 찜해놨던 잇백을 손에 쥐게 될 24개월짜리 적금 만기일이라든지 그런 게 아니다.

바로 방송국 봄 개편을 보름 앞둔 날이란 뜻이다.

특히나 이번 개편은 라디오 개국 이래 가장 대대적인 물갈이를 예고하고 있어 그 긴장이 극에 달한다. 굳이 미화하자면 건기(乾期)에 세렝게티 초원 야생동물들이 풀과 물을 찾아 대이동하는 것과 같고, 쉽게 말하자면 부도난 할인점의 창고 대방출 때의 상품처럼 잘리고 헐값에 넘어갈 디제이와 게스트, 작가가 대거 속출할 예정이라는 거다.

이럴 때일수록 필요한 건 뭐? 바로 포커페이스와 평정심.

마치 이번 개편의 거대 소용돌이가 나만은 안전하게 비껴 지나갈 거라는 듯 초월한 표정이 필수다. 방송 작가 9년차의 경력은 이럴 때 비로소 빛을 발한다.

사람은 위기를 대비해서 언제나 이미지와 평판 관리를 잘해놓아야 한다. 아무리 바빠도 매달 한 번 있는 작가모임에도 꼬박꼬박 얼굴 비추며 정보를 수집하고, 오가며 마주치는 다른 팀 피디들과도 가벼운 안부를 나누는 건 기본 중의 기본이다.

약해 보이면 지는 거다. 그게 이 바닥의 처절한 생리다.

11층 라디오국 한쪽에 위치한 작가실.

내 책상에 반듯하게 놓인 에밀앙리 머그 트리. 퍼플, 블루, 핑크, 레드, 옐로우, 그린. 이 중 내가 제일 편애하는 컬러는 그린이다. 이 머그 트리는 3년 전 내 생일에 헤어진 전 남자친구가 사준 선물이다. 두툼한 도자기 소재라 뜨거운 커피를 부으면 그 온기가 오래가 쓸 만한 물건이다. 그는 내게 이걸 건네며 맹세했었다.

— 주경아, 나 이 컵처럼 너한테 영원히 온기를 전해주는 존재이고 싶어.

옛말에 영원이란 단어를 밥 먹듯 남발하는 놈치고 멀쩡한 놈 없다고 했던가? 그 말이 딱 맞다! 그는 뜨거운 커피보다 더 강력한 충격을 내게 남겼다. 원두가 떨어질 때를 귀신같이 알고 채워놓곤 하더니 결국 출근 도장 찍던 카페의 어린 바리스타에게 홀딱 빠져 날 떠난 것이다. 그녀는, 아니 그 애는 나보다 일곱 살이 어리다고 했다.

놈은 날 떠나면서 이렇게 말했다.

— 넌 나보다 쎄잖냐. 그치만 걘 나 없음 안 되는 애야. 걔가 오빠~ 하고 부르면 무슨 생각 드는 줄 아니. 그래, 이 오빠 널 위해 이 한 몸 바

친다!

정신이 번쩍 들었다.

남자들은 도대체 왜! 그놈의 '오빠' 소리만 들으면 환장하는 걸까. 그럴 바엔 차라리 이름을 '오빠'로 바꿔버릴 것이지. 김오빠, 박오빠, 최오빠…… 아주 귀에 깜밥이 덕지덕지 질 때까지 지겹도록 들을 수 있게 말이다.

장담하건대 갓 서른이 된 여자에게 실연이란, 박카스 한 박스를 원샷한 것보다 더 강력한 각성제다.

매일 아침 재생력이 떨어진 피부 상태를 확인할 때 오는 초조함과 나도 다른 여자들처럼 결혼을 해야 하나 하는 강박증이 콤보로 딸려오던 서른, 날 떠나려면 최소한 그 이유가 '어린 여자'는 아니어야 했다. 그게 한때는 사랑했던 여자에 대한 예의가 아닐까?

그래, 까짓 거 더 이상 정기적이고 안전한 섹스 따위 안 해도 좋았다. 그보다 문제는 전 남친의 흔적을 떨쳐버릴 필요성조차 느끼지 못하는 내 심장이었다.

적어도 난, 이 머그컵에 분노의 감정을 대입시켜 내동댕이쳤어야 했다. 그도 아니면 뽁뽁이에 둘둘 말아 택배상자에 고이 넣어 착불로 돌려보냈어야 했다. 그게 이 땅의 여성들이 이별에 대처하는 가장 보편적이고 일반적인 행위일 거다.

그러나 난 그러지 않았다.

에밀앙리는 사이즈나 디자인, 컬러, 그리고 손에 잡히는 그립감까지 커피를 마시기에 더없이 적합했기 때문이다. 슬프게도 난 이별 앞에서 너무도 현실적이었다. 어쩌면 그는 이런 내 모습에 질렸을지도 모를 일이다.

결국, 놈은 떠났고 사연은 남았다.

나는 내 이별 이야기를 당시 내가 작가로 있던 심야 프로 〈오늘 같은 밤이면〉의 원고 소재로 써버렸다. 월요일에 방송되는 연애상담 코너인 '헤어지기 1분 전'에서 마치 남의 일인 것처럼, '내가 건너 건너 아는 사람 얘긴데……'라고 말하듯 담담하게.

그날 새벽 두 시, 나는 낮에 녹음한 방송을 듣다가 하마터면 눈물까지 찔끔 흘릴 뻔했다. 그놈과의 이별 사연이 이렇게 슬프고 안타까울 수 없었다(그 와중에도 사연 리라이팅에 탁월한 능력을 가진 작가라는 사실에 스스로 위안 삼았음을 밝힌다).

능력 있고 성숙한 애인을 버리고 가진 거라곤 젖비린내 나는 주민등록증뿐인 여자애에게 정신을 홀라당 뺏긴 그의 이름을 굳이 실명으로 밝혀 방송에 내보냈던 것은 평소 방송 작가 여자친구를 자랑스러워 했던 놈을 위한 작은 선물이었다. 그리고 구구절절 애달픈 개인사를 보내온 실연녀, 마포의 H모 양에게 따뜻한 위로와 격려를 보내는 것도 잊지 않았다.

참, 그놈을 만나기 바로 직전에는 불치병으로 죽은 약혼녀가 남긴 고가의 유품을 내게 선물한 놈도 있었다. 만난 지 일주일 만에 내 목에 묵직한 순금 목걸이를 걸어주면서 한 말이 아직도 기억난다. "아무래도 하늘의 그녀가 널 내게 보내준 것 같아. 이 목걸이의 주인은 이제 너야"였다. 그러나 그날 저녁 민감한 내 목 주변은 싸구려 짝퉁 귀금속으로 인한 알레르기로 두드러기 범벅이 됐다. 눈치 빠른 그놈은 전화로 의심 어린 내 목소리를 감지했는지 그대로 연락을 끊어버렸다. 속은 걸로도 모자라 먼저 차버릴 기회도 얻지 못했던 나의 비루한 연애 사연은 청취자들의 동정을 얻기 충분했다.

그땐 그랬다.

이별을 원망하기보다 하루 버틸 원고 소재를 던져준 것에 오히려 감사를 전해야 할 만큼 먼지 한 톨의 여유조차 없었다. 매일 써내야 하는 원고량의 압박 속에서 삐죽삐죽 새어 나오는 내 과잉된 감정은 사치였다.

그렇게 서른셋이 됐다.

내가 믿을 수 있는 건 내 일밖에 없었다. 그렇게 악착같이 일만 하지 말고 다시 연애를 해보라며 걱정 어린 충고를 하는 이들도 있다. 하지만 개편 때마다 어떻게 될지 모르는 불규칙적인 생활패턴에 매일 새벽 퀭한 눈으로 퇴근하는 좀비 같은 여자와 연애할 남자는 생각보다 흔치 않다.

오늘 저랑 같이 저녁 드실래요? 새벽 네 시 어때요? 아님, 점심은 밤 열한 시에 먹을 수 있는데…… 저 지금 막 퇴근해요. 갑자기 드라이브를 하고 싶은데 새벽 세 시쯤 여의도로 데리러 올래요? 그게 힘들면 내가 그쪽으로 갈까요? 할 수는 없는 노릇이지 않은가.

내가 조금만 더 예뻤더라면, 매일 새벽이슬 맞고 퇴근하는 내 모습을 오피스텔 경비 아저씨나 옆집 아주머니는 수상한 눈초리로 바라봤을 거다. 허튼 오해 따위를 살 필요가 없으니 특출난 미모를 물려주지 않은 부모님께 감사해야 할 판이다.

그리고 나는 이제 원두커피를 내려 마시지 않는다.

핸드밀로 원두를 갈고 동으로 된 주전자에 뜨거운 물을 넣어 드리퍼에 내릴 시간에 네스프레소 캡슐 머신에 좋아하는 캡슐 하나 넣고 버튼만 누르면 끝이다. 단 1분이면 간단히 끝날 일에 스무 배 넘는 시간을 들일 필요는 없다.

복제를 거듭해도 모자랄 연애세포가 기하급수적으로 줄어들고 자궁의 무기력함이 시작되는 나이, 서른셋. 나에게 있어 연애란 여전히 잔잔한 심야 프로의 원고 소재로나 쓸 수 있으면 고마운 것일 뿐이다.

SBC 라디오는 중장년층을 위한 시사나 버라이어티로 구성된 '쿨FM'과 젊은 층을 위한 음악 중심의 '핫FM' 이렇게 두 개 채널로 구성돼 있다.

내가 2년째 원고를 맡고 있는 쿨FM의 〈김복남의 스페셜 쑈〉는 저녁 여섯 시에서 여덟 시, 두 시간 동안 방송되는 프로그램으로 시사 중심의 콩트와 청취자의 참여도가 높은 코너들로 구성돼 있다. 우리 디제이는 왕년에 주름 좀 잡았던 원조 꽃미남 트로트가수 김복남 아저씨. 구수하고 재치 있는 입담으로 10년 가까이 자리를 유지하고 있는 명실

공히 SBC 간판 디제이다. 햇FM에서 오랫동안 원고를 써오다 처음 쿨 FM으로 옮겨왔을 땐 주 청취층인 40~60대 어른들에 맞춰 원고를 쓰기가 쉽진 않아 헤매기도 많이 헤맸다. 그렇지만 이젠 꽤 이력이 나서 내 옷을 입은 양 편안하다. 사실 방송 경력 9년쯤 되면 심야 음악 프로, 아침 정보 프로, 시사 프로, 청소년 프로, 어디에 갖다놔도 카멜레온 뺨 후려치는 적응모드로 돌입해야 한다. 그리고 어떤 괴팍한 캐릭터의 디제이와도 친밀하게 일할 수 있는 능력은 필수다.

돌이켜보면 그동안 정말 다양한 캐릭터들과 일했다. 일반인에 비해 다양한 끼와 재능이 넘치는 연예인들과 일하다 보면 마치 LA 유니버설 스튜디오에 있는 캐릭터 총집합을 보는 것 같다. 겉은 멀쩡해 보여도 속을 들여다보면 킹콩, 슈렉, 잭 스패로우, 덤앤더머일 때가 많은데 가끔은 이들이 사는 세상이 〈쥬라기 공원〉처럼 느껴진다. 그게 다 그들의 개성이라 생각하면 오히려 마음이 편하다.

그러나 개성은 뒤로하더라도 개념이 부족한 연예인들은 정말 난감하다. 특히나 디제이에게 가장 기본적인 자질이 부족한 이들은 정말 다시는 같이 일하고 싶지 않다. 명색이 가수면서 선곡표에 쓰인 〈I'll Be There〉란 곡을 너무도 아무렇지도 않게 〈I'll Be Three〉라고 소개하질 않나, 토크 중 브리티시록을 설명하는 게스트에게 "영국은 잉글랜드 아니냐, 브리티시는 어디냐?"라고 천진난만하게 되묻는 디제이도 있었다.

굳이 음악적 지식이 아니더라도 기본 상식 부족형 디제이도 있다.

과거 아이돌 댄스 그룹 출신인 어떤 디제이는 막노동하시는 아버지를 생각하면 장마가 끝난 뒤 찾아올 무더위가 걱정된다는 청취자 사연을 소개하면서 "장마 끝나면 바로 가을 아닌가요? 웬 무더위?"라고 말해 스텝들을 기겁시킨 경우도 있었다.

실시간으로 볼 수 있는 VOD 방송을 실시하기 전, 어느 고정 게스트와 몰래 사귀는 관계였던 한 남자 디제이는 그녀가 출연하는 날이면 테이블 밑으로 손잡고 발 부비며 낯 뜨거운 장면을 연출해대기 일쑤였다. '아무리 청취자 눈에 보이지 않아도 그렇지 방송이 장난이냐!'라고 쏘아주고 싶을 때가 한두 번이 아니었다.

물론 그런 디제이들의 수명은 길지 않다. 반짝 인기에 편승해 디제이를 맡게 되더라도 얕은 내공이 드러나는 순간 그 빛은 오래가지 못한다. 반면 TV에 자주 얼굴을 비추지 않는 연예인이라도 디제이로서는 그 인기를 오래 유지하는 경우가 있었다. 그만큼 청취자의 귀는 그 무엇보다 정직하다.

막대한 제작비를 들여 불특정 다수의 청취자들에게 송출되는 라디오 방송에서 불필요한 존재가 되지 않기 위해서는 무엇보다 치열한 프로의식이 요구된다. 거기에 비호감도 호감으로 변화시킬 수 있는 매력을 어필해야만 디제이로서 살아남을 수 있다.

그런 면에서 김복남 아저씨는 청취자들에게 친밀도 높고 프로에 대한 애착도 강한 최고의 디제이다. 현재 〈김복남의 스페셜 쑈〉의 가장 인기 코너는 내가 투입되면서 시작한 '모바일 노래방'이다.

이 코너는 청취자와 전화 연결을 통해 사연을 받고 그에 어울리는 노래까지 선곡해 부르고 나면 치킨과 피자를 선물로 보내준다. 전국 방송을 통해 노래도 부르고 좋은 사람들과 맛있는 음식도 나눠 먹을 수 있는 이 코너에 참여하기 위한 청취자들의 경쟁은 치열하다. 덕분에 방송국 프로그램마다 매일 돌아가며 전화를 걸어 경품을 타내는 일명 '꾼'을 가려내는 것도 이 프로그램 작가의 주된 업무 중 하나다.

마치 영화 〈스크림〉에서처럼 목소리를 변조하고 이름까지 바꾸어 말하는 신청자들의 "여보세요" 한마디로 '꾼'임을 가려낼 때는 혹시 내가 신 내린 건 아닐까 하는 착각마저 들 정도다.

사람 좋은 디제이 김복남 아저씨와 코드가 잘 맞는 조 피디, 빠릿빠릿 일 잘하는 막내 작가 최유리. 우리 팀은 방송 끝내고 생맥주 500 한 잔을 마시면서 그날의 피로를 날려버리며 즐겁게 일하고 있다. 어느덧 내 집처럼 편안해져 오래오래 머물고 싶은 프로그램 〈김복남 쑈〉. 난 이번 개편에도 변함없이 그렇게 될 거라 철석같이 믿고 있었다. 단 한 치의 의심도 없이.

D-14

생방 원고를 뽑는데 이놈의 프린터가 또 말썽이다.

뚜껑을 열고 토너를 꺼냈다 넣었다 벌써 5분도 넘게 씨름 중이다. 하긴 이 프린터에서만 하루에 수천 장의 원고를 뱉어낼 텐데 멀쩡하다면 이상한 거다.

좀 전에 P 언니가 디제이로 있는 방송을 폐지키로 결정했다는 얘기를 들은 터라 기분이 더 안 좋다.

P 언니가 누군가. SBC 라디오국 인기 디제이이자 이 땅의 싱글 여성들의 멘토 같은 존재 아닌가. 탤런트 출신인 P 언니는 40대 초반의 나이에도 불구하고 놀랄 만한 동안 피부와 S라인 몸매의 소유자다. 게다가 성격 또한 쿨해, 아직 언니가 품절되지 않은 것이 의아할 정도다.

라디오국 전체 회식 자리가 있을 때면 늘 'SBC의 산소 같은 디제이'라며 치켜세우던 국장님이 프로그램 폐지를 결정한 건 보나 마나 청취율 때문이었을 거다. 지난 청취율 조사 때 언니의 〈기분 좋은 6시〉 청취율은 급격한 하락세를 보였다.

그즈음 언니는 사귀던 축구선수 연하 남친과의 관계가 위태로웠다.

언니는 눈에 띄게 수척해졌고 방송도 생기를 잃어갔다. 결국 P 언니는 축구선수 남친에게 축구공처럼 뻥− 차이고 라디오 디제이 자리에서도 차였다. 언니 방송을 10년 가까이 들어온 청취자로서 매일 저녁 여섯 시, 언니의 경쾌한 목소리를 들을 수 없다는 사실이 안타까울 따름이다.

프린터에 토너가 떨어진 건가 싶어 유리를 찾아 두리번거리는데 민정이 다가왔다. 그리고 마치 도둑고양이처럼 낮고 은밀하게 속삭였다.

− 너 들었어? 이번 개편……

− 어?

− 루이 말야. 여기 SBC 오기로 결정 났대.

- 그래?

그게 지금 당장 나와 무슨 상관이란 말인가. 시큰둥한 내 반응에 민정은 김빠진 표정으로 되물었다.

- 너, 알고 있었던 거야?

- 아니. 몰랐어. 며칠 전만 해도 MBS로 갈 거라는 소문이었잖아.

내 말에 민정은 다시 눈빛을 반짝였다.

- 루이가 어젯밤 열 시 넘어서 국장님 방에서 극적인 타결을 봤다는 소식이야. 우리 막내가 국장님 방 앞에서 몰래 엿들었는데……

민정은 항상 이런 식이다. 남들의 구미를 당길 만한 이야기를 꺼낼 때는 상내가 긴장하는 순간을 결코 놓치지 않는다. 여우 같은 계집애.

이상하게 침이 목구멍으로 넘어가려다 묵직하게 걸리는 느낌이 들었다.

민정은 주머니에서 작은 휴대용 향수를 꺼내 양 손목에 칙칙 뿌려대기 시작했다. 뭔가 중요한 순간 향수를 뿌리며 주위를 환기시키는 건 그녀의 오랜 버릇이다. 예전엔 혹시 그녀가 남자친구와의 은밀한 순간에도 '잠깐!'을 외치고 향수를 칙칙 뿌려대 산통 다 깨는 건 아닐까 생각한 적도 있다. 얼마 전만 해도 아기 파우더 향이 폴폴 나는 불가리 쁘띠마망이더니 섹시하고 묵직한 샤넬 넘버 5로 바뀐 걸 보니 아마 남자친구도 바뀐 모양이다. 향수의 취향으로 봐선 이번엔 전 남친과 대조되는 캐릭터인 듯했다.

- 그래서? 엿들었는데?

나는 못 참겠다는 듯 살짝 호기심 어린 액션을 취하며 그녀를 바라봤다. 민정은 나의 리액션이 맘에 들었는지 고기를 낚은 낚시꾼 같은 만족감을 드러내며 말을 꺼냈다.

- 그 다음 멘트가, 잘 들어…… 뭐냐면……

- ……

- 국장님은 앞으로 걱정 붙들어 매시고 푹~ 쉬심 됩니다. 저, 루이예요. 이래 봬도 산전수전공중전 다 겪은 몸이라구요! 음하하하!

민정은 마치 재연 배우라도 된 듯 어색한 남자 웃음소리까지 내는 열의를 보였다.

아무리 생각해도 '산전수전'이란 단어는 아직 20대 초반인 신인의 입에서 나올 단어는 아니었다.

- 그때 국장님 표정이 정말 혼자 보긴 아까웠단다. 우리 막내, 문틈으로 그 소리 듣고 놀라 악! 소리 튀어나올 뻔했다잖아.

불쌍한 국장님.

50대에 접어들면서 탈모와 점점 처지는 아랫배 사이에서 매일같이 고군분투 하느라 힘드실 텐데 청취율 한번 끌어올려 보겠다고 아들뻘 되는 아이돌 앞에서 얼마나 고개를 숙이셨을까? 지난 학기 SBC 핫FM은 타 방송에 1위 자리를 넘겨줘야 했다. 항상 1위를 고수하던 우리로서는 굴욕적인 사건이었다.

순간 국장님을 향한 지극히 인간적인 애정이 끓어올랐다.

루이가 누군가.

루이라 하면 이 시대를 대표하는 문화 대통령, 10대들의 우상, 모태 아이돌이란 수식어가 따라붙는 스타다. 현재 열다섯 개의 굵직한 CF 모델로 활동 중이며 드라마며 영화, 라디오 디제이 할 것 없이 방송가 섭외 1순위! 그가 하는 손짓과 표정, 말하는 단어 하나하나가 이슈가 되고 상품화된다.

한 유명 영화감독은 루이를 두고 이렇게 평했다. "하루에도 수많은 인물들이 치열하게 검색어 순위를 다투는 요즘 세상에 100년에 한 번 나올까 싶은 진정한 별의 탄생"이라고.

그러나 그게 루이의 전부라 생각하면 오산이다.

화려한 겉모습과 달리 방송 현장에 있는 사람들에게 루이는 고개를 설레설레 젓게 만드는 존재다. 툭하면 출연자 교체 요구, 방송대본 수정 요구에 까다로운 간식 취향까지. 심지어 그가 출연한 한 예능 프로그램 막내 작가는 녹화 내내 주인 닮아 까칠한 그의 고양이 시중을 드느라 고생했다는 일화도 있다. 거기다 코디와 메이크업 담당 스텝들은 일주일이 멀다 하고 눈물 바람으로 도망간다니 그에 대한 소문으로 콩트를 써도 1년 365일이 부족할 지경이다. 그 나이에 벌써부터 화려한 여성편력은 별책부록이었다.

내가 아는 예능 작가 중에 그와 일한 적 있는 작가가 전해준 에피소드도 엄청나다. 오죽하면 "루이는 21세기에 한 번 나올까 말까 한 왕 싸가지의 아이콘"이라고 말했을까. 예능 프로그램 야외 촬영 중에 지나가던 어린 팬이 그를 알아보고 "오빠 사진 한 장만 찍어주세요! 팬이에요!”하며 옆으로 다가가자 엄청 시니컬한 표정으로 “싫어! 내가 왜 누군지도 모르는 너랑 사진을 찍어야 하지? 꺼져줄래!”했다는 에피소드는 정말 믿고 싶지도 않을 정도다.

－게다가 이번 루이 출연료가 디제이 사상 최고가래.

그건 뭐 놀랍지도 않다. 특A급 스타니까 최고 대우는 당연한 거다.

－더 놀라운 사실 말해줄까?

－……

－루이 프로, 어떤 피디가 맡게 된 줄 알아?

민정의 말에 갑자기 불안한 기운이 엄습해온다. 좋지 않은 예감이 든다.

도대체 그녀의 입속에서는 어떤 말이 흘러나오게 될까.

－바로, 조 피디로 결정됐대!

－뭐!!

맙소사!

이게 당최 무슨 새끼손가락에 셀룰라이트 붙어나는 소리며 순대 창자에 스파게티 넣는 소리란 말인가. 나는 그만 들고 있던 원고 뭉치로 양쪽 귀를 막아버렸다.

일찍이 이승환은 이렇게 노래했다. 왜 슬픈 예감은 틀린 적이 없나.

그렇다. 이번 예감 역시 날 비껴가지는 않을 것 같다.

그날 오후 조 피디는 날 라운지로 불러냈다.

― 한 작가, 아무리 생각해도 말야. 이건 뭔가 모종의 음모가 있는 게 틀림없어! 냄새가 난다구. 알지? 내 촉수, 예민한 거!

아까부터 연신 심각한 표정을 짓던 조 피디는 그렇게 소리치더니 자리에서 벌떡 일어났다. 조 피디는 나랑 2년째 〈김복남의 스페셜 쑈〉를 만들고 있는 담당 피디다.

나이는 올해 서른여섯, 이름은 조귀남. 혼인한 뒤 오랫동안 자식이 생기지 않아 무자식이 상팔자란 말만 믿고 살기로 작정하셨던 그의 부모님께서 기적적으로 뒤늦게 본 무매독자(無妹獨子)다. 그런 귀한 아들을 너무 잘 먹인 탓인지 36년째 다이어트와 죽마고우로 지내고 있다. 본인 말로는 빌라드/가수가 꿈이었던 대학 시절, 자작곡을 들고 대학가요제 예선에 나갔으나 뛰어난 작품성과 탁월한 보이스에도 불구하고 다소 부담스러운 비주얼 때문에 탈락의 고배를 마셔야 했다고 한다.

그 뒤, 실력보다 비주얼을 우선시하는 가요계에 환멸을 느낀 나머지 가수 대신 평생 음악과 벗할 수 있는 라디오피디를 직업으로 택했다는 주장이다. 다만 아직까지 라디오국 어느 누구도 그의 가창력을 확인할 기회를 가진 적이 없다.

― 뭐 알고 계신 거라도 있는 거예요?

사실 음모론은 조 피디가 워낙 좋아하는 분야다. 왕성한 문화적 식욕 덕에 온갖 장르의 만화며 드라마, 무협지의 반전의 반전까지 꿰뚫고 있다.

― 그 싸가지 없기로 악명 높은 루이를 굳이 비싼 몸값 주고 데려와

야만 했을까?

— ……

— 한 작가도 잘 알잖아. 라디오가 TV 예능 프로랑 같아? 디제이한테
는 뭣보다 자질이 중요하다 이 말씀이야.

— ……

— 청취자들이 진짜 원하는 게 뭔데? 알량한 인기에 뻐겨대는 싸가지
디제이? 아니다 이 말씀이야! 내 친구처럼 일대일로 공감하고 포용할
수 있는 친근함, 따뜻함 이런 거 아냐?

— 그야 그렇죠.

두말하면 오지랖이다.

라디오는 24시간 언제 어디서나 내 이야기를 들어주고 또 세상 이야
기를 들려주는 다정한 절친이요, 베프가 되어야만 한다.

라디오는 너와 나의 소통의 공간이다.

그리고 프로그램이 잘만 굴러가면 10년, 어쩌면 그 이상이 넘도록 장
수할 수도 있기 때문에 디제이의 성실성과 인성이 반드시 검증돼야만
한다.

— 그래서요. 조 피디님?

— 내가 곰곰이 생각해봤는데 말야. 혹시, 그러니까…… 혹시 루이가
우리 국장님의 숨겨놓은 아들인 거 아닐까? 젊은 시절 사랑하던 여자
와의 사이에서 낳은 아들인 거지. 그런데 그 여자는 홀로 루이를 키우
다 죽었고. 루이는 자길 버린 아버지에게 복수하기 위해 가수가 되어

우리 방송국에 들어오게 된 거야. 그래서 이 모든 게 루이가 치밀하게 계산한 시나리오에 의해 예정된 거라면……??

－네?

그럼 그렇지. 내 그럴 줄 알았다. 조 피디는 다 좋은데 드라마를 너무 본다.

인터넷과 IPTV 다시 보기 서비스가 활성화된 이래로 아침드라마부터 주말드라마, 일일드라마, 미니시리즈는 물론 바다 건너 일드, 미드, 심지어 요즘엔 유럽의 프드, 독드까지 섭렵하고 있다니 머리가 이렇게 돌아가는 게 당연한 것인지도 모른다.

대외적인 키 170센티미터(실제로는 163센티미터인 나와 나란히 서면 별반 차이가 없다), 몸무게 95킬로그램에 심한 곱슬머리를 가진 젊은 남자의 주말 저녁이 단순히 드라마 시청만으로 끝난다는 건 무지하게 슬픈 일이다.

오늘도 다이어트 신봉자 조 피디의 점심은 열두 가지 한방 성분이 첨가된 선식이다. 다이어트라면 일가견이 있는 조 피디가 안 먹어본 선식은 국내에 없을 거다. 어떤 건 인공향이 강해서, 어떤 건 원료가 중국산이라, 어떤 건 살이 좀처럼 안 빠져서. 선식을 갈아 치우는 명분도 다양하다.

차라리 온갖 선식을 사들일 돈을 좋은 곳에 기부하고, 그 대신에 땀 흘려 운동을 하는 편이 훨씬 나을 것이다. "날씬하고 싶다면 네 음식을 배고픈 이웃과 나누라"라고 했던 오드리 햅번의 말도 있지 않은가.

익숙한 놀림으로 셰이커를 흔들어대는 조 피디의 스냅이 오늘따라 정신 사납게 느껴진다. 나는 마음을 가다듬고 최대한 진심을 담아 말했다.

– 내키지 않더라도 어쩔 수 없죠. 국장님이 조 피디님을 신임해서 그러신 걸……

– 그건 나도 알아. 사실 나만 한 라디오피디도 없지. 한 작가도 눈치 챘구나? 우리 국장님 은근 나 편애하시는 거. 하하하.

사람들은 참, 자기가 보고 싶은 대로 보고, 생각하고 싶은 대로 생각하는 재주가 있다. 어떻게 보면 그게 인류가 생존하기 위한 유일한 무기일지도 모른다.

– 얼른 작가부터 구하셔야죠. 포맷도 짜야 하고, 2주밖에 안 남았는데 서두르세요. 제가 아는 작가 소개해 드려요?

조 피디를 걱정한 건 내 진심이었다. 새 프로를 끌고 가기에 2주란 시간은 턱없이 부족하다. 팀을 짜고 요일마다 새 코너를 만들고 고정 게스트들을 섭외하고 홈페이지까지 꾸미려면 2주 내내 밤을 새워도 모자랄 판이다. 마치 진흙이 물에 불어 걸쭉해진 것 같은 선식을 들이켜던 조 피디가 탁! 소리를 내며 탁자에 컵을 내려놓는다.

– 걱정 붙들어 매. 작가는 이미 구했으니깐.

– 에? 벌써요?

아차차! 내가 깜박한 사실이 있다.

둔해 보이는 덩치답지 않게 조 피디는 꽤나 성실하고 부지런한 스타

일이다. 함께 일한 2년 동안 단 한 번도 작가들에게 선곡을 떠맡기지 않았으니까. 게다가 조 피디는 신인가수들 홍보 CD까지 꼼꼼히 모니터하는 피디 아니던가. 생각이 거기에 미치자 함께 일할 작가가 누군진 몰라도 조 피디가 든든히 버텨줄 거라는 생각이 들었다.

다행이다. 그제야 난 주머니에서 처방받은 호르몬제와 감마리놀렌산을 꺼내 입속에 털어 넣었다.

― 비타민?

― 뭐…… 비슷해요.

― 그래 비타민 잘 챙겨 먹어. 당신 요즘 피부 까칠하드라. 근데 누군지 안 궁금해? 루이팀 작가!

― 물론 궁금하죠. 외부에서 새로 영입한 작간가요?

해맑은 내 질문에 잠시 침묵하던 조 피디는 그 어느 때보다 확신에 찬 눈빛으로 찬찬히 입을 열었다.

― 루이 프로그램의 메인 작가는 한주경, 바로 당신이야!

켁! 목구멍을 넘어 식도를 타고 위장으로 내려가던 알약이 도로 튀어나오는 느낌이었다.

― 못 들었어? 다시 말해줘? 루이랑 함께 일할 작가, 한 작가 자기라고! 우리가 어디 하루 이틀 한솥밥 먹은 사이야? 새삼스레 왜 그래?

오 마이 갓! 진정 묻고 싶다. 그게 왜 나여야만 하느냐고.

난 그저 조용히 지금 맡고 있는 〈김복남 쑈〉에 뼈를 묻고 싶었다. 저녁 여섯 시 프로그램은 그나마 내가 여느 직장인과 같은 안정적인 생활패턴을 유지할 수 있는 시간대로, 맘만 먹으면 연애 비스무레 한 것도 꿈꿔볼 수 있는 타임이지 않은가. 단지 그 이유가 아니라도 지금 당장 루이 프로를 하기 싫은 이유를 대라면 100가지도 댈 수 있다. 그러나 난 거친 운명의 수레바퀴 아래 깔려 짓이겨진 불쌍한 영혼이다. 힘없는 소수이며 온정의 손길이 필요한 사회적 약자다.

내겐 아무런 힘이 없다.

고백컨대, 중학교 시절 장래희망란에 '방송 작가'라고 또박또박 써넣은 과거로 돌아갈 수만 있다면 내 팔 한쪽을 잘라버려도 좋겠다. 아니다. (난 작가니까) 팔은 절대 안 되고 발가락 한쪽이라도.

아무튼 다시 그 시절로 돌아간다면 초등학교 교사라고 써넣을 거다. 은행원도 좋고 9급 공무원도 좋고 현모양처라면 더더욱 좋다.

작가만 아니라면 뭐라도 좋다.

함께 일할 피디에 의해 간택되어질 수밖에 없는 비정규직 노동자. 그게 바로 2011년 생물학적 나이 서른셋의 9년차 구성 작가 한주경이 처한 처절한 현실이다.

석고팩을 펴 바른 것처럼 딱딱하게 굳어진 내 얼굴을 보며 조 피디가 입을 열었다.

— 한 작가, 걱정할 거 없어. 우리 즐기면서 한번 해보자.

세상에 즐기면서 일하고 싶지 않은 사람도 있을까. 다만 상황이 받쳐주지 않을 뿐이지. 일은 일일 뿐이지 절대 유희가 될 수 없다는 것쯤은 아이큐 80만 돼도 다 알 거다. 게다가 내 아이큐는 무려! 120이나 된다.

— 그냥 〈김복남 쑈〉에 남겠다고 해도 소용…… 없겠죠?

내 목소리가 어찌나 축 늘어졌는지 듣는 나조차 놀랄 지경이었다.

— 그게 무슨 소리야! 아마추어같이! 한 작가 내공 그것밖에 안 돼?

'네. 저 그거밖에 안 돼요. 그러니 내공 좋은 조 피디님 혼자 무소의 뿔처럼 당당히 가시죠. 제발!!'이란 말이 목구멍까지 치밀어 올랐다.

— 그리고 이건 그냥 알고 있으라고 말해두는 건데 〈김복남 쑈〉엔 장기만 피디가 오기로 했어. 장 피디면, 작가는 말 안 해도 알지?

상황은 이미 종료됐다.

난 목이 비틀리고 털이 뽑힌 채 진공 포장되기만을 기다리는 홈쇼핑 유황오리가 된 기분이었다. 장기만 피디가 〈김복남 쑈〉에 온다면 작가는 당연히 이민정이다. 장 피디와 함께 내리 세 학기째 아침 여섯 시에 시작하는 정보 프로그램을 함께한 팀이니까.

매일같이 새벽 네 시 출근을 하던 민정이 호시탐탐 〈김복남 쑈〉같이 비교적 편안한 시간대를 노렸다는 건 누구보다 내가 더 잘 안다.

— 여름은 그나마 낫지. 칼바람 쌩쌩 부는 겨울날 새벽 세 시에 침대를 박차고 나오는 일이 얼마나 소름 돋게 끔찍한 줄 아니? 당장 핵폭탄이 통째로 방송국 송신탑을 덮쳐 방송이 죄다 죽어버리길(결방되길) 기도한 적도 있다니까.

온몸을 바르르 떨어대며 말하던 민정의 목소리가 들리는 듯했다.

언론고시라 불리는 공채시험을 통과하고 방송국에 들어온 피디와 기자, 아나운서와 달리 방송 작가는 그때그때 필요에 의해 충원되는 비정규직 노동자 신분이다. 그건 예능, 교양, 라디오, 드라마 장르에 상관없이 어느 방송국이나 마찬가지다.

그렇기 때문에 방송 작가는 누구보다 창의적이고 반짝이는 아이디어와 실력을 무기로 치열한 하루하루를 살아내야 하는 것이다. 그렇지 못하면 바로 도태되고 아웃되는 곳이 바로 이곳이다.

방송국에 소속된 직원들이야 매달 꼬박꼬박 통장에 월급이 찍히지만 프리랜서인 작가들은 언제 일거리가 끊길지 모른다. 노동자의 기본적인 권리인 4대 보험도 없고, 연말 보너스, 월차도 없다. 심지어 '일한 날수'가 아닌 '방송된 날수'로 임금이 계산되기 때문에 프로야구 경기가 있거나, 올림픽이나 월드컵 시즌 때 방송이 죽으면 기껏 프로그램을 만들어놓고도 월급을 제대로 받지 못하는 경우도 생긴다.

굳이 찾자면 장점도 있다. 월급날마다 샐러리맨들을 피눈물 흘리게 만드는 '뭉텅이로 왕창 떼 가는 세금 납세의 의무'에서 비교적 자유롭다는 것. 권리도 없고 의무도 없으니 어찌 보면 공평한 걸까. 모르겠다. 권리와 의무의 양 저울을 정확한 수평으로 맞추기란 어쩌면 영원히 불가능한 일일지도 모른다. 가끔 그런 우리를 부러워하는 이들도 있다. 언제나 남의 손에 쥐어진 떡이 더 커 보이는 법이니까.

하지만 이럴 때는 정말 난감하고 힘이 빠진다. 함께 일하던 피디가 옮겨가는 프로에 따라 작가 역시 그 프로그램을 떠나야 할 때. 바로 지금의 나처럼 말이다.

난 선택의 여지없이 조 피디와 함께 가야 할 운명인 것이다. 뎅강 모가지가 잘려 오갈 데 없는 신세가 되고 싶지 않다면 말이다.

갑자기 아쉬움과 서글픔, 분노, 후회 같은 감정이 멀티플렉스로 밀려들었다.

지난 네 학기 동안 내가 〈김복남의 스페셜 쑈〉에 들인 애정과 에너지를 기억해주는 사람이 있기나 할까? 내가 밤새워 쓴 콩트를 좋아해준 청취자들은, 매주 전화 노래방에 전화를 거는 단골 어르신들은, 재작년 전화 노래방 연말 왕중왕전에서 1등 하고 부상으로 김치냉장고를 받았던 대방동의 아주머니는 올해도 스텝들에게 근사한 털목도리를 짜서 보내주실까?

문득 연인과의 이별이 이보다 아팠던가, 하는 생각까지 들었다.

놀이공원에서 손에 꼭 쥐고 있던 고무풍선을 놓쳐버린 느낌이다. 이미 내 손을 떠나버린 풍선. 떠나간 풍선은 아쉬워하지 않는다. 다만 어쩔 줄 몰라 얼굴이 빨개지고 그렁한 눈물이 고이는 건 바로 나다. 고개를 올려 바라본 풍선은 두둥실 공기와 바람을 만나 유영하며 이미 날 잊은 듯하다. 내 손을 떠난 풍선을 찾아 하늘 위로 올라가 줄 수 있는 사람은 아무도 없다.

근 10년이 다 되는 작가 생활 동안 이런 일을 한두 번 경험한 것은 아니다. 빠르면 개편마다, 늦어도 두세 번의 개편을 거치면 다른 프로로 이동하게 되는 건 예삿일이다.

어쩌면 그게 바로 작가의 숙명이다.

돌이켜보면 20대의 나는 롤러코스터의 스릴 넘치는 공중회전 같은 이 변화를 즐겼었다. 그게 내가 가진 능력이라 자부했는지도 모르겠다. 그러나 서른셋의 지금 나는 내가 아끼던 프로그램과의 이별을 담담하게 치장하는 게 버겁다.

아이러니하게도 카멜레온 같던 내 생존적응 그래프는 점점 반비례 곡선을 그리고 있다. 나이가 들고 경력이 쌓일수록 모든 게 어렵기만 한 건 왜일까. 풀어도 풀어도 오답만 나오는 하이레벨 문제집을 마주한 기분이다.

D-10

우리 팀이 자리 잡고 있는 다다미방의 테이블이 어지럽다.

소주 세 잔과 맥주 두 잔, 그리고 소맥 네 잔. 오늘 내가 마신 술이다. 개편을 앞둔 〈김복남의 스페셜 쑈〉 마지막 팀 회식자리. 김복남 아저씨의 강추로 오게 된 홍대의 참치 횟집 사장님은 아저씨의 오랜 팬이라고 한다. 그래서인지 주문한 것보다 과한 사이드 메뉴들이 테이블을 채우고 있었다. 우린 몇 번이나 〈김복남의 스페셜 쑈〉 대박! 영원하라! 같은 구호를 외쳤고 언젠가 다시 뭉쳐보자 의지를 다지며 석별의 정을 나누고 있었다.

사실 우리의 팀워크는 회식에서부터 비롯됐다 해도 거짓이 아니다. 트로트가수로서 25년 경력에 빛나는 김복남 아저씨는 "날 키운 건 8할이 이슬"이라고 할 정도로 소주 마니아다. 술보다는 안주가 좋아서 술을 마신다는 조 피디, 먹다 보니 은근히 술이 체질에 맞는 나, 그리고 술자리보다 단연 술이 좋다는 막내 유리까지 우리 모두는 주는 술 마다해본 적 없는 사람들이다. 이런 넷이 만났으니 매일 생방이 끝나는 여덟 시, 가족들 모두 캐나다에 보낸 원조 기러기아빠 김복남 아저씨가 혼자 저녁 먹기 싫다는 핑계는 내심 반가운 제의였다.

몇 번의 건배를 더 하고 모두 혈중 알코올 농도가 꽤 진득해졌을 때쯤. 난 참치 회 한 조각에는 얼마큼의 중금속이 축적돼 있을까 따위를 생각 중이었고 유리는 뻘건 살점 위에 뿌려진 금가루를 긁어모아 제 피부에 찍어 발라보느라 바빴다. 술기운이 오른 조 피디가 꾸벅꾸벅 졸기 시작한 아저씨에게 "혀엉~ 그러니까 말이지. 내 생각에는 말야……"하며 쏘이기 시작한 발음으로 알 수 없는 열변을 토하는 동안 미닫이문이 살짝 열리며 사장님이 들어오셨다.

술기운 때문일까? 김복남 아저씨와 비슷한 연배의 사람 좋게 생기신 사장님은 마치 동원참치 캔에 그려진 귀여운 참다랑어를 닮은 것처럼 보였다. 사장님이 우리 앞에 내놓으신 건 투명한 소주잔에 담긴 붉은 빛 액체였다. 그리고 우리에게 그것을 마시길 권하셨다.

– 어머닝! 요게 뭐죠? 컬러감 완전 블링블링하다앙~

알코올이 들어가는 즉시 특유의 콧소리를 내는 건 유리의 술버릇이다.

– 이야아~ 이 귀한 걸~ 이런 건 바로바로 먹어줘야 해.

유리의 콧소리에 잠이 번쩍 깬 아저씨는 마치 사우나에서나 낼 법한 효과음을 내며 제일 먼저 원샷하는 모습을 연출하셨다. 뭔지 몰라도 이 잔에 든 액체가 몸에 좋은 건 틀림없나 보다. 평소 보신용이라면 묻지도 따지지도 않고 흡입부터 하시는 아저씨 아닌가.

– 눈물즙니다. 싱싱한 참치 눈을 잘 도려내 술과 섞은 거죠. 이거 한 잔이면 다음 날 숙취도 깔끔하고 개운하실 겁니다.

뭐! 싱싱한 참치의 눈!?

그러고 보니 투명한 장밋빛 액체 안에 구슬만 한 불투명 물체가 동동 떠 나를 바라보고 있었다.

인간이란 종족은 왜 이리도 잔인하단 말인가. 바닷속을 자유(自由)하던 참치를 잡아 냉동시킨 채 살점을 회 쳐 먹는 걸로 모자라 안구까지 술에 담가 마신다니!

순식간에 취기가 확 오르는 걸 느꼈다.

내 몫의 수장된 참치 눈동자를 들여다보고 있자니 물기를 머금은 그것에 뭔가가 비쳤다. 그건 아마존 조에족의 눈물과 굶주린 북극곰의 절규, 그리고 내가 허니문을 가기도 전에 잠겨버릴지 모를 몰디브의 아름다운 섬들이었다. 이 눈동자를 가진 참치는 어떤 꿈을 꾸고 있었을까?

참다랑어를 닮은 사장님의 부연설명이 끝나자 취한 조 피디는 시뻘건 눈물주 잔을 들고 건배 제의를 했다. 아저씨는 아쉬운 듯 빈 잔에 찬 소주를 채웠고 유리는 쫌 징그럽긴 하지만 몸에 좋다니까 잔을 들었다. 눈물주를 마시는 우리의 눈에 눈물 따윈 말라버린 걸까?

나는 끝내 잔을 들지 못했다.

방금 전까지 참치의 생살점을 맛있게 먹어놓고 이제 와 눈동자에 동정을 느끼는 이 이중적인 모습은 무얼까. 나는 헛구역질이 나는 걸 간신히 억누른 채 밖으로 뛰쳐나갔다.

가방 안에서 드르륵 진동음이 울린다.

누가 관자놀이 양옆을 망치로 두들기는 것처럼 아프다. 끔찍한 숙취다. 겨우 가방으로 손을 뻗어 핸드폰 문자를 확인한다.

'언니 힘드시죠? 가방 안을 확인해보세요~ㅋㅋㅋ'

발신자는 유리다.

그녀의 지시대로 가방을 뒤져보니 작은 알루미늄 캔 하나가 만져진다.

굳이 눈으로 확인하지 않아도 알 수 있는 이 느낌. 언제나 나의 구세주가 되어주는 '여명 808'이다.

정말이지 이럴 때는 센스쟁이 막내 하나, 열 남친 안 부럽다. 방송에 발 디딘 지 막 2년 된 유리는 곱게 자란 처자답지 않게 성격도 화끈하고 일도 야무지게 잘해 라디오국 내에서도 인기 만점이다.

제 이름을 내걸고 원고를 쓰는 작가가 되기 위해 거쳐야 하는 막내일은 만만치 않다. 온몸을 압박하는 1톤 무게 정도의 업무량을 소화해야만 한다. 게시판에 올라온 다양한 사연 정리에서부터 출연자 섭외, 주간 월간 생방 녹음 스케줄 표 작성, 녹음 스튜디오 예약, 청취자에게 선물 발송하는 일, 매일 생방시간에 전화 받으며 '꾼' 가려내기 같은 자잘하지만 절대 실수가 있어선 안 되는 일은 물론이고 새로운 아이디어

구상까지 모두 막내에게 떨어진 몫이다.

더 비극적인 사실은 그렇게 죽도록 일하고 난 후 얻게 되는 신성한 노동의 대가다. 88만원 세대보다는 쥐꼬리만큼 나은 정도니 통장에 찍힌 여섯 자리 숫자에 김빠질 만도 하다.

한 달 내내 죽어라 일한 유리가 첫 월급을 받던 날 저녁, 조 피디와 나는 월급 통장을 보고 자괴감에 빠졌을 그녀를 위로하기 위해 방송국 앞 빕스로 불렀었다. 뒷정리하고 오느라 조금 나중에 합류한 그녀를 향해 우리는 취기를 방패 삼아 한참을 뜨겁게 떠들었다. 젊음에게는 돈보다 중요한 무엇이 있는 거라는 둥, 방송은 뜨거운 피를 가진 사람들이 모여 만드는 진정의 예술이라는 둥 그렇게 얼마쯤 주절대고 나자 우리 앞에서 지글지글 소리 내며 단백질을 응고시키던 스테이크 덩어리는 차게 식어 있었다.

그녀는 우리의 말을 다 듣고 나자 무슨 뜻인지 잘 알아들었다는 듯 총총한 눈빛을 보여주었다.

그 눈빛에 어느 정도 안심하고 주차장으로 내려가 자연스럽게 조 피디의 구형 소나타로 향하던 우린 그만 입이 떡 벌어질 수밖에 없었다. 그녀가 미끈한 은색 아우디 TT 옆에서 스마트키를 톡 누르는 모습 때문이었다. 그녀는 대수롭지 않게 말간 얼굴로 이렇게 말했다.

― 아빠가요, 택시는 위험하다구 해서요.

그제야 나는 그녀의 가방이 매일같이 바뀌었다는 사실을 깨달았다. 고야드, 샤넬, 루이비통, 프라다까지…… 그렇다면 그것들은 모두 오리지녁이었단 말인가.

얼마 후 방송국에는 그녀의 통 크신 아빠가 갤러리아백화점 사장이라는 얘기도 있었고, 강남에서 손꼽히는 현금부자라는 소문도 돌았다. 그러나 그런 것들이 무슨 상관이랴. 중요한 것은 그녀가 지금 그녀의 일에 심취해 있고 열심을 다하고 있다는 거다.

아무리 비싼 크림을 발라도 재생되지 않는 푸석한 피부를 가진 서른셋의 여자가 화장하지 않아도 화사한 피부와 싱그러움을 가진 스물넷을 질투해야 한다는 법은 없다.

정말로 난 그녀가 좋다. 그녀의 열정이 예쁘다. 부디 그녀만큼은 헤어진 남자와의 사적인 기억을 원고로 재활용하지 않기를, 연애하듯 방송하는 게 아니라 방송하듯 연애하기를. 선배인 내가 해줄 수 있는 기도는 거기까지다.

딸각.

숙취 해소의 지존인 '여명808'의 캔 마개를 땄다. 헛개나무의 씁쓰레한 맛이 입안에 퍼졌다.

아침이 된 지 한참인데도 숙취에 시달리는 건 폐경이 될지도 모를 서른셋의 고질병일까, 아니면 아침을 개운하게 해준다는 눈물주를 마시지 않았기 때문일까?

톱스타면 다야?
까도남 디제이 길들이기

D-8

요 며칠 계속 술자리가 이어진 탓인지 속이 좋지 않다.

제대로 쉬지 못한 간의 알코올 해독력이 급격히 떨어졌는지 온몸이 피로하다. 머리는 깨질 것 같고 속은 배멀미를 하듯 넘실넘실 파도를 탄다.

왜 술자리든 남자든 별로 원치 않을 때는 연달아 오고 정작 고플 때는 오지 않는 걸까. 꿀물을 계속 마셔보지만 오히려 뱃속에서 쓰나미가 몰려온다.

라디오 작가실의 칸막이 책상들 사이로 탁탁탁 키보드 두드리는 소리가 요란하다. 그 모양은 마치 고3 때 다녔던 독서실의 칸막이 책상과 꽤 흡사하다. 하기야 작가들이 원고 쓰는 걸 보고 있노라면 죽어라 수능 공부하는 수험생의 모습과 별반 다를 게 없다.

한쪽에선 오늘 방송에 나갈 원고를 뽑느라 머리 위로 스팀이 모락모락 피어오르고 다른 쪽에선 섭외를 위해 수십 통의 전화를 걸어대며 입씨름 중이다. 매일같이 재미있는 이야기와 웃음을 만들어내는 작가들의 고단한 노력은 흡사 첫아이를 자연분만하는 산모의 사투처럼 고되고 외롭다.

― 맙소사! 어떡해. 한 시간 쓴 원고가 몽땅 날아갔어!

― 생방 20분 전인데 전화 연결하기로 한 출연자가 잠수타버렸어!

― 악― 아이디어가 안 떠올라. 나, 이렇게 죽는 거니?

하지만 얼마 후면 거짓말 같은 마법이 펼쳐진다.

한 시간 동안 쓴 원고를 조사 하나 틀리지 않고 죄다 기억해내 10분 만에 부활시키고 생방 7분 전에 펑크를 메울 대타 출연자 섭외에 성공하는 모습은 방송이 진정 21세기의 예술이란 사실을 증명한다.

방송 작가에게 불가능이란 없다.

방송 작가의 다른 말은 아마도 '헬멧 없이 맨땅에 헤딩'이거나 안 되면 될 때까지 하는 '오즈의 마법사'일 것이다. 나는 좀 전에 조 피디와 함께 〈루이의 뮤직 인 헤븐〉에 관한 1차 회의를 마치고 기획안을 수정 중이다. 어제 내 표정을 읽은 김복남 아저씨가 이런 말씀을 해주셨다. "그까짓 거 별거 있냐? 기냥 가면 되지! 한번 제대로 부딪쳐봐라! 안됨 말고! 안 그래?"

그래, 이왕 해야 하는 거 열심히 해보기로 맘먹으니 못할 것도 없겠다 싶다. '피할 수 없으면 즐겨라'가 아니라 '피할 수 있으면 피해라'가 평소 내 신조지만 어쩌겠는가. 그래, 대한민국 최고의 스타와 함께 일해보는 게 어디냐. 루이라면 애 둘 낳은 내 유부녀 친구들까지 침 질질 흘리는 매력덩어리 아닌가. 까탈스럽고 왕재수 밥맛이라 해도 혹시 아는가, 나와는 찰떡궁합을 자랑할지.

그렇게 생각하니 갑자기 화수분처럼 아이디어가 샘솟는 느낌이었다. 이러다가 제대로 대박 터트리는 거 아냐? 연말에 방송대상에서 작가상이라도 받는다면 어쩌지. 난 실물보다 카메라발 잘 안 받는 편인데. 미리 피부 관리실이라도 끊어놔야 하나. 안다. 삼천포로 빠지는 건 내 오랜 지병 중 하나다.

무릇 방송 기획안이란 보는 이의 시선을 단번에 사로잡아야 한다. 담당 피디와 국장님의 마음조차 사로잡지 못하는 기획안이 수천수만 청취자의 귀를 잡아둘 수는 없을 테니.

분당 최고 600타의 속도를 자랑하는 나는 고상한 관객들 앞에서 쇼팽을 연주하는 피아니스트라도 된 것처럼 빠르고도 정확하게 손가락 마디마디를 놀렸다. 그때 등 뒤에서 조 피디의 음성이 들렸다.

― 한 작가, 아까 회의한 거 정리된 것 좀 볼 수 있을까?

― 네. 다 됐어요. 잠시만요.

한글파일의 출력 버튼을 누르자마자 프린터가 백색의 용지를 토해냈다. 그 모습을 보니 내 뱃속에서 채 발효 분해되지 못한 찌꺼기들이 목구멍까지 치밀어 오르는 것 같았다.

갓 출력된 A4용지는 오븐에서 방금 구운 쿠키처럼 따뜻하고 바삭하다.

내가 건넨 수정안을 꼼꼼히 살펴보는 조 피디의 표정이 꽤 만족스런 눈치다. 그의 오른쪽 눈썹이 45도 각도로 씰룩거리는 걸 보면 알 수 있다.

― 한눈에 필이 팍 오는데?

그럼 그렇지. 그동안 내가 쓴 기획안만 쌓아도 방송국 건물 절반은 될 거다.

― 됐어. 가자!

조 피디는 A4용지를 손에 쥔 채 의자에 걸쳐놓은 겉옷을 집어 들었다.

― 어딜요?

― 가보면 알아. 얼른 따라오기나 하셔.

성큼성큼 앞서 라디오국을 빠져나가는 조 피디의 뒷모습은 출사표를 던진 장군이라도 된 듯이 비장한 모습이었다.

그로부터 정확히 30분 후, 나는 여의도에 있는 L 비즈니스호텔 1층 커피숍에 앉아 있다.

비즈니스호텔은 왜 비즈니스호텔이라 불리는 걸까.

평일 낮 시간임에도 불구하고 꽤 많은 사람들이 드나든다. 비즈니스가 목적으로 보이는 깔끔한 수트 차림의 사람도 있지만 아무리 봐도 지극히 '사적인 업무'를 위해 들른 남녀들이 대부분이다. 설마 이 시대는 남녀가 함께 한 침대로 들어가는 것도 비즈니스에 속하는 걸까?

물론, 나는 지금 매우 중요한 진짜 비즈니스 중이다. 우리 앞에 앉은 비즈니스 파트너는 루이와 그의 매니저. 제 얼굴보다 큰 선글라스를 낀 루이는 거만한 자세로 다리를 꼬고 뚫어져라 기획안을 들여다보고 있다.

나는 그 틈을 타 그의 모습을 훔쳐보기 시작했다. 밀라노 장인이 수공으로 만든 100% 캐시미어 머플러처럼 보드라울 것 같은 갈색 머리카락, 살짝 튀어나온 앞이마를 거쳐 검은 선글라스를 걸치고 있는 단단하고 오뚝한 콧날의 조화는 인간의 것이기보다는 예전에 배낭여행 때 파리 루브르박물관에서 본 예술품에 가깝다. 잡티 하나 없는 하얀 피부는 또 어떻고.

도대체 밥은 먹고 사는 걸까?

벌어질 대로 벌어진 넓은 모공과 성난 듯 일어난 블랙헤드로 뒤덮인 콧등 때문에 얼굴이 화끈거린다. 이럴 줄 알았으면 비비크림이라도 찍어 바르고 나오는 건데 싶다.

다시 루이의 얼굴을 훔쳐봤다. 적당히 핏기가 도는 붉은 입술과 그 아래로 자리한 날렵한 턱선은 그가 확실히 보통 사람과는 다른 존재라는 걸 확인시켜주었다.

루이의 입술과 함께라면 그 입속의 충치가 되어도 좋다고 말했던 내 친구 K모 양이 떠올랐다. 과연 루이 입속의 충치들은 행복할까? 아니 이렇게 무결점으로 보이는 루이에게 충치가 있기는 할까?

이래서 사람들은 스타에게 열광하는 것이리라.

빛나는 건 누가 봐도 빛나는 거다. 인정할 건 인정하자. 손에 쥐고 있던 스마트폰을 확인하니 벌써 20분째다. 20분이란 시간이 이렇게 답답하고 더디게 흘러갈 수 있었던가.

얼른 미팅 끝내고 방송국 앞 포메인에 가서 쌀국수 국물에 숙주 잔뜩 넣고 해장하고 싶은 생각이 간절했다. 그때 먼저 정적을 깬 건 조 피디였다.

— 어때요? 루이. 컨셉은 맘에 들어요?

…⋯

— 〈루이의 뮤직 인 헤븐〉은 밤 열 시 10대에서 20대 청취자를 타깃으로 매일 다양한 코너를 시도하며 기존의 음악 프로와는 확연히 다른

…⋯

조 피디의 설명에 루이는 여전히 아무 대답도 하지 않았다. 그러더니 매니저를 향해 왼손 손가락을 까닥했다. 그러자 매니저는 날렵한 속도로 검은 양복 안주머니에서 제브라 3색 볼펜을 꺼내 그의 손에 쥐여주었다.

뭐지, 설마 이 분위기에서 사인이라도 해주려는 거야? 내가 제 얼굴을 훔쳐본 걸 눈치라도 챈 걸까? 내 생각이 거기에서 멈추고 정신을 차렸을 때 난 눈앞에서 벌어지는 광경을 믿을 수 없었다.

루이는 난도질을 시작하고 있었다.

열 장짜리 기획안을 첫 장부터 차례차례 천천히!

마치 자기가 빨간펜 학습지 선생이라도 된 듯 비장미 어린 표정으로 흰 종이 위에 시뻘건 혈흔을 마구마구 뿌려댔다.

― 뭐하는 겁니까? 루이! 당장 그만두지 못해요!

얼굴이 하얗게 질려버린 조 피디는 루이를 향해 소리쳤다.

나는 아무 말도 하지 못했다. 눈꼽만큼도 예상치 못한 상황에 직면했을 때 인간은 오히려 현실을 직시하지 못하는 걸까. 흥분한 조 피디를 향해 루이는 비현실적으로 차분한 어조로 이렇게 말했다.

― 후. 져. 요!

방금 덤프트럭 수십 대가 내 머리를 밟고 지나간 게 분명하다.

루이는 구성안을 테이블 위에 던지듯 내려놓았다. 그리고 조 피디를 향해 다시 한 번 정확한 어조로 말했다.

― 컨셉도. 구성도. 섭외한 게스트들도. 몽땅 다 후져!!

그리고 그는 소파에서 벌떡 일어나 로비를 향해 뚜벅뚜벅 걸어 나갔다. 조금의 미련이나 미안함도 비치지 않는 오만방자한 태도였다.

― 피디님, 아시잖아요. 루이, 저희 회사에서도 함부로 터치하지 못해요.

난처한 표정의 매니저는 조 피디와 내게 꾸벅 인사를 하고 그 뒤를 따랐다. 조 피디는 테이블 위의 생수를 단숨에 들이켰다. 그가 떠난 자리엔 갈기갈기 난자된 기획안이 놓여 있었다. 맞다. 내가 그의 외모에 정신을 홀려 잠시 잊고 있었던 거다. 누가 뭐래도 저 녀석은 무개념 왕

싸가지다. 소문보다 몇 단계 더 강력하게 업그레이드된 완결판이다.

그리고 곧 한 가지를 깨달았다.

이건 내 작가인생을 걸고 해볼 만한 싸움이 될 것이다.

함께 있는 동안 루이는 단 한 번도 내 쪽을 바라보지 않았다. 눈을 맞추지도 않았다. 그는 철저히 나를 무시하고 있었던 거다.

지끈거렸던 머리가 더 깨질 듯 아프다. 너무도 갑작스러운 굴욕감에 내 위장이 더 울렁거린다. 이대로 그를 보낼 수 없다. 그럼 나는 두고두고 이 치욕의 순간을 떠올리며 몸서리칠 것이다. 작가로서 자존심이 걸린 이상 할 말은 해야겠다는 생각이 들었다. 나는 자리에서 벌떡 일어나 루이를 향해 크게 소리쳤다!

– 거기 서!!

거만한 자세로 나가던 루이는 그 자리에 멈춰 내 쪽을 돌아봤다. 옆에 따르던 매니저 역시 황당한 표정으로 날 봤다. 그뿐만이 아니다. 로비를 오가던 꽤 많은 사람들이 내 목소리에 일제히 내 쪽을 주시하고 있었다.

이를 어쩐다. 그래, 여자가 말을 꺼냈으면 끝장을 봐야지!

나는 당당히 루이 쪽으로 걸어갔다.

그리고 어디 한번 보자는 표정으로 날 내려보고 있는 루이를 똑바로 올려봤다.

– 너! 진짜 듣던 대로 왕싸가지구나! 니 매너는 시궁창에 처박아두고 다니니?

거침없는 내 발언에 조 피디가 달려와 날 뜯어말렸다.

― 한 작가, 왜 이래! 여기 보는 눈들이 얼마나 많은데! 당신, 술 덜 깼어?

그러나 조 피디도 날 말릴 순 없었다. 이건 나뿐 아니라 우리 모두를 욕보인 것이나 마찬가지였다.

― 내 매너가 왜, 당신 맘에 안 드나?

루이는 팔짱 긴 채 비웃으며 말했다.

저 자식이. 날 계속 무시해! 어디서 그런 용기, 아니 객기가 생겼을까. 난 더 큰소리로 루이에게 따지기 시작했다.

― 피고름으로 쓴 기획안이야! 수정 보완할 사항이 있으면 말로 하면 되지 어디서 빨간펜질이야!

그러자 루이가 팔짱을 풀더니 집게손가락으로 내 이마를 톡톡 두 번 두드리며 말했다.

― 참 안됐네. 당신. 피고름으로 쓴 게 고작…… 쯧쯧.

이럴 수가. 녀석은 뼛속까지 싸가지를 상실한 게 분명하다. 누군가에게 대놓고 이런 모욕을 당한 적은 처음이었다. 나는 이런 모욕을 받을 만한 행동을 하지 않았다.

나도 모르게 온몸에 힘이 쭉 빠져나가 더 이상 대응할 힘조차 남아 있지 않았다.

― 이럴 시간 있으면 방송국 들어가서 회의나 더 하시지!

루이가 거만하게 뒤돌아 가려는데 나는 안간힘을 다해 그의 허리춤을 붙잡았다. 그러자 루이는 거칠게 내 손을 치워냈다.

그리고 그 순간!

누군가 내 위장에 커다란 빨대를 꽂고 힘껏 빨아댄 것처럼 시큼한 내용물들이 식도를 거쳐 거세게 세상 밖으로 튀어 올라왔다.

우웨에엑.

흡사 제주도 토종 똥돼지의 그것처럼 지극히 본능적인 효과음이 호텔 로비에 울려 퍼졌다.

내가 길어 올린 토사물은 루이의 머리끝에서 바지춤까지 흩뿌려졌다.

모양새와 색이 흡사 명절날 부쳐 먹는 녹두전 반죽 같았다.

루이의 당당하고 거만한 얼굴은 순식간에 울어버릴 것 같은 표정이 됐다. 정체 모를 길쭉한 건더기가 루이의 검은 선글라스 위에 대롱대롱 매달려 있었다.

— 이 고약한 냄샌 뭐야! 당장 치우지 못해! 대체 이 여자 뭘 먹은 거야!!!

루이는 선글라스를 벗은 채 그 자리에 서서 방방 뛰기 시작했다. 얼굴이 점점 무시무시하게 변해갔다.

어젯밤 미친 듯 흡입한 족발과 순대 따위가 떠올랐다.

동물성 단백질이 발효되면 이토록 끔찍한 냄새를 풍긴다는 것을 미처 몰랐다.

속에 걸려 있던 것들이 빠져나오니 속은 한결 편안해졌다. 하지만 머리는 더 깨질 듯 아팠다.

나의 찬란한 새 학기는 그렇게 시작되고 있었다.

삭막한 빌딩숲 여의도에 공원마저 없었다면?

생각만 해도 끔찍한 일이다. 벤치에 앉아 테이크 아웃 커피를 마시는 직장인부터 땀 흘리며 농구를 하거나 인라인 스케이트를 타는 사람들이 보인다. 겨우내 묵었던 일상의 때를 털어버리기라도 하듯 활기차다.

내가 불행할 때 왜 세상은 아무렇지도 않게 더 빛나는 걸까.

다들 이렇게 고민 없이 일상을 즐기고 있는데 나는 뭔가. 불과 10분 전, 나는 한참이나 어린 가수에게 무시당하고 기획안을 난도질당했다. 그리고 차마 말하기도 더러운 사건이 발생했다. 첫 대면이 역겨운 토사물 냄새로 기억된다는 건 무지하게 슬픈 일이다.

세상에 이보다 더 불행한 작가는 없을 거다. 나도 모르게 눈물이 찔끔 흘렀다.

옆에서 걷고 있던 조 피디가 볼까 싶어 다시 눈물을 꾹꾹 눌러 담았다. 방송국에 거의 다다랐을 때 조 피디는 루이의 매니저로부터 걸려온 전화를 받았다. 루이가 애초에 생각해놓은 구성안이 있는데 메일로 보냈으니 검토해달라는 내용이었다. 신경질적으로 전화를 끊는 조 피디에게 난 이렇게 말했다.

― 조 피디님, 해주세요.

― 뭘?

― 루이가 원하는 대로 해주자구요. 국장님이 어렵게 데려온 디제이

잖아요. 그럴 만한 가치가 분명 있을 거라구요.

ー 그걸 누가 몰라? 해도해도 너무하니 그렇지! 지가 스타면 다야? 대중들이 떠받들어주니까 뵈는 게 없는 모양인데 어디 저 혼자 방송 만들어보라 그래!! 사실, 나 아까 한 작가 덕에 진짜 통쾌했잖아! 루이 방방 뛰는 거 봤지?

ー 메일 패스워드 어떻게 되세요. 확인해봐요.

나는 얼른 스마트폰을 꺼내 들었다. 조 피디는 패스워드를 알려주며 은근 내 눈치를 살피고 있었다.

ー 정말…… 괜찮겠어? 자기가 원한다면 잠깐 다른 프로그램으로 옮겨줄 수도 있어……

ー 걱정 마세요. 저도 이번 기회에 루이한테 어리고 찰진 기운 받아서 회춘 좀 해보죠 뭐.

나는 스마트폰으로 조 피디의 이메일 계정에 접속했다.

조 피디는 아직도 구식 2G폰을 사용하고 있다. 핸드폰까지 스마트폰으로 바꾸면 그날로 아날로그와는 영영 이별일 것만 같다나.

나 역시 그에게 스마트폰 사용을 권유한 적은 한 번도 없다. 삐삐와 음성사서함의 낭만을 기억하고 공중전화박스 옆에서만 걸리던 시답지 않은 시티폰을 증오해본 적 있는 90년대 학번. 우리가 아날로그의 감성을 기억하는 같은 세대란 사실은 함께 방송을 만드는 데 큰 도움이 된다.

기획안을 검토하는 데는 몇 분이 채 걸리지 않았다. 기획안은, 솔직히 생각보다 나쁘지 않았다.

아니, 훌륭했다.

루이는 우리 프로가 나아갈 방향에 대해 비교적 잘 이해하고 있었고 기획안에도 치열하게 고민한 흔적이 보였다.

— 새 드라마 들어가서 스케줄 살인적이라던데 언제 이런 걸 만든 거야!

조 피디가 투덜거리는 건 당연하다.

루이는 내게 작가로서 끔찍한 자괴감을 안겨준 고마운 디제이로 기억될 것이다.

D-4

낮에 그토록 복작거리던 여의도는 밤이 되면 무거운 정적 속으로 가라앉는다.

방송국 앞에서 택시를 타고 마포대교를 건넜다. 집 앞까지 도착하는 시간은 10분이 채 걸리지 않는다. 마라톤 회의를 마치고 집에 돌아온 시각은 새벽 한 시.

마포에 위치한 작은 복층형 오피스텔. 이곳이 즐거운 나의 집이다.

현관문을 열고 들어서자 참았던 피로가 밀려온다. 바스러지기 일보 직전이다. 작은 소파 위에 노트북이 든 가방을 대충 던지고 나니 몹쓸 허기가 느껴졌다. 저녁을 아메리카노 한 잔으로 때웠기 때문이었다.

— 얘 좀 봐. 카페인이 여자 피부에 적인 거 모르니?

어디선가 엄마의 잔소리가 들렸다.

반사적으로 고개를 돌렸지만 그곳엔 엄마 대신 냉장고 문에 붙은 노란 포스트잇이 보였다.

'반찬 넣어놨다. 밤에는 살찌니까 먹지 말고. – 엄마가 –'

냉장고를 열어보니 차곡차곡 제자리를 차지하고 앉아 있는 반찬통이 보인다.

어서 자기를 먹어달라는 듯 매력적인 얼굴이다. 나는 그것들을 꺼내 식탁 위에 펼쳐놓았다. 그사이 선반에서 햇반을 꺼내 전자레인지에 돌리는 것도 잊지 않았다.

데친 꼬막에 양념장을 끼얹은 짭조름한 꼬막무침부터 향긋한 깻잎장아찌, 다시마를 넣고 우린 간장과 물엿에 조려낸 우엉조림에 부드러운 시금치나물, 붉은 당근과 투명한 양파를 잘게 다져 부쳐낸 계란말이와 동글동글 메추리알을 넣은 장조림에 고소한 육즙이 흐르는 떡갈비까지.

지금 막 요리잡지에서 튀어나온 것처럼 빨간 실고추와 잣가루까지 데코레이션된 반찬은 허기진 내 위장을 더더욱 자극시켰다. 손가락으로 깻잎 한 장을 집어 입으로 가져갔다. 조미료를 절대 쓰지 않고 만든 엄마의 밑반찬은 언제나 정갈하고 맛깔 난다. 분명 꼬막은 벌교에서 오늘 새벽에 주문한 것일 테고 유기농 채소부터 유정란, 최상급 한우까지 조선시대 임금님 진상품 선별하듯 까다롭게 식재료를 골랐을 엄마의 자부심이 느껴진다.

땡!

정확히 2분 후, 햇반이 다 데워졌음을 알리는 소리가 들렸다. 내가 인스턴트 밥을 먹는 걸 보면 엄마는 또 한 소리 하겠지.

– 그게 밥이니? 쓰레기지!

엄마는 꽤 알려진 요리 전문가다.

서점에 가면 엄마의 이름을 건 『우리 가족 건강밥상 50』이라든지 『소중한 내 아이를 위한 웰빙 이유식』, 『내 남편 기 살리는 스테미너 요리백과』 같은 책을 손쉽게 볼 수 있다. 청담동에 누구누구 댁 며느님들, 백화점 문화센터 요리 강좌의 젊은 주부들이 엄마를 따르는 수강생들이다. 몇 년 전 한 케이블 채널에서 엄마의 이름이 붙은 요리 프로그램까지 맡고 나서 엄마를 찾는 이들이 더 많아졌다고 한다. 두 아이를 키워낸 주부이기에 가능할 법한 가정식 레시피들을 선보일 때마다 사람들은 "이렇게 손맛 좋은 엄마를 뒀으니 가족들은 얼마나 행복할까"라고 입 모아 말한다고 한다.

하지만 난 일곱 살 이후 엄마의 밥을 먹어본 적이 없다.

엄마와 왕래를 시작한 건 최근 3년 전부터다. 두 살 아래 남동생이 결혼을 앞두고 엄마를 모시고 결혼식을 하고 싶다고 선언한 덕분이었다. 다행히 아버지도 크게 반대하진 않았다. 그즈음 건강이 안 좋아지시고부터는 절대 꺾이지 않을 것 같던 그 고집도 한풀 수그러든 것이리라.

동생의 결혼식 이틀 전, 도산공원 앞 레스토랑에서 우리 네 식구가 다시 만났다. 정확히 23년 만의 상봉임에도 불구하고 그리 어색하지도 눈물겹지도 않았다. 다만 세월이 엄마만은 비껴간 듯 젊고 고운 모습이 그대로 남아 있었다는 것이 놀라울 따름이었다.

삶은 원래부터 공평치 못한 놀이라는 걸 진즉부터 깨닫고 있었기에 망정이지 그렇지 않았다면 막 실연을 당해 푸석한 내 몰골이 엄마보다 더 늙어 보인다는 사실을 참을 수 없었을 거다.

– 어쩜…… 길에서 보면 몰라보겠다.

엄마가 내게 던진 첫마디였다. 엄마는 아버지가 동생의 부축을 받으며 잠시 화장실에 간 사이 내 쪽으로 살짝 몸을 굽히더니 나지막하게 말했다.

– 애 얼굴 푸석한 거 봐. 누가 봐도 연애도 안 하는 얼굴이네. 쯧쯧.

말없이 고개를 젓는 내게 엄마는 함께 살고 있는 남자가 있노라고 말했다. 엄마보다 열 살 어린 남자는 미국에서 요리학교를 나온 엄마의 제자라고 했다.

딸은 어린 여자한테 도망간 남자 때문에 5년은 늙었는데 23년 만에 만난 엄마는 연하의 남자친구 자랑에 얼굴이 붉게 상기됐다.

그날 내 앞에 앉아 있던 사람은 어릴 적 헤어진 엄마가 아니라 새로운 사랑에 빠진 한 여자였다.

솔직히 같은 여자로서 엄마가 질투 나서 견딜 수가 없었다. 아마도 오늘 엄마는 모 리빙잡지에 '제철 맞은 꼬막을 이용한 우리 가족 입맛 살리는 상차림' 따위를 촬영한 소품을 혼자 사는 딸을 위해 챙겼을 거다.

배가 어느 정도 차자 졸음이 밀려왔다. 하지만 아직 해야 할 일이 남아 있다.

새로 시작하는 미니시리즈도 1회 방송이 성패를 가르는 것처럼 라디오도 마찬가지다. 첫방부터 듣는 이들을 매료시켜야 한다. 들어도 그만, 안 들어도 그만인 방송은 이미 시시하다는 뜻이다. 시시하다는 것은 단축번호 157번쯤에 저장된 여분의 존재다. 그건 마치 이제 제 숨을 다해 깜박이는 형광등과 같다. 곧 쓰레기 분리수거함으로 들어갈 운명이란 거다.

복층 오피스텔의 2층은 큼직한 더블침대 하나만 둔 채 침실로 쓰고 있다. 벌써 30분째 침대 프레임에 등을 기대고 커서가 깜박이는 노트북을 노려본다. 첫방에 어울리는 좀 더 근사한 오프닝 멘트가 없을까. 쓰고 지우기를 벌써 수차례. 하늘 아래 새로운 건 없다지만 그래도 왠지 좀 더 고민하면 나올 것 같은데…… 에잇, 그까이꺼 대충 써버려?

처음이 주는 설렘은 언제나 우리 가슴을 요동치게 만들죠.
첫사랑, 첫눈, 첫 고백…… 첫 키스.

오 마이 갓! 이게 웬 쌍팔년도 호돌이 굴렁쇠 굴리는 멘트란 말인가. 진부함에 손발이 다 오그라든다. 이런 원고는 공중파 방송용은커녕 중학교 방송반 수준도 안 된다. 더 볼 것도 없이 삭제! 오늘따라 키보드의 백스페이스 키가 바쁘다.

머리도 환기시킬 겸 인터넷으로 새로운 뉴스가 올라왔는지 검색해보기로 한다. 초록 배경의 포털사이트에 접속하자, 실시간 검색어 1위에 '루이, 라디오'라고 뜬다. 그 검색어를 본 나는 기다란 검색창에 루이의 이름을 입력해본다.

엔터 키를 누르기 무섭게 그에 관한 기사와 블로그, 카페가 셀 수 없이 쏟아졌다. 나는 몇 번의 클릭으로 이미 알고 있는 간단한 프로필을 제외하고 루이에 대한 새로운 정보를 얻었다.

그는 네 살 때부터 기타와 피아노를 쳤고(지가 무슨 신동이야?) 중고등학교를 다니는 대신 음악을 가르치는 전문기관에서 작사 작곡을 공부했다고 힌다. 열일곱에는 자기 이름으로 영문 소설책을 출간하기도 했다. 유튜브에 올린 기타 연주 동영상이 화제가 되기도 해 외국에도 꽤 많은 팬을 확보하고 있는 듯했고 좋아하는 음식은 한식, 그중에서도 된장찌개(어? 이건 좀 의외다), 186센티미터나 되는 키는 이미 중학교 때 다 자랐으며 스포츠 중에는 농구를 가장 좋아하고 현재 페르시안 고양이 '키티'를 키우고 있다. 좋아하는 컬러는 스카이블루, 가보고 싶은 곳은 몰디브, 혈액형은 B형에 발 사이즈는 280밀리미터…… 심지어는 그를 찬양하는 열혈 팬 카페에서는 그가 열네 살에 작곡했다는 음악 파일까지 찾아냈다.

인터넷이 없었다면 과연 내가 방송 작가가 될 수 있었을까?

검색창에 찾고자 하는 단어만 입력하면 연관 검색어 열댓 개쯤은 주루룩 달리고 관련 기사와 블로그까지 패키지로 딸려 나오는 세상. 말 그대로 '현대인의 블로거화' 덕에 개성 넘치는 일반인을 섭외하는 것 또한 어려운 일이 아니다. 거기다 생방송 중 실시간으로 청취자와 소통할 수도 있고 다양한 소재도 얻을 수 있으니 방송작가에게 인터넷은 21세기가 내린 선물이 아닐 수 없다. 내가 IT 강국 대한민국에 태어났다는 사실에 두 팔 벌려 올레!를 외쳐야 할 판이다.

하지만 때로는 궁금하다.

나와 소통하는 그 수많은 사람들은 대체 어디에 있을까?

내 미니홈피에 다녀가는 하루 평균 70명의 사람들과 내 블로그에 방문한 400명의 방문객과 100여 명의 이웃들은 어느 곳에 살고 있는 걸까?

나른한 휴일 오후, 내게 아름다운 한 편의 시와 삼청동에 새로 생긴 레스토랑을 소개하고 싱글을 위한 여행지를 전수하며 12개월 할부로 긁은 잇백 사진을 올려 '이 가방 어때요?' 하며 반응을 묻고, 바뀐 거실 인테리어를 속속들이 소개하던 그 많던 사람들은…… 이 나라 이 땅 어딘가에서 살아 숨 쉬고 있긴 한 걸까?

그렇다면 매일 아침 지하철에서 혹은 건널목에서 마주치는 회색의 무표정한 이들은 누구일까? 만약 그들이 지난 밤 서로의 블로그며 미니홈피를 들락거리며 안부를 묻던 정다운 이웃의 실체라면 내가 느끼는 이 고독이 설명될 수 있을까.

나는 루이가 열네 살에 작곡했다는(믿거나 말거나) 기타 연주곡 파일을 클릭했다. 조금은 거칠면서도 부드러운 기타 선율이 들려왔다. '나

나나나 나나나 나나나나나……' 신기하다. 듣다 보니 저절로 눈이 감 겼다. 지금 나는 해가 저물어가는 여름 저녁, 유럽의 어느 후미진 골목 쯤에 있다.

새벽 3시 15분, 피로한 기운이 내 방 안에 주저앉았다.

30여 분의 검색이 끝난 후 루이와 나 사이의 거리는 딱, 그 시간만큼 좁혀져 있었다.

D-DAY

드디어 봄 개편 첫날이다.

출근길, 방송국 로비에 발을 디딜 때 기분은 언제나 흥분된다. 특히 오늘처럼 개편 첫날이라면 심박수는 더 빠르게 요동친다. 2011년 SBC 라디오 봄 개편에는 총 열일곱 개 프로그램 중에 네 개의 프로그램이 폐지됐고 다시 새로운 네 개의 프로그램이 신규 편성됐다. 새 디제이 들 얼굴이 박힌 홍보 포스터가 방송국 내부 곳곳과 구내식당에까지 빠 짐없이 도배돼 있다.

엘리베이터에 올라 11층 버튼을 누르는데 좌측 벽에 붙은 포스터가 보인다.

주인공은 바로 이번 개편 핫FM의 야심작, 루이다.

단추 세 개를 풀어헤친 흰 셔츠 차림에 한 손에 헤드폰을 든 포즈가 제법 디제이스럽다.

거기에 특유의 살인미소까지 남발하며 자체발광중이니 뭐~ 이건 한 편의 CF가 따로 없다. 방송국 내에서조차 루이 포스터가 실종(?)되는 일이 왕왕 있을 정도라고 하니 그의 인기가 실감된다.

'〈루이의 뮤직 인 헤븐〉, 밤 열 시부터 이곳은 당신만의 파라다이스가 됩니다. 저와 함께 느껴보실래요?'

포스터의 문구가 거슬린다. 느끼긴 뭘 느껴? 라디오가 무슨 불감증 환자 집합소야? 이 닭살스런 문구는 분명 '필(Feel)을 중요시하는' 유리의 작품일 거다.

– 오셨어요? 언니. 아, 아저씨 그건 이쪽에 놔주세요. 아뇨, 그쪽 말고, 이쪽요.

유리는 루이 팬들이 첫방을 축하하며 보내온 선물을 정리하느라 정신이 하나도 없어 보인다. 이미 우리 팀 부스는 꽃바구니와 택배 상자들로 발가락 하나 디딜 틈조차 없다.

– 보이시죠? 아침부터 난리예요. 미국, 홍콩, 일본에서 보내온 것들도 있어요.

'루이 오빠'를 격려하기 위해 팬들이 보낸 선물은 때로는 일반인들의 상상을 초월하는 것도 많다.

스케줄에 지친 루이의 체력 보강을 위한 녹용, 인삼은 기본이요, 어떻게 알았는지 루이의 신체 사이즈에 딱 맞는 명품 브랜드의 속옷과 신상 구두, 루이 얼굴을 새겨 넣은 초대형 케이크도 보인다. 이건 또 뭔가. 루이가 키우는 페르시안 고양이 '키티'를 위한 유기농 먹이들과 장난감들이다(루이 고양이 신세가 나보다 낫다). 거기에 이동시 밴에서 사용할 미니 노트북과 전문가용 디지털 카메라까지. 겨울 스포츠를 즐긴다는 루이를 위해 때 이른 보드복과 스노보드도 보인다.

백화점을 통째로 쓸어오기라도 한 것일까.

마음 착한 팬들은 루이 몫뿐 아니라 스탭들의 간식까지 빠트리지 않는다. '우리 오빠 잘 부탁드린다'는 의미다. '그럴 정성 있으면 부모님 생신이나 챙겨라'라는 충고 따위는 필요 없다. 스타가 그들에게 주는 기쁨을 결코 부모들이 대신해줄 순 없으니까 말이다.

나 역시 원치 않는 입시 경쟁에 내몰린 그 시절, 누군가의 열렬한 팬이었다. 학교에서 내가 모르는 다른 반 아이들까지도 내가 그의 팬이라는 것을 알 정도였으니까.

내가 나의 스타를 위해 만들었던 깨알 같은 1,000개의 학 알이나 신문 기사를 스크랩한 노트와는 다르지만 지금 이들의 팬심 역시 진심일 것이다. 표현법이 다르다고 해서 사랑이 아닌 건 아니다.

20세기의 나와 21세기의 그들, 자신의 스타를 향한 마음은 그렇게 다른 듯 닮아 있다.

A 스튜디오.

21:59:50

벽에 걸린 디지털 시계가 빠르게 깜박인다. 생방 10초 전이다.

─ 5초 전, 3초 전, 1초 전…… 스타트~!

조 피디의 큐 사인과 동시에 온에어 전광판에 빨간불이 들어온다.

그리고 콘솔을 잡은 엔지니어의 손길에 의해 시그널 음악이 깔린다.

조 피디가 사흘 밤낮 음반실에서 기거하다시피 해서 찾아낸 보물이다.
시그널이 사그러들 즈음 부스 안에 있는 루이의 시선과 조 피디의 손
사인이 정확하게 맞아떨어진다.

살랑살랑 바람을 타고 전해지는 봄 냄새가 좋은 밤입니다.

제가요. 평소엔 긴장 같은 거 잘 안 하는 성격이에요.

그런데 이상하게도 요 며칠 계속 긴장이 되더라구요.

심지어 어젯밤엔요, 잠도 잘 못 잤어요.

저 원래 머리만 대면 잘 자거든요~

그래서 '왜 이러지?' 하고 곰곰이 생각해봤더니

글쎄 여러분에게 잘 보이고 싶은 맘 때문이더라구요.

좋아하는 사람 앞에 서면 잘 보이고 싶고 막 떨려서

괜히 안 하던 실수도 하게 되고 그렇잖아요.

지금 제 맘이 딱 그래요.

너무 좋아하는 사람을 앞에 두고 잘 보이고 싶은 마음,

멋져 보이고 싶고 근사한 사람으로 보이고 싶은 마음뿐입니다.

그래서 오늘은 제가 제일 아끼는 옷도 꺼내 입고

미용실에 들러 머리도 더 신경 써서 하고 왔어요.

그런 사소한 부분 하나하나까지 여러분께 전달되길 바라면서요……

그러니까 초보 디제이 루이, 예쁘게 봐주셨음 합니다.

지금도 계속 두근두근 떨리는 제 맘, 느껴지시나요?

드디어 루이의 첫 오프닝 멘트가 전파를 탔다.

조곤조곤 친구에게 속삭이듯 애교 섞인 루이의 목소리를 듣고 있으려니 정신이 혼미해지는 듯하다. 이거…… 뭐지?

— 우와~ 언니, 루이 느낌 대박인데요. 루이, 성대에 빙하수분크림이라도 바르고 온 걸까요? 어쩜 이렇게 촉촉할 수 있죠?

양 엄지손가락까지 추켜올리는 유리의 호들갑에 엔지니어도 한마디 거든다.

— 좋은데요~ 연습 많이 했나 보네. 호흡 끊는 타이밍도 딱딱 알고~

— 역시 명품이 괜히 명품이겠어요? 어디서든 그 가치를 숨길래야 숨길 수 없으니까 명품이죠~

유리 말대로 루이가 정말 명품인지는 모르겠지만 톤이 낮으면서도 기분 좋게 귓속을 간질거리는 그의 보이스가 정품인 건 확실한 것 같다.

— 보세요, 보이는 라디오도 접속 폭주고 게시판에 실시간 사연도 계속 올라와요.

유리의 말에 조 피디와 나는 얼른 모니터 앞으로 가서 〈루이의 뮤직인 헤븐〉 사이트를 들여다봤다.

— '우유빛깔 루이, 대박기원 합니다', '매일 밤 즐겨찾기 할게요. 사랑해요', '어쩌실 겁니까. 오늘 밤 자긴 글렀네요. 흥분돼요'……

— 조 피디님, 이건 또 어떻구요. '니 목소리 내꺼! 내 영혼은 니꺼!',

'바다 건너 일본에서 듣고 있어요. 루이짱 화이또!'

그때, 조 피디의 핸드폰 문자수신음이 울렸다.

— 국장님이셔. 지금 우리 방송 모니터하고 계신대. '느낌 좋다, 잘 해봐라.' 알지? 우리 국장님 촉 죽이는 거? 하하하.

국장님의 응원에 조 피디는 마치 어린아이처럼 좋아한다. 역시 직장인들에게 상사의 칭찬만 한 자양강장제는 없다.

통유리 너머로 보이는 루이는 두 눈을 지그시 감고 있다. 1부 마지막 곡으로 나가는 라디오헤드의 〈Creep〉에 심취해 있는 모양이다. 그는 지금 저 한 평 남짓한 유리상자 속에서 자기식의 파라다이스를 만들어 가고 있는 게 분명하다.

이 순간, 루이와 함께 일하게 된 게 어쩌면 그리 불운한 일은 아닐지 모른단 생각이 들었다.

방송이 끝나고 디제이와 스텝들이 모여 조촐한 자리를 기대한 건 큰 착각이었다.

'맥주나 한잔하며 첫방의 소감을 나누자'는 조 피디의 말이 끝나기도 전에 루이는 다음 스케줄이 있다며 거절했다.

그리고 첫방 원고 어땠냐며 묻는 내게 차갑게 한마디 던졌다.

— 뭐, 그저 그랬어!

그를 싣고 사라지는 거대한 밴이 시커먼 동굴처럼 보였다.

루이는 아직 모를지 몰라도 라디오는 다른 매체와 달리 유독 가족적인 분위기의 방송이다. 방송이 끝나고 나면 으레 디제이와 스텝이 모여 식사를 하거나 맥주 한잔을 나누는 일이 자연스럽다. 지난 학기 〈김복남의 스페셜 쑈〉 역시 회식자리에서 맺어진 끈끈한 정을 바탕으로 최고의 팀워크를 자랑했다. 김복남 아저씨는 소주가 한잔 들어가면 저녁식사에 우릴 끌어들이는 이유를 이렇게 변명했었다.

─ 식구가 뭐냐? 밥 식(食)에 입 구(口)! 같이 밥 먹는 사이다 이 말야! 우린 한 배를 탄 식구니까 당연히 밥을 먹어야지! 안 그러냐? 조 피디, 안 그래? 한 작가! 엉?

─ 에이~ 아저씨, 우린 밥보단 술을 주로 같이 마시니까 술 주(酒)자 써서 '주구' 아니에용?

이렇게 말한 건 혀가 꼬여 콧소리를 뿜어내던 유리였다.

이런들 어떠하며, 저런들 어떠랴. 김복남 아저씨와 바쁜 톱스타를 비교할 순 없는 거다.

디제이가 빠진 채로 우리 팀은 방송국 앞 치킨 집에서 바삭하게 튀겨진 닭 날개에 생맥주를 마시며 첫방에 대한 합평시간을 가졌다. 은근히 알코올 기운이 돈 나는 그 힘을 빌려 루이에게 문자를 하나 보냈다.

'오늘 수고했다! 멋진 디제이가 탄생할 것 같은 예감이 팍팍 드는걸!^^ ─ 주경 누나'

전송 버튼을 누르고 나자 그렇게 뿌듯할 수가 없었다.

난 까다로운 디제이와 개편 첫방을 무사히 마친 프로 작가다. 날 개무시하던 어린 디제이를 포근하게 품을 줄 아는 자애로운 영혼이다.

아마 루이도 이 문자를 받고선 나와 같은 생각을 하겠지? 그리고 곧 나의 세심함에 감동한 답 문자를 보낼 것이다.

오늘은 신성한 개편 첫날 아닌가.

그러나…… 문자를 보낸 지 한 시간이 지나도 아무 연락이 없다. 혹시 이 시간 모든 통신사의 연결망이 불통이 된 걸까? IT 강국 대한민국에서 그런 일이 일어날 확률은 얼마나 될까?

그렇다.

이런 몹쓸…… 루이는 내 문자를 잘근잘근 씹어 드시고야 말았다.

다음 날 작가실, 나는 유리와 메신저로 이번 주 스케줄을 확인하고 있었다.

막내 작가의 자리는 작가실이 아니라 담당 피디 옆자리에 있기 때문에 이게 평소 우리의 소통 방식이다.

한주경 : 오늘 2부에 출연할 게스트 확인 전화 됐니?

상콤섹시한 유리 작가 : 어? 언니. 기억 안 나세요? 그거 루이가 직접
　　　　　　　　　　　섭외하기로 했잖아요~

맞다! 유리가 입력한 문장을 보자 그제야 생각이 났다.

매주 화요일 2부에는 '영화 음악의 이해'라는 코너가 방송될 예정이다. 언뜻 들어선 수강만 하면 A는 거저 얻을 것 같은 교양과목을 떠올리게 하는 이 코너에서는 우리의 감성을 뒤흔든 영화 속 OST들을 소개할 예정이다. 루이가 직접 기획한 이 코너는 지금까지 이 시간대에서 볼 수 없던 개성 있는 색깔을 드러낼 거다.

― 솔직히 이 코너, 내가 라디오국 들어온 후 첨으로 맘에 쏙 든다!

조 피디는 지난 주 루이와 마주한 회의에서 내 쪽을 향해 나지막이 속삭였다. 그러고는 괜한 헛기침을 두어 번 한 후, 루이를 향해 이렇게 말했다.

― 근데 이거 전문가 섭외가 만만치 않다는 거 아나! 루이가 아직 경험이 없어 잘 모르나본데 말야~

루이의 나이를 의식한 조 피디의 말투는 분명 그의 신경을 건드렸을 게 분명하다. 재빠르게 그의 표정을 살폈다. 그러나 루이는 의외로 예상한 듯 무덤덤한 표정이다.

― 알아요. 무슨 얘기신지.

― 생각보다 정통한 전문가가 흔치 않거든. 너무 뻔한 사람은 식상하고. 어설픈 사람 데려다 앉혀놔서 얕은 지식으로 떠들어봤자 금세 들통 난다구. 요즘 청취자 수준이 얼마나 높은 줄 알아? 그나마 팝 칼럼니스트 정훈 씨 정도면 어떨까 싶은데, 어때 한 작가 생각은?

― 네? 아, 제 생각에도……

난감해하는 내 말을 딱 자르고 들어온 건 루이였다.

– 여기 적임자는 내가 알아요. 피디님, 저한테 맡겨주세요.

그렇게 공손(?)하고 확신에 찬 말투는 처음이었다. 그의 태도에 조 피디 역시 한결 부드러워지더니 급기야는 "그래? 그럼 루이가 한번 알아서 해보지"라고 말해버렸다.

평소 꼼꼼하고 철저한 조 피디가 확인도 안 하고 고정 게스트 섭외를 맡기다니, 놀라운 일이었다.

그러나 그 뒤로 아직까지 그 '적임자'에 대한 아무 언급도 없다는 게 문제다.

방송을 하면서 이런 일은 극히 드문 경우다. 아니 거의 없다!

당장 오늘 생방에 출연할 게스트에 대한 정보가 없다니. 일단 믿고 가보자고 한 조 피디가 아니었다면 성격 급한 나는 벌써 펑크를 막아줄 '땜빵' 섭외에 피가 마르고 있을 거다.

화요일 1부는 요즘 잘나간다는 신인 개그맨 둘을 게스트로 맞아 '내 생애 가장 창피한 하루'에 대한 사연을 소개하는 시간이다.

예비 시댁에 인사드리러 간 자리, 시아버님 되실 분 앞에서 방귀를 뽀옹— 하고 뀌어버렸다는(그것도 냄새가 아주 독한) 사연부터, 헤어진 전 애인의 미니홈피를 들락거리다가 미니홈피 방문자 추적프로그램에 딱 걸려 한 번만 더 방문하면 스토커로 신고하겠다!는 최종통보를 받고 일촌에서 짤렸다는 군인의 이야기, 그리고 날씨가 너무 좋아 하늘 거리는 쉬폰 스커트 입고 소개팅하러 나갔다가 어디선가 불어닥친 봄

바람에 스커트가 홀라당 뒤집혀 첫 만남부터 볼 것 못 볼 것 다 본 사이가 되었다는 대학생의 사연까지…… 두 신인 개그맨은 서로 주거니 받거니 하며 혼을 다해 맛깔 나게 코너를 이끌어갔다.

남을 웃기는 직업을 가진 사람들은 정말 대단하다는 생각이 들었다. 어쩜, 원고에도 없는 얘기들을 어디서 저렇게 갖다 붙이는지……

부스 밖에 선 채로 듣고 있던 유리와 나는 연신 깔깔대며 웃었다. 어찌나 웃었던지 눈물이 찔끔 나고 옆구리가 다 쑤셔왔다.

— 언니, 우리 리액션 쫌 괜찮은데요? 쉬는 날 같이 방청객 알바라도 뛸까요?

— 그럴까? 그거 얼마나 준다니? 시간당 페이가 얼만지 한번 알아 봐~

이런 우릴 보던 조 피디는 매우 시니컬한 어조로 이렇게 말했다.

— 쯧쯧. 작가란 사람들이 유머 기대치가 그거밖에 안 돼? 요즘 삶이 많이 고달픈가 봐. 둘 다.

— 피디님은 저게 안 웃기세요? 진짜 장소팔, 고춘자 이후 최고예 요. 대박~

유리가 제 엄지를 번쩍 들어 보였다.

— 장고 커플을 알아? 니가?

— 장고 커플은 장동건, 고소영 아닌가?

조 피디의 말에 뜬금없는 대답을 내놓은 건 바로 나였다.

— 에이~ 알죠. 그걸 왜 몰라요. 만담의 대가들 아니에요~

또 한 번의 편견이 무너지는 순간이다. 어리면 잘 모를 거라는 생각,

우리 세대와 너희 세대는 다르다는 생각, 우리는 하루에도 얼마나 많은 편견을 만나고 그것이 진실인 양 믿고 싶어 할까. 마치 그게 편견일 뿐이란 걸 두려워하는 사람들처럼.

— 수고하셨습니다! 안녕히 계십쇼.

— 다음 주에 뵙겠습니다. 피디님, 작가님들~~

제 몫을 다한 후 꾸벅 큰소리로 인사하고 나가는 신인 개그맨들의 뒷모습이 건강하게 느껴졌다.

— 여자친구 있을까요?

그들이 가고 난 뒤 유리가 말했다.

— 누구?

— 아까 둘 중에 좀 더 느낌 있게 생긴 사람 있죠? 귀티나구……

— 글쎄…….

내 눈에는 둘 다 비슷하더만. 유리가 말하는 귀티나는 사람은 대체 누굴 말하는 걸까?

— 아~ 그 친구……

나는 애써 아는 시늉을 했다.

— 그쵸? 언니가 봐도 꽤 괜찮지 않아요?

유리의 볼에 발그레하게 화색이 돈다.

— 제 이상형이 재밌는 남자거든요~ 히히.

젊음이 아름다운 이유다. 누군가의 장점에 금세 반하기도 하고 때와 장소 구분 없이 설렐 수 있는 것. 두근대는 심장을 갖는 것. 부디 재미

있는 남자이되 '우스운' 남자는 걸리지 않기를. 뭔가를 발견한 듯 두 눈을 반짝이는 유리를 보며 나는 그렇게 바랐다.

1부가 끝나고 2부가 시작되는 11시 5분까지는 12분 정도의 시간이 남는다.

그동안 노래가 한 곡 나갈 거고, 열 개의 광고가 붙을 거다. 루이가 방송하는 이 시간대 광고는 이미 완판이다. 이러니 윗분들 입이 귀에 걸릴 수밖에.

모든 게 순조로웠다.

아직 2부 게스트가 도착하지 않았다는 사실만 제외하고.

모든 게스트는 최소한 30분 전에는 미리 와서 원고도 맞춰보고 방송 준비를 해야 한다. 그래야만 최선의 방송이 나올 수 있다. 그것이 방송인으로서의 기본 자세다.

그런데…… 루이가 데려온다던 그 적임자는 아직 나타날 기미조차 보이지 않는다.

– 뭐야, 방송 10분도 안 남았는데! 한 작가, 얼른 가서 루이한테 확인해봐!

이제까지 여유 부리던 조 피디도 애가 탔는지 흥분한 목소리다.

비상이다!

내 이럴 줄 알았다. 조 피디가 뭐라 해도 땜빵을 구해놓는 건데…… 혹시나 이대로 펑크나버리면 어쩌지? 1층 로비에 내려가 지나가는 아무 연예인이나 붙들고 섭외를 해볼까? 개편 첫방부터 임시 게스트라니…… 참 볼 만하겠다. 그럼 나라도 들어가 노래라도 한 곡조 뽑아야 하는 건가? 그건 더 악수(惡手)가 될 게 확실하다.

오만 가지 생각이 머릿속에 뒤엉켰다.

나는 두꺼운 방음문을 열고 부스 안으로 들어갔다. 그 안에서 루이는 태연하게 앉아 깍지 낀 두 손을 머리에 올린 채 눈을 감고 있었다. 분명 내가 들어오는 소리를 들었을 텐데도 미동도 하지 않는다.

– 저기……

아무 대꾸도 없다. 눈도 뜨지 않는다. 내 목소리가 너무 작아 못 들은 걸까.

– 니가 섭외한다던 2부 게스트는 어떻게 된 거니!

– ……

통유리 밖을 보니 조 피디는 손으로 시계를 가리키며 야단이 났다. 유리는 옆에서 어쩔 줄 모르고 발만 동동 구른다. 조 피디의 얼굴이 이스트 넣은 빵처럼 점점 부풀어오른다. 저러다 빵! 터져버리는 건 아닐지 걱정됐다.

– 루이, 게스트 말야!! 어떻게 된 거야!

– ……

– 이제 곧 2부 시작이라구!!!

– ……

불행인지 다행인지 조 피디의 얼굴이 터지기 전에 내가 먼저 터져버렸다.

─ 이 자식아! 사람 말이 말 같지가 않아? 왜 말을 안 해? 방송이 장난
인 줄 알어!!!

루이가 두 눈을 번쩍 떴다. 그러고는 날 향해 인상을 잔뜩 찌푸리며
말했다.

─ 그거 알아? 지금 당신, 무진장 시끄럽거든.

─ 너…… 너너…… 지금……

루이의 공격에 흥분한 나머지 목소리가 바들바들 떨렸다. 쪽팔렸다.

─ 머리만 나쁜 줄 알았는데 귀도 안 좋은가 보군.

루이는 벗어두었던 헤드폰을 다시 제 귀에 댄다. 이쯤 되면 지극히
평범한 인간인 나의 인내심은 바닥을 드러낸다.

─ 보자보자 하니까 정말, 니…… 니가 날 보자기로 본다 이거지! 우
린 너만 믿고 기다렸는데 이게 뭐야? 니 이름 걸고 하는 방송 망치고
싶어! 너…… 혹시 나 물 먹이려고 일부러 그런 거니!

─ 쳇!

그는 엄청 한심하다는 표정으로 날 올려보며 말했다.

─ 내가 그렇게 한가한 놈으로 보여? 당신 따위하고 시시한 장난칠
만큼!

더 이상은 안 된다. 나도 사람이다. 이렇게 당하고 있을 수만은 없는
거다.

─ 니가 날 왜 무시하는지는 모르……

- 기다려. 올 거니까.

내 말을 뎅강 잘라먹다니. 나쁜 놈……

- 올 거라구. 그 사람, 무슨 일이 있더라도 약속, 지키는 사람이야.

이게 약속을 지키는 사람의 태도란 말인가?

벽에 걸린 시계를 보니 방송 시작 30초 전이다.

절망적이다.

그렇다고 지금 그냥 문을 열고 밖으로 나갈 수도 없다. 그럼 조 피디가 날 죽일 게 분명하다. 아니 이제 난 죽은 목숨이나 마찬가지다. 미리 대타를 구하지 않은 책임은 메인 작가인 나 역시 함께 짊어져야 할 것이다. 그리고 난 방송 사고를 낸 작가로 모두의 입에 오르내릴 거다.

무책임한 작가로 낙인찍힌 나는 오갈 데 없는 실업자 신세가 되겠지.

그럼 오피스텔 월세는? 만기가 한참 남은 적금은? 지난달에 바꾼 노트북은 아직 첫 번째 할부금도 내지 못했는데?

다리의 힘이 제멋대로 풀렸다. 모든 게 끝났다는 생각이 들자 스튜디오 바닥에 풀썩 주저앉아버렸다. 난 끝이다. 이 재수 없는 녀석앞만 아니면 엉엉 소리 내 울어버리고 싶다.

그때 거짓말처럼 덜커덩! 소리와 함께 묵직한 방음문이 열렸다.

그리고 바닥에 주저앉아 망연자실하고 있는 내 눈에 뭔가가 보였다.

짙은 밤색 워커에 물 빠진 낡은 청바지, 그리고 그 옆에 바퀴 달린 여행용 트렁크까지. 이 신발의 주인은 누구일까? 설마 날 데리러 온 저승사자? 요즘 저승사자들의 새로운 스타일인가.

- 왔어?

루이는 그를 향해 매우 일상적인 인사를 건넸다.

- 내가 좀 늦었지? 비행기는 제시간에 맞췄는데 인천에서 여기까지가 미스였어. 서울, 너무 오랜만이라서 말이지……

- 됐고, 얼른 와서 앉기나 해.

밤색 워커는 트렁크를 질질 끌고 루이 옆자리로 향했다. 나는 그저 멍하니 밤색 워커만 보고 있었다.

- 거기, 언제까지 계속 그러고 있을 거지!

루이의 신경질적인 목소리에 그제야 정신을 차렸다.

나는 엉덩이가 뜨거운 것에라도 데인 듯 벌떡 일어났다. 창 너머로 보이는 디지털 시계는 내게 남은 시간이 얼마 없음을 알려주고 있었다.

3초 전…… 2초 전…… 1초 전……

빛의 속도로 방음문을 열고 지옥을 빠져나오기엔 충분한 시간이었다.

시간이 가진 탄성이란 이런 걸까.

채 5분도 안 되는 시간 동안 10년은 폭삭 늙어버린 기분이다.

하지만 이 얼마나 다행인가. 방송은 여느 때처럼 계속되고 있고 청취자들 역시 평온하게 라디오에 귀 기울이고 있을 테니.

됐다. 그거면 족하다.

그렇게 나름 자신을 위안 중인 내게 유리가 다가와 말했다.

- 루이 어쩜 언니한테 그럴 수 있어요? 실망이에요, 저.

- 응?

- 머리가 나쁘다는 둥, 시끄럽다는 둥. 언니도 여잔데 그럼 안 되는 거 아니에요?

아뿔싸. 방음벽 때문에 부스 안의 소리가 밖으로 안 들렸을 거라 믿은 건 내 착각이었다.

- 마이크 켜져 있었거든요. 저희, 다 들었어요……

유리의 말이 끝남과 동시에 날 보던 조 피디가 황급히 시선을 피하는 게 느껴진다.

그래, 좀 민망하긴 하지만 어쩌랴. 이미 엎질러진 물이요, 긁어버린 카드인 걸.

날 마구 깔아뭉개던 루이의 멘트가 전파를 타고 전국 방방곡곡에 배달되지 않은 걸 감사해야 할 판이다.

- 근데 말이에요. 꽤 근사하죠?

- ……

- 어? 아까 안에서 못 보셨어요? 루이가 데려온 게스트 말이에요. 저 어기.

유리는 네일케어를 새로 받아 화사한 에나멜이 반짝이는 손가락을 들어 부스 안을 가리켰다.

루이 옆에 앉은 한 남자가 보인다.

귀를 덮을 정도로 긴 머리카락이 옆얼굴을 가리고 있다. 다행히 날 데리러 온 저승사자는 아니었던 모양이다. 그 둘이 서로 주고받는 대화는 익숙하고 편안해 보인다. 둘 사이를 메우는 공기의 느낌이 그걸 말해준다. 그런데 이게 뭐지? 이상하다. 낯선 게스트의 목소리가 내 귀에 꽤나 익숙하게 감긴다.

– 유리야. 저기.

– 네?

– 혹시 새로운 게스트, 우리가 아는 연예인이었니?

– 아뇨. 아닐 걸요. 저도 처음 보는 얼굴이더라구요.

유리는 천천히 고개를 저으며 말했다.

– 방금 인천공항에서 오는 길이라던데요. 오늘 영국에서 왔대요.

그렇다면 이 낯설지 않은 느낌은 뭐지?

처음 만나는 사람인데도 그의 목소리는…… 그랬다. 마치 매일 아침 정겨운 안부를 묻고 커피를 마시며 일상을 나누던 목소리처럼 친근하게 다가온다.

어디일까, 저 목소리의 시작은.

– 저것 보세요. 직접 기타 연주까지 할 작정인가 봐요.

통유리 너머의 게스트는 옆에 세워둔 케이스에서 기타를 꺼내기 위해 일어났다. 키가 꽤 크다. 다리도 길다. 구부렸던 허리를 펴며 습관인 듯 한 손으로 옆머리를 쓸어올리자 가려졌던 얼굴 윤곽이 드러난다. 루이를 향해 웃어 보이는 그의 코에 살짝 주름이 잡힌다.

그가 유리창 너머 조 피디를 보며 연주 타이밍을 맞추는 도중, 나와 살짝 눈이 마주친다. 그 순간 그의 얼굴이 또렷이 보인다.

저 사람…… 한국말을 하고 있잖아!!

순식간에 내 주변이 온통 하얗게 변해버린다.

1초, 2초, 3초…… 10초. 그러다가 쨍그랑! 어디선가 나의 시간이 조각나는 소리가 들려온다.

아무 생각도 나지 않는다. 나는 그만 정신이 까무룩해진다.

2004년, 그해 여름은 유난히도 뜨거웠다.

빙하가 녹아 북극곰이 죽어가는 지구온난화 때문인지도 몰랐다.

마치 태양이 통째로 내 가슴속에 훅- 하고 들어오는 것 같은 열기였다.

난 일하던 프로그램을 관두고 유럽 배낭여행길에 올랐다. 국문과에 다니던 4학년 2학기, 한 방송사 아카데미 구성 작가 과정을 거쳐 SBC 라디오에 발을 디딘 지 1년 반 만이었다. 꿈에 그리던 방송 작가가 됐지만 1년이 넘도록 내가 한 일은 전혀 '작가답지 않은' 일들뿐이었다.

나는 진정으로 원했다.

머리를 질끈 묶고 진한 아메리카노를 벗 삼아 노트북 앞에서 고뇌하며 원고를 쓰는 나의 모습을.

하지만 그것은 단지 드라마나 영화 속에서 만들어진 모습일 뿐이었다.

당시 내가 막내 작가로 있던 프로그램은 낮 두 시대의 버라이어티하고 활기찬 프로그램이었다. 덕분에 매일같이 출연자 섭외를 하느라 핸드폰이 내 귀에서 떨어질 시간이 없었다. 게다가 메인 작가 언니의 원고를 출력하느라 복사지에 손이 베이기 일쑤여서 손가락은 늘 칼라밴드 범벅이었다. 운동화가 닳도록 하루 종일 뛰어다녀도 온갖 자질구레한 일들은 줄어들 줄 몰랐다.

어릴 적 읽은 동화 속 '재투성이 신데렐라'의 모습이 나와 같지 않을까 싶을 정도였다.

인터넷 게시판에 올라온 시청자의 사연들을 리라이팅하는 일은 그나마 나았다. 내 숨을 불어넣어 방송에 걸맞게 수정 보완하는 과정은 그나마 조금은 작가스러웠으니까. 고백컨대 그 때문에 1년 반이란 시간을 버틸 수 있었다. 그 이상은 힘들었다.

난 언제쯤 입봉할 수 있을까? 과연, 할 수나 있을까? 하는 생각에 하루하루가 버겁고 실망스럽기만 했다. 그러던 어느 날, 여느 때와 마찬가지로 우리 팀이 점심 대신 먹을 간식을 양손 가득 사 들고 엘리베이터를 타는 참이었다. 메인 작가 언니가 주문한 샷 추가한, 캐러멜 마키아토와 닭가슴살 샌드위치, 피디가 주문한 뜨거운 물을 추가한 아메리카노와 초콜릿 머핀, 디제이를 위한 자몽 주스와 샐러드……

빠릿빠릿함은 막내의 필수 조건이다. 지금쯤 메인 작가 언니는 혈중 카페인 부족을 호소하며 신경질적으로 나를 찾고 있을 게 뻔했다. 최대한 서둘러야 한다는 생각에 맘이 급해졌다.

커피를 담은 종이 트레이를 들고 얼른 11층 버튼을 누르려는데 갑자기 누군가 엘리베이터 안으로 뛰어들어왔다. 제 키보다 높게 방송용 테이프를 켜켜이 들고 있는 걸로 봐서 AD쯤으로 보였다. 문제는 그 젊은 남자가 나를 보지 못하고 그만 밀쳐내고 말았다는 거다. 그 충격으로 내 손을 벗어난 커다란 그란데(Grande) 사이즈의 종이컵과 그 속의 내용물들이 내 발치에서 제멋대로 뒹굴었다.

소사소사 맙소사!

나의 가장 중요한 업무 중 하나인 간식 배달, 그걸 망쳐버리고 말았다.

– 어라, 미안. 그러게 조심 좀 하죠.

양팔이 자유롭지 못한 AD의 형식적인 사과 멘트가 들리자 내 두 눈에서는 커피보다 더 뜨거운 것이 뚝뚝 흘렀다. 나는 막 문이 닫히는 엘리베이터의 열림 버튼을 눌렀다. 그리고 서둘러 도망치듯 엘리베이터를 빠져나왔다.

– 어! 저…… 저기요! 그냥 가버리면 어떡해요!

등 뒤에서 날 부르는 남자의 소리가 메아리처럼 들렸다.

비상계단을 통해 달려온 곳은 방송국 6층에 위치한 음반자료실.

주책없이 흐르는 눈물을 감출 곳이 필요했다. 아무리 세상 물정 어두운 2년차 막내 작가지만 아무 데서나 눈물을 보이는 건 바보 같은 짓이라는 것쯤은 안다.

방송국의 음반자료실이란 곳은 말 그대로 국내외 거의 모든 음반을 보관하고 있는 공간이다. 가수들이 새 앨범을 내면 심의를 받고 이곳에 CD를 제출하기 때문에 없는 음반이 없다고 보면 된다.

언제부턴가 라디오에선 컴퓨터로 음원을 다운받기 때문에 CD플레이어에 음반을 걸어놓는 경우는 거의 없다. 그러나 나를 처음 작가로 뽑아준 나의 첫 번째 피디이신 박 부장님은 예전 방식을 고수하는 분이셨다. 다른 피디들은 번거롭게 그럴 필요 있느냐고 했지만 그분은 달랐다. '맛이 다르다'는 게 이유였다. 나는 그런 박 부장님을 항상 존경해왔다. 당시 부장님이셨던 그분이 지금은 SBC 라디오국 박 국장님이시다.

매일 오후 한 시, 녹음 방송인 새벽 두 시 음악 프로그램에 내보낼 곡들을 손수 선곡한 선곡표를 박 부장님이 건네주시면 나는 그 순간부터 요이땅! 하며 넓디넓은 음반자료실을 종횡무진 헤매고 다녔다.

지금은 좀처럼 구하기 힘든 희귀 음반들부터 최신가요 CD까지……세상의 모든 음악이 착하게 앉아 조화를 이루는 이곳은 내게 남들이볼까 혼자서만 몰래 들어와 보는 보물창고이자, 유일한 피신처였다.

일이 고되고 힘들 때마다, 불안하고 외로울 때마다 나는 이곳으로 도망쳐왔다.

그러고는 원하는 음악을 마음껏 들으며 나 혼자만의 세계로 빠져들곤 했다. 아마도 내가 여기서 남몰래 흘린 눈물을 모았다면 몇 리터는됐을 거다.

초등학교 시절, 얼마나 들었는지 테이프가 늘어져 결국에는 괴성을뱉어대던 변진섭, 김민우, 김종서부터 신해철과 푸른하늘, 윤상, 김현철까지. 그곳에서 내 별들의 음악을 들을 때면 마치 10대의 나와 다시마주한 듯 신비로운 느낌마저 들었다.

– 어휴~ 박 선배 유별나신 거 알아줘야 해. 앉은 자리에서 음원 다운

받으면 얼마나 편한데 말야.

매일 50여 개의 CD를 양팔에 지고 나르느라 낑낑대는 날 보고 젊은 피디들은 안쓰럽다는 듯 말했다. 그러나 다 모르시는 말씀이다.

내게 그 시간이 얼마나 행복했는지, 고집스레 CD를 고수하시는 박 부장님이 얼마나 멋지게 보였는지 나는 아무에게도 말하지 않았다. 말해버리는 순간 내 멋진 비밀 아지트인 이곳이 사라져버릴 것만 같았기 때문이다.

결론을 말하자면, 스타벅스 커피로 엘리베이터 바닥을 샤워시킨 날, 나는 일을 그만두었다.

기다리던 커피 대신 막내를 새로 뽑아야 한다는 부담만 떠안은 메인 작가 언니의 놀란 표정은 지금도 잊혀지지 않는다.

하지만 자고로 떠날 때는 뒤도 돌아보지 않아야 하는 거다. 나는 그 길로 곧장 대학 동창이 근무하는 명동의 한 여행사를 찾았다.

작열하는 태양이 내 열정까지 통째로 집어삼킬 것만 같던 8월 중순, 나는 인천발 런던행 티켓을 끊었다. 이틀 후, 정확히 서른두 시간 후 출발하는 비행기였다.

첫 여행지인 런던에서 파리로 넘어가는 방법으로 택한 수단은 유로스타였다.

마치 영화 속 한 장면처럼 깊은 해저터널을 지나면서 나는 이런 생각에 잠겨 있었다.

진짜 버스만으로 유럽 여행을 할 수 있을까?

유럽 곳곳을 돌기 위해 내가 구매한 티켓은 보통 배낭여행족들이 이용하는 유레일패스가 아닌 우리의 고속버스와 비슷한 유로라인 버스 티켓이었다. 그것을 선택한 데는 다른 이유는 없었다. 단지 기차보다는 버스가 저렴하다는 이유에서였다. 내가 가진 빠듯한 예산으로 유럽을 누비기 위해서는 경비 절약이 필수였다.

백수에게 아쉬운 건 넘치는 시간이 아니라 단돈 1유로였으니까.

한 시간 후 도착한 파리는 어딘지 여유가 느껴졌다. 쫓기듯 숨 가쁘게 흘러가는 우리의 복잡한 일상과는 어딘지 달랐다. 이 정도면 첫인상치고 나쁘지 않았다.

파리의 평범한 생활인들 속에 섞여 이방인의 자유를 만끽할 생각에 가슴이 두근두근댔다.

그래! 이곳은 파리다! 고로 난 자유다!라고 호기롭게 외치는 순간, 꼬르륵~ 뱃속에서 신호를 보내왔다.

이 감격적인 순간에 별로 어울리지 않는 효과음이지만 어쩌랴. 눈앞에 장엄한 피오르가 펼쳐진다 한들 배꼽시계가 울려대면 말짱 꽝인 것이다.

결국 처음 내가 간 곳은 갓 구운 크루아상 냄새가 좋은 작은 빵집. 머리가 하얀 할아버지가 직접 굽는 빵맛은 예술이었다. 게다가 할아버지는 KFC 매장 앞에 서 있는 그 할아버지같이 인자한 인상이었다. 크루아상을 허겁지겁 두 개쯤 먹어치우고 바게트 샌드위치를 주문했다. 갓 구운 바게트의 가운데를 척 가르더니 대충 버터를 바르고 신선한 양상추를 몇 조각 넣은 다음 뜨거운 달걀 프라이 하나를 끼워 넣은 샌드위치였다. 한입 베어 문 순간, 눈물이 날 뻔했다.

감격에 겨운 나머지 나 혼자 알아듣지도 못할 한국어 감탄사를 떠들어대자 사람 좋아 보이는 할아버지는 미소를 지어 보였다. 나도 따라 웃었다.

파리에 오기 전 살인적인 물가를 자랑하는 런던에서 먹은 차가운 샌드위치가 떠올랐다. 어느 공장에서 만들어졌는지 모를 뻣뻣하고 맛없는 샌드위치. 대부분 이런 샌드위치로 점심을 해결하는 런던 사람들을 보고 왠지 모를 연민까지 느끼지 않았던가. 그 거지 같은 샌드위치에 붙은 금액이면 우리나라에선 시원한 오장동 냉면 한 그릇, 김가네 김밥의 참치김밥과 라볶이, 신선 설농탕 한 그릇은 거뜬하게 먹을 수 있을 텐데.

파리의 샌드위치는 온갖 재료를 빵이 터지도록 때려 넣고도 결국은 강한 소스 맛에 가려 니 맛도 내 맛도 아닌 여의도의 1만 2,000원짜리 샌드위치와는 비교도 되지 않았다.

당신이 만든 샌드위치는 정말 최고라는 말을 전하고 싶었다. 그러나 내 짧은 영어는 통하지도 않고 고등학교 때 제2외국어로 공부한 불어조차 생각나지 않는 바람에 겨우 "메르씨 보꾸"를 외치고 나와야 했다.

배도 찼겠다, 나는 제대로 관광객 모드를 유지키로 했다.

길에서 마주친 사람들과 건물들에선 파리의 시크하지만 견고한 감성을 느꼈고 몽마르트르에서는 가난한 예술가들의 눈 속에 비친 깊은 슬픔을 보았다. 그리고 노트르담 성당의 고요함 앞에선 나도 모르게 고개를 숙였다.

슬슬 해가 질 시간인데도 내 체감 온도는 40도를 훌쩍 넘을 만큼 더웠다.

뜨겁게 달궈진 맥반석 위를 맨몸으로 뒹굴면 이런 느낌일까? 그도 그럴 것이 그해 여름, 전 세계는 이상 폭염에 시달렸다.

선크림을 덕지덕지 바른 내 얼굴은 이미 땀으로 번들거리고 빨갛게 달아올랐다. 프랑스 사람들이 바캉스에 목숨 거는 이유를 이제야 알 것 같았다.

죽을 만큼 목이 마르다!

얼른 물 한 병 사 마시고 나서 동창 녀석이 특별히 챙겨준 루브르박물관 무료입장권을 가지고 모나리자의 미소를 봐야겠다는 생각이 들었다.

그러나 야무진 내 계획이 제대로 틀어진 건 그때부터였다.

눈앞에 보이는 상점에 들어가 물병 하나를 꺼내 마셨는데 앗! 목구멍이 따끔거렸다.

라벨을 보니 뽀글뽀글 탄산수 표시가 되어 있다. 제길. 이건 내 취향이 아니다. 더 갈증이 난다. 상점 주인 얼굴을 보니 이 어설픈 동양 여자애가 재밌어 죽겠다는 표정이다.

나는 주인을 향해 썩소 한 방을 날려주고 이번엔 미네랄워터라는 표시를 꼼꼼히 살펴서 고른 물병을 들고 계산대 앞으로 갔다. 그런데 지갑이 보이지 않았다. 분명 여권과 함께 가방 속 작은 파우치에 넣어뒀는데 흔적도 없이 증발해버린 것이다.

왜 나쁜 일은 하나씩 들이닥치지 않고 줄줄이 비엔나처럼 대롱대롱 연달아 오는 걸까.

당황한 나는 바닥에 커다란 배낭을 내려놓고 가방 속을 샅샅이 뒤지기 시작했다. 깊숙이 넣어둔 속옷이 까발려지는 것 따위는 생각할 겨를도 없었다.

그렇게 찾았는데도 없다…… 아무리 뒤져도 보이지 않는다. 어떻게 된 일이지!

이렇게 나는 국제 미아가 되어버리는 걸까. 옆에서 성난 표정으로 뭐라 말하는 주인을 보니 아마도 얼른 짐을 치우고 돈을 내라는 뜻 같다. 물 값을 지불하기 위해 반바지 주머니를 뒤져도 그 흔한 동전하나 나오지 않는다. 낭패다. 주인의 표정은 점점 더 험하게 일그러진다.

— 내가 계산하도록 하죠. 얼마입니까?

그때 동글동글한 불어 발음과 함께 성난 주인 앞에 지폐 한 장이 쑥 들어왔다.

냉큼 지폐를 받아든 주인의 표정이 환해진다.

누구지 싶어 뒤돌아보자 누군가의 가슴팍에 시선이 꽂힌다. 고개를 올리고 쳐다보니 키가 족히 185센티미터는 돼 보이는 동양인 남자가 하나 서 있다. 마치 스포츠백을 멘 고교 농구부원처럼 기타 가방을 멘

차림이다. 나이는 20대 중반쯤? 내 또래거나 한두 살 많아 보인다. 이 사람도 한국인일까?

아니다. 이 남자는 사람이 아니라 불쌍한 내게 하늘이 보내준 천사가 틀림없다.

– 고맙습니다. 정말 고맙습니다.

나는 연신 고개를 꾸벅 숙였다.

그러나 그 남자는 내 인사는 본 체 만 체 자기가 고른 와인 한 병과 잔돈을 받아들고 쓰윽 나가버렸다.

그 순간 내 머릿속은 한 가지 생각뿐이었다.

절대 저 남자를 놓치면 안 된다! 나는 저 친절한 동양인의 도움을 받아야만 이 난국을 빠져나갈 수 있다! 날 도울 수 있는 사람은 저 사람뿐이다!

서둘러 가방을 챙겨 메고 남자의 뒤를 따랐다.

키가 커서일까. 벌써 저 멀찌감치 가고 있는 남자는 따라잡기 힘들 정도로 걸음걸이가 빨랐다.

– 이봐요!

듣지 못했는지 남자는 계속해서 제 갈 길을 서둘렀다. 나는 다시 한 번 목청껏 소리쳤다.

– 내 목소리 안 들려요? 잠깐만요!

그제야 남자가 무심한 듯 뒤를 돌아봤다.

– 무슨 걸음이 그리 빨라요.

나는 가쁜 숨을 고르며 남자 앞으로 다가갔다. 남자가 손가락으로 제 가슴을 가리키자 나는 크게 고개를 끄덕였다. 그러자 무슨 일이냐는 표정으로 물끄러미 본다.

그러게. 난 무슨 일일까?

그의 눈동자를 정면으로 마주하는 순간 어떤 이유도 생각나지 않았다. 좀 전엔 몰랐는데 무슨 남자가 눈이 이렇게 크고 깊은 거지. 그 눈동자에 빨려 들어갈 것처럼 말문이 막혔다.

한참을 정지한 듯 서 있는 날 보고 남자는 깨달았다는 듯 양손을 펴 괜찮다는 동작을 취하며 말했다.

— 고마워할 필요 없어요. 큰돈도 아니니까.

알아듣진 못했지만 대충 짐작으로 신경 쓰지 말라는 뜻 같다. 답답하다.

— 제가 뭐 남 신세 지고는 못 사는 그런 여잔 아닌데요……

그러다가 내가 생각해낸 말은 바로 이거였다.

— 아 유…… 코리언?

남자의 표정이 순간 굳어졌다. 그러고는 잠시 후 세차게 고개를 저었다. 그 모습이 마치 한국인이라면 큰일이라도 나는 듯했다.

— 아 유 재패니즈? 차이니즈?

불행히도 내 영어문장은 세 단어를 넘지 못한다.

— 노. 아임 잉글리시.

다행이다. 둘 사이에 의사소통이 가능하리라는 희망이 샘솟았다.

─ 아, 영국인! 아무튼 나 좀 도와줘요. 나 소매치기를 당했다구요!

나는 숨도 안 쉬고 큰 소리로 말했다. 그리고 아주 간절한 표정으로 다음 말을 이었다.

─ 난…… 당신이 필요해요……

어리둥절한 표정으로 날 보는 그 앞에 서서 손짓발짓을 동원해 내가 처한 상황을 설명했다. 난 오늘 파리에 도착했으며 유럽을 여행할 계획이다. 그런데 안타깝게도 방금 여권과 지갑을 잃어버린 것을 알았다. 날 좀 도와줄 수 있겠니?

어떻게든 도움을 청해야겠단 생각에 어찌나 혼신의 힘을 다했는지 목이 말라 물을 사러 들어갔는데 지갑이 없어진 걸 알았다는 이야기를 설명하는 대목에서는 내가 연기에 소질 있나? 하는 생각까지 들 정도였다. 다행히도 똑똑한 남자는 내 의도를 금방 알아챘다.

그는 나직하고도 신뢰 가는 목소리로 말했다.

─ 걱정 말아요. 내가 당신을 도울게요.

그 순간 니체의 말은 틀린 말이 되었다. 신은 죽지 않았다.

내 앞에 서 있는 이 남자가 바로 나의 신이다.

그의 도움으로 한국대사관을 찾은 나는 여권 재발급 신청을 했다.

여름에는 배낭여행족을 노리는 이런 범죄가 빈번하니 조심해야 한다고 했다. 앞으로는 복대를 사용하라며 친절히 설명해주는 대사관 직원의 태도에 어느 정도 진정이 됐다. 정확히 말하자면 모국어가 통하는 사람을 만나니 긴장이 풀린 것일 테다.

이럴 줄 알았으면 고등학교 때 제2외국어였던 불어 수업을 열심히 듣는 건데. 역시 사람 앞일은 모를 일이다.

대사관을 나왔을 때는 이미 일곱 시가 넘어 있었다. 여름이라 아주 어둡진 않았지만 곧 진한 에스프레소 같은 어둠이 깔릴 거다.

나 때문에 시간을 허비한 그에게 미안해 밥이라도 사고 싶었다. 그러나 서울에 있는 남동생에게 부탁한 돈이 송금될 때까지 난 빈털터리다.

그때 어디선가 익숙하고도 쓸쓸한 멜로디가 울렸다.

꼬르르르륵.

범인은 나다.

아까 샌드위치를 먹은 지 얼마나 지났다고. 하지만 이렇게 된 이상 어쩔 수 없다. 일단 내가 살고 봐야 은혜를 갚든지 원수를 갚든지 할 일 아닌가.

– 혹시, 배고프지 않아요?

내 말을 알아들은 건지, 꼬르륵 소릴 들은 건지 그가 미소 짓는다.

아마도 후자일 것이다.

부끄러운 생각이 든다. 대체 처음 만난 이 남자 앞에서 난 어디까지 보여줘야 할까.

그때 그가 덥석 내 손을 잡았다. 전혀 예상치 못했던 일이다.

그의 커다란 손 안에 내 손이 파묻혔다. 한여름인데도 땀이 나지 않은 그의 손바닥은 촉감이 좋았다. 그 보드라운 손안에 내 온몸을 구겨

넣으면 어떤 느낌일까…… 하는 생각이 들었다.

그가 내 손을 이끌고 간 곳은 어느 후미진 골목에 있는 작은 식당이었다.

프랑스어로 '고양이의 부엌'이라는 간판을 단 이 식당은 현지인들을 상대로 하는 '우리 동네 숨은 맛집' 같은 분위기를 풍겼다. 잘생긴 젊은 웨이터는 식사하는 손님들과 친근한 눈빛을 주고받았고 분위기는 따뜻하고 소박해 보였다.

난 단번에 이곳이 맘에 들었다. 여기서 그와 맛있는 식사를 하고 싶었다. 내 뱃속은 더 심하게 요동치며 각종 의성어들을 내뱉기 시작했다.

그러나 아쉽게도 우리를 위한 빈자리는 없었다. 식당이 워낙 아담해 테이블 수가 적기도 했지만 프랑스인들의 느긋한 식사도 문제였다. 우리 같으면 뒤에 기다리는 사람을 생각해 빨리빨리 먹고 일어날 텐데 전혀 의식하지 않는 모습이었다.

꾸루루루룩— 꾹꾹꾸루룩—

꼬르르륵의 점층적인 효과음이 들려온다.

이젠 한계다. 웨이터가 손님 테이블로 내가는 접시에서 풍기는 맛있는 냄새에 내 위장은 최종 경보를 울렸다.

내 배 쪽을 내려다보던 그가 멋쩍은 미소를 지어 보였다. 그러더니 내 손을 놓고 어디론가 사라졌다.

5분쯤 지났을까. 그가 내게로 돌아오고 잠시 후 잘생긴 웨이터가 큼직한 종이봉투 하나를 그에게 건넸다. 그는 웨이터에게 인사를 하고 계산을 한 뒤 다시 내 손을 꼭 잡고 식당을 빠져나왔다.

그의 손안에 들어 있는 내 손바닥에 자꾸만 송글송글 땀이 맺혔다.

로맨틱한 분위기의 상징, 파리 에펠탑의 아름다움을 제대로 즐기는 진짜 방법은?

누가 내게 이런 질문을 한다면 앞으로 난 주저 없이 이렇게 답할 것이다.

아~~~주 멀찍이서 바라보라!

300미터가 넘는 거대한 높이의 탑을 가까이서 제대로 보려다간 아름다움을 삼상하기도 전에 목디스크에 걸릴지도 모른다.

저 멀리 블링블링 반짝이는 에펠탑이 보인다. 이미 사방에는 어둠이 내려앉았다.

우리는 에펠탑에서 꽤 떨어진 어느 박물관 옥상에 앉아 있다.

좀 전에 식당에서 포장해온 신선한 샐러드와 소고기로 만든 스튜, 약간의 과일과 빵으로 배를 채우고 나니 기분 좋은 포만감이 밀려왔다.

그가 한 모금 마신 와인 병을 내게 내밀었다. 아까 우리가 처음 만난 상점에서 산 와인이다.

내가 한 모금 마시고 다시 그에게 건네자 그도 한 모금 마셨다.

그렇게 몇 번쯤 병이 오가자 달콤한 몽롱함이 밀려들었다.

오늘 하루 동안 있었던 일들이 모두 동화 속 이야기처럼 비현실적으로 느껴졌다.

그날 우리는 많은 이야기를 나눴다.

나의 짧은 영어와 손짓발짓은 적당한 조화를 이루었다.

언어가 통하지 않아도 그토록 많은 이야기가 오갈 수 있다는 게 신기할 뿐이었다.

그는 영국의 남쪽에 위치한 해안 도시 본머스에서 왔다고 했다.

본머스는 자전거를 타고 해안도로를 달리며 바라보는 석양이 참 예쁜 곳이라고 했다. 그리고 대학을 프랑스에서 다녔기 때문에 불어를 할 줄 알고, 지금은 무언가를 찾기 위한 여행 중이라고 얘기했다.

– 찾는 게 뭔데요?

내 질문에 그의 눈동자에 순간 먹물 같은 슬픔이 번졌다.

– 잃어버린 게 있어요. 아주 중요한 건데……

난 더 이상 묻지 않았다. 아마 내가 묻는다 해도 그는 대답하지 않을 거란 생각이 들었다. 대신 그의 옆에 놓인 기타를 가리키며 연주해달라고 청했다.

내 말에 그는 금세 수줍은 소년처럼 볼이 발그레해졌다.

– 가족 말고 다른 사람 앞에서는 처음이에요. 부족해도 들어줘요.

그의 말에 난 크게 고개를 끄덕였다.

그리고 와인 기운을 빌린 내 환호에 그는 심호흡을 한 번 하더니 기타를 소중히 안았다. 섬세한 그의 손놀림에 의해 기타 줄이 움직이기 시작했다.

그 멜로디를 듣고 있자니 기타 선율이 이렇게 달콤하고 나른하게 들릴 수도 있구나 싶었다. 두 눈을 감고 노래하는 그의 기다란 속눈썹, 나 직하게 읊조리는 듯 노래하는 입술, 솜털처럼 보들거릴 것만 같은 갈색 머리카락과 습관처럼 만들어지는 콧등의 잔주름……

서울에서의 고단한 일상을 도망쳐온 내게 이런 선물 같은 시간이 기다리고 있을 줄은 몰랐다.

저 멀리 정면으로 에펠탑이 반짝인다.

완벽한 파리의 밤이다.

그 순간 나도 모르게 천천히 그의 앞으로 다가갔다. 그리고 그의 얼굴 가까이 몸을 기울여 내 입술을 그의 입술 위에 살며시 포갰다.

깜짝 놀란 그가 기타를 멈추고 반짝 눈을 떴다.

그와 나의 두 눈이 마주친 순간, 그제야 창피함을 느낀 나는 얼른 입술을 뗐다.

이성의 세계로 돌아와 화끈거리는 두 볼을 양손으로 감싸고 있는 내게 그가 소년 같은 미소를 지어 보였다. 그의 눈이 반달 모양이 됐다. 그 사랑스러운 눈웃음에 온몸이 녹아버릴 것 같았다.

내가 몸을 일으키려 하자 그가 기타를 내려놓고 양손으로 내 머리를 감싸 안았다. 그리고 이렇게 말했다.

– 고마워요. 내 옆에 있어줘서.

이번엔 그의 입술이 내 입술 위에 옮겨졌다. 그의 보드랍고 따뜻한 혀가 내 입술 틈새를 두드렸다. 그리고 자연스럽게 내 입술과 치아를 열고는 내 혀를 감싸 안았다. 처음에는 부드럽게 시작한 혀의 연주는 점점 강렬해졌다. 나는 마치 첫 키스를 경험하는 10대 소녀가 된 기분이었다……라고 기억하고 싶지만 그건 진짜 내 첫 키스였다. 처음이었지만 나는 조금도 수줍지 않았다. 오히려 내 입술을 간질거리는 그 느낌이 너무나 근사해 놀라울 지경이었다. 그와 나의 키스는 너무도 당연했고 자연스러웠다. 우린 그 시간, 그곳에서 입 맞추도록 정해진 운명 같았다.

두근두근. 쿵쿵쿵.

아무 생각도 나지 않았다. 그저 그에게 온전히 내 입술을 맡기자 우리가 나눠 마신 와인의 달짝지근한 향이 입안에 감돌았다. 정신이 아찔해진다.

내 머리를 감싸던 그의 손이 점점 아래로 내려가 내 가슴 위에 닿았다. 내 가슴의 미세한 돌기들이 모두 바짝 긴장한 채 일어선다.

그의 심장이 두근거리는 게 느껴졌다. 그의 심장만큼 내 심장도 터져버리기 일보 직전이었다.

천천히, 그의 손이 내 티셔츠 안으로 들어왔다. 나도 모르게 입술 사이로 작은 신음이 새어나왔다.

내 손도 어느새 그의 셔츠 안으로 들어가고 있었다. 단단한 배가 만져졌다. 그리고 천천히 그의 가슴과 넓은 어깨를 어루만졌다.

그는 다른 한 손으로 내 머리카락을 조심스레 쓰다듬었다. 그리고 내 귓속에 뭔가 나지막이 속삭였다. 그러나 귓불의 아찔한 느낌에 아무 소리도 들리지 않았다.

그가 천천히 내 티셔츠를 위로 걷어냈다. 그리고 드러난 내 맨어깨에 입술을 가져댔다.

차라리 두 눈을 감아버리는 편이 나을 것 같았다.

어느새 내 몸 위에 밀착된 그의 불룩해진 하체가 느껴졌다.

그의 달콤한 노래와 와인이 있었던 밤, 우리가 잠들기 전 마지막으로 나눈 이야기는 내 이름은 주경이고, 그의 이름은 제이라는 것이었다.

서로를 알아가는 순서가 거추장스럽게 느껴질 때가 있다.

먼저 이름을 묻고, 사는 곳을 묻고, 취미를 알아야 한다는 법칙 따위는 없다. 어쩌면 나 역시 그동안 남들이 멋대로 정해놓은 순서들에 연연하고 눈치를 보며 살아왔는지도 모른다.

1번이 5번이 되고, 8번이 1번이 되어버려도 아무 상관없는 것. 그게 바로 사랑에 빠지는 이들에게 일어나는 마법일 것이다.

그날 나는 그 마법을 경험했다.

가끔씩 생각하곤 한다.

그곳에서 제이를 만나지 못했다면 어땠을까.

그와는 영영 모르는 사람인 채로 그렇게 살았다면 나는 좀 더 행복했을까.

로맨스 소설로 점철됐던 내 사춘기의 영향 때문인지 전날 처음 만난 남녀가 하룻밤을 보내고 아침을 맞는 기분은 어떨까…… 하는 상상을 수도 없이 해봤다.

우리의 아침은 나쁘진 않았다.

내가 눈을 떴을 때 제이는 내 쪽으로 비스듬히 누운 채 날 바라보고 있었으니까.

— 굿모닝.

제이는 지난밤 날 사로잡은 반달눈으로 날 보고 있다. 이런 상황에서 남자에게 불안이나 후회의 눈빛이 읽힌다면 그것보다 비참한 일은 없을 거다.

— 서두르는 게 좋을 거예요. 버스를 타려면 여유가 없어요.

얼른 시계를 보니 일곱 시가 다 됐다. 박물관으로 출근하는 사람들과 어색한 눈인사를 하지 않으려면 제이 말대로 서둘러야 한다.

에잇취!

아무리 여름이라도 새벽 공기는 서늘했다. 제이가 제 가방에서 얇은 카디건을 꺼내 내 어깨에 둘러주었다. 우린 얼른 박물관을 빠져나왔다. 밝은 날 마주하는 박물관 외관은 어젯밤과는 사뭇 달랐다. 지난밤 세상에서 가장 로맨틱하던 궁전은 역사의 한 부분을 증명하는 못 쓰게 된 공장 같았다.

우린 마치 연인처럼 손을 꼭 잡고 유로라인 버스정류장으로 갔다.

정거장은 메트로 3호선 종점인 갈리에니(Gallieni) 역 근처에 있었다. 버스 도착시간까지 10여 분의 시간이 있었다. 내 티켓의 다음 목적지는 오스트리아의 빈이었다. 이제 정말 시간이 없었다. 난 정면으로 제이의 눈을 바라봤다. 그리고 어렵고 조심스러운 말을 꺼냈다.

- 함께…… 가지 않을래요?

어쩌면 그를 처음 만났을 때부터 하고 싶었던 말인지도 몰랐다. 잠깐의 짧은 정적이 흐른 뒤 그는 천천히 고개를 저었다.

혹시나 싶었던 가슴이 쿵 내려앉는 기분이었다.

역시 우린 여행지에서 만난 그저 스쳐 지나가는 인연이었을까. 이렇게 거절당할 바에는 차라리 쿨한 척 굿바이라고 말하는 게 나을 뻔했단 생각이 들었다.

실망스런 내 눈빛을 읽었는지 제이가 말을 이었다.

- 나는 지금 꼭 찾아야 할 게 있어요. 대신……

대신이란 그의 한마디에 실낱 같은 희망이 움텄다.

- 당신 여행이 끝나고 다시 만나요. 버스 도착하는 시간에 맞춰 내가 기다릴게요. 바로 여기서……

- ……

- 그리고 우리 같이 페리를 타고 도버해협을 건너 영국으로 가요. 내가 사는 곳으로……

그의 말이 끝나기도 전에 난 고개를 끄덕였다.

- 좋아요…… 그럴게요. 알았어요!

정확히 보름 뒤, 난 여행을 마치고 파리로 돌아와 그와 함께 영국으로 건너갈 것이다.

그리고 그 다음은? 모른다. 그것까지 생각할 여력은 없다. 그 뒷일은 그때 가서 생각하면 될 거다.

지금 내게 중요한 사실은 다시 한 번 그를 만날 수 있다는 것뿐이다. 지금이 우리의 마지막이 아니라는 사실만으로도 가슴이 벅차올랐다.

잠시 후 커다란 2층짜리 유로라인 버스가 도착했다. 제이가 날 자리까지 안내해줬다.

버스 출발을 알리는 기사의 멘트가 흘러나오자 제이는 다급히 내 이마에 키스하고 차에서 내렸다.

그의 입술이 코팅 다 벗겨진 프라이팬의 계란후라이처럼 내 이마에 달라붙어 떨어지지 않길 바랐다. 그러나 아쉽게도 현실 속 프라이팬은 3중 다이아몬드 코팅이 된 새 팬이었다.

버스가 움직이자 창밖으로 조금씩 멀어지는 그의 모습이 보인다.

불과 24시간 전만 해도 우리가 전혀 모르는 사이였다는 게 믿기지 않았다. 제 분신처럼 기타 가방을 둘러멘 채 연신 손을 흔드는 제이를 보는데 왠지 눈물이 났다. 곧 다시 만나게 될 텐데 이리 호들갑스러운 내가 우습게 느껴졌다.

그렇게 우리는 파리에서 이별을 했다.

그러나 유럽을 여행하는 내내 난 제이와 함께였다.

관광을 하고 밥을 먹고 잠을 잘 때도 그가 내 옆에 존재하지 않은 순간은 없었다. 이 여행 끝에서 그를 다시 만날 생각에 여행의 즐거움보다 하루하루 지루함이 앞설 지경이었다.

마지막 여행지인 이탈리아 로마에서 출발한 유로라인 버스가 다시 파리에 도착한 날. 창밖 하늘이 꾸물꾸물 몸살을 부리는 게 곧 비가 내릴 모양이었다.

로마에서 파리까지 버스로 걸린 시간은 꼬박 서른일곱 시간.

2층짜리 유로라인 버스는 식사시간을 제외하고는 쉬지도 않고 내리이틀을 달렸다.

1층에 붙어 있던 간이 화장실은 출발하자마자 막혀버렸고 에어컨도 미지근한 바람만 뿜어냈다. 1, 2층의 모든 좌석이 풀로 다 차버려 잠을 잘 땐 창에 얼굴을 기대고 등을 새우처럼 구부려야만 했다.

게다가 2층 맨앞에서 두 번째 줄인 좌석에 앉은 탓에 멀미로 인한 울렁거림까지 감수해야 했다. 2층 자리에 앉으면 멀미가 더 심해진다는 걸 왜 몰랐을까? 하지만 이 모든 것보다 가장 참기 힘든 건 바로 내 앞에 앉은 남미 남자의 엉킨 실타래 같은 레게머리였다. 대체 언제 감았는지 묻고 싶을 정도로 고약한 냄새가 진동했다. 세상에 이런 역겨운 냄새가 존재한다는 게 믿기 어려울 지경이었다.

하지만 잠시 후면 이 모든 것과 영영 안녕이다. 10분 후면 정류장에 도착한다는 기사의 안내 멘트가 흘러나왔다.

나는 갑자기 마음이 분주해졌다.

내가 본 것들을 그에게도 보여주고 싶어 매일 잠들기 전 적어놓은 일기와 디카 속 사진들, 그리고 그에게 선물할 기념품을 확인했다. 그리고 마지막으로 거울을 꺼내 얼굴을 들여다본다. 좀 탄 듯 그을린 얼굴이 신경 쓰인다.

곧 그를 만난다는 생각에 심장이 요동치기 시작한다.

나는 지금 그에게 간다.

그 역시 내게로 오고 있을 것이다.

비가 내린다. 회색 비다.

약속한 시간에서 한 시간이 지났는데도 제이는 나타나지 않았다.

나는 정류장 앞 기념품 파는 상점에서 우산을 샀고 그 옆옆에 있는 테이크 아웃 카페에서 뜨거운 커피를 한 잔 샀다. 한여름인데도 점점 거칠어지는 빗줄기에 내 몸은 얼어가고 있었다.

혹시 잠시 상점에 간 사이 그가 왔다 간 것은 아닐까?

그에게 무슨 일이 생긴 건 아닐까? 내가 날짜를 착각한 건 아닐까?

설마 그가 약속장소를 잘못 기억하고 다른 곳에서 비를 맞고 서 있는 건 아니겠지?

천만 개쯤 되는 갖가지 경우의 수들이 머릿속을 빙글거렸다.

그렇게 두 시간, 세 시간이 흘렀다.

그리고 정확히 약속시간에서 네 시간하고도 36분이 지나자 정신이 들었다.

그는 오지 않을 것이다.

빨간색으로 'Je t'aime paris(사랑해 파리)'라고 프린트된 관광객용 우산이 발밑으로 뒹굴었다.

빗물인지, 뭔지 모를 끈적한 액체가 내 얼굴에 뒤범벅됐다. 뭐든 상관없었다.

당신은 기댈 곳 하나 없는 낯선 곳에서 지독히 아파본 적이 있는가?

만약 그런 적이 없다면 그 누구도 진짜 고독에 대해 말할 자격이 없다.

나는 파리 어느 골목의 작은 여관방에서 내리 사흘을 앓았다. 약을 사다줄 사람도, 따뜻한 죽을 쑤어줄 사람도 없는 나 같은 이방인 하나쯤 죽어버린다고 해도 아무도 몰랐을 거다. 시체가 부패를 시작하면 여관 주인이 날 발견하게 되겠지.

아무것도 먹지 못한 채 저절로 열이 떨어지길 기다리며 난 수많은 꿈속을 헤매고 다녔다. 그 속에는 항상 제이가 있었다. 열 때문에 바삭바삭 말라버린 내 거친 입술이 그의 부드러운 입술을 기억하고 있었지만 그는 내게 입 맞추지 않았다.

이럴 바엔 차라리 그날, 아침이 오기 전 말없이 사라져버릴 것이지.

그 선한 반달눈으로 내게 우리의 미래를 약속해놓고 나타나지 않은 건 아침에 그냥 슬그머니 사라진 것보다 분명 백배는 더 나쁜 짓이다.

고열에 정신이 오락가락하면서도 되뇌인 한 가지가 있다.

만약 언젠가 다시 한 번 그를 마주하게 되면…… 그를 짓밟아줄 거다.

오늘의 나처럼…… 무너진 자존심의 끝이 뭔지 알게 해줄 것이다.

나는 다짐, 또 다짐했다.

영화 〈원스〉의 OST 중 〈Falling Slowly〉가 울려 퍼진다.

마치 영화 속 남자주인공이라도 된 듯 제이의 기타와 목소리는 묘하게 맞아떨어진다.

그가 지금 내 앞에 있다.

그것도 대한민국, 서울, 여의도, SBC 방송국, 내가 일하는 11층 라디오 스튜디오에 말이다.

– 언니, 완전 대~~박이에요!

유리의 목소리가 꽤나 흥분돼 있다.

그녀뿐 아니라 옆에서 팔짱 낀 채 듣고 있던 조 피디 역시 맘에 드는 듯 연신 고개를 끄덕인다. 그의 지각으로 방금 전까지 우리 속이 까맣게 타들어갔단 사실은 잊은 모양이다.

몇 년 전 민정과 함께 〈원스〉를 함께 보고 나오던 길, 그녀는 "연애란 바로 〈원스〉 같은 것"이라며 침 튀기며 말했었다. 피식– 웃는 내게 민정은 이렇게 덧붙였다.

– 그러니까 니 연애의 엔딩이 항상 그 모냥이지!

물론 영화를 보는 내내 그들의 사랑에 내 맘도 움직였다. 다만 내 깊숙이 또아리 튼 덩어리 하나를 어쩌지 못해 버거웠을 뿐이다.

단언하건대, 오늘은 내 생애 가장 끔찍한 하루다.

– 소속사가 어디세요?

방송을 끝내고 나오는 제이에게 유리가 달려들었다.

어리둥절해하는 제이에게 조 피디가 일어나 악수를 청했다.

- 반갑습니다. 프로그램 맡고 있는 조귀남 피딥니다.

- 안녕하세요. 제이라고 합니다. 처음부터 늦어서 죄송합니다.

제이가 공손하게 인사하자 조 피디는 옆에 서 있는 나를 소개했다.

- 여긴 메인 작가인 한주경 작가예요. 미인이죠? 하하하.

조 피디의 소개에 그제야 그가 날 본다. 그와 나, 네 개의 눈동자가 동시에 마주쳤다.

난 그의 입에서 튀어나올 말이 궁금해졌다. 과연 그는 내게 어떤 인사를 건넬까.

- 안녕하세요. 한 작가님.

아무 감정도 들어 있지 않은 건조한 인사였다.

몇 년의 시간을 뛰어넘은 그가 건넨 인사치고는 너무 평범했지만 그래, 나쁠 건 없다.

나 역시 그를 보며 아무렇지 않은 듯 인사를 건넸다.

- 오호. 두 선남선녀 눈빛에서 스파크 팍! 나 지금 그거 느꼈다. 맞지? 한 작가. 맞죠? 제이 씨. 하하하. 알고 보면 우리 한 작가 괜찮은 여자예요. 돈 잘 벌지. 힘 세지. 술 잘 마시지…… 하하하.

쓸데없이 수다스런 조 피디는 내가 살짝 눈을 흘기자 얼른 화제를 돌린다.

- 자자. 방송도 잘 마쳤고, 시원하게 맥주 오백 한 잔씩 어때요? 제이 씨 음악적 견해도 좀 들을 겸. 루이는 바쁠 테고 다른 분들은 다 갈 수 있지?

언제나처럼 유리가 제일 먼저 반긴다.

- 와우~! 치킨에 골뱅이도 추가되는 거죠?

- 그럼, 먹고 싶은 거 다 시켜! 참, 루이는 바쁠 텐데 먼저 가봐도 괜찮아.

조 피디의 말에 루이가 잠시 망설이는 표정을 짓더니 입을 뗀다.

- 잠깐이라면. 뭐…… 내가 가야 자리가 빛날 테니까.

루이의 대답에 다들 놀란 눈치였다. 평소에는 혼자 온갖 바쁜 척은 다하는 녀석이 무슨 바람이 불었담. 어쩔 수 없이 이번엔 내 차례다.

- 전 약속이 있어서요. 먼저 가봐야 할 거 같네요.

- 메인 작가가 이렇게 비협조적으로 나올 거야? 무슨 약속인데? 괜히 뺑치는 거 아냐?

- 정말 있거든요. 약속. 그럼 맛있게들 드세요.

조 피디의 원망을 뒤로하고 A 스튜디오를 빠져나왔다.

- 언니, 문자 날릴게요. 늦게라도 합류하세요!

등 뒤로 유리의 목소리가 들렸다.

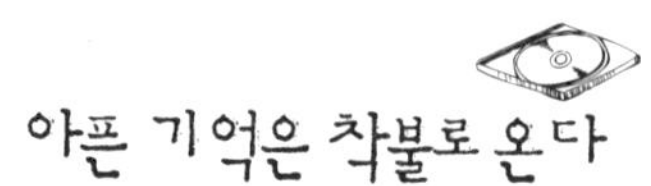

내겐 정말 약속이 있었다.

택시를 타고 달려간 곳은 신사동 가로수 길에 위치한 한 스튜디오. 내가 바쁜 시간을 쪼개어 참여한 가수 클레이의 4집 타이틀 뮤비 촬영이 한창이다. 밤 열두 시가 훌쩍 넘은 늦은 시간에도 불구하고 다들 열심이다.

클레이는 인기 걸 그룹 리더로 가수 생활을 시작해 2년 전부터 솔로로 독립한, 내가 유독 아끼고 좋아하는 동생이다. 솔로 데뷔 초반에는 회사의 의도대로 섹시한 이미지로 어필했지만 해를 거듭할수록 더 성숙하고 진지한 분위기로 변신 중이다. 물론 대중들은 아직도 그녀의 이름을 들으면 '섹시 가수'란 단어가 먼저 떠오를 것이다. 하지만 곧 그녀의 진가가 드러날 거라 믿는다. 내가 아는 그녀는 화려한 외모보다도 맑고 순수한 심성이 더 예쁜 아이니까.

'분칠한 사람들과는 진짜 친구가 될 수 없다'는 말이 있다. 방송계에 종사하는 사람들이 종종 하는 말이다. 나 역시 방송국 밥을 9년 먹으면서 연예인들과 속 터놓고 마음을 나눈다는 게 쉽지 않음을 실감할 때가 많았다.

그러나 그건 연예인들 입장에서도 마찬가지일 것이다. 연예인들끼리 모인 자리에서는 "작가, 피디들하고는 상종도 마라"고 말할지도 모를 일이다. 이제는 알겠다. 그건 어느 한쪽이 나빠서가 아니다. 그냥, 다르기 때문이다.

그럼에도 불구하고 클레이와 나는 몇 년째 '속 깊은 동성친구'로서의 관계를 유지하고 있다.

뜨거운 조명 아래에서 연기 중이던 클레이는 나를 발견하고 환한 미소로 답했다.

잠시 후, 쉬는 시간을 알리는 스텝 목소리가 들리자 우리는 다정한 자매처럼 팔짱을 끼고 분장실로 들어갔다.

― 나 다이어트해야 되는 거 알면서!

내가 간식 상자를 내밀자 예쁘게 눈을 흘긴다. 그녀가 제일 좋아하는 건 바로 설탕 시럽이 두껍게 코팅된 크리스피크림 오리지널 도넛. 얼른 꺼내 한입 베어 물자 반짝거리는 입술 주변에 하얀 설탕이 묻어난다.

－ 아~ 이 칼로리 녹이려면 나 오늘 밤, 러닝머신 위에서 밤새야 돼~

－ 안 빼도 예뻐. 너 44 사이즈도 크잖아.

－ 요즘 데뷔한 걸 그룹들은 33 사이즈 정도 될 걸. 걔네들은 이런 도 넛 먹으면 당장 지구가 끝장나는 줄 알 거야. 우리두 그랬거든. 맨날 샐 러드만 먹다가 지겨워서 몰래 숨어서 떡볶이 먹고. 그러다 매니저 오 빠한테 들켜서 엄청 혼나고. 큭큭.

그녀의 웃음소리는 언제 들어도 건강하다. 주변까지 밝아지게 만드 는 그녀의 기운이 부러워진다.

－ 할만 해?

－ 재밌어. 언니 대본두 맘에 들구. 기발한데도 어딘지 낯설지만은 않 다고 할까. 감독님도 느낌 좋다고 칭찬하셨어.

－ 니가 쓴 가사가 좋아서 그래.

－ 히히. 언니. 역시 최고!

오늘 촬영하는 뮤비는 그녀가 직접 작사한 타이틀곡으로 〈제제의 꿈〉 이란 발라드곡이다. 나는 그녀와 의논 끝에 동화 〈나의 라임 오렌지 나 무〉를 떠올리게 하는 컨셉으로 구성을 했다.

〈나의 라임 오렌지 나무〉는 어릴 적 내가 좋아했던 책 중 하나다.

사춘기 무렵, 우연히 책장에서 꺼내 다시 읽게 된 책의 마지막 장을 덮으며 눈물을 펑펑 쏟았던 기억이 난다. 왜 그리 슬펐는지. 아마도 그 작고 어린 제제가 나 같기도 하고, 또 내 동생 같기도 했던 모양이다. 어딘가에 실제로 제제가 살고 있다면 당장 찾아가 꼭 안아주고 싶다는 생각이 들었으니까.

그녀 역시 책을 읽고 이 가사를 썼다고 했다. 클레이의 라임 오렌지 나무는 어떤 의미일까? 잘은 모르지만 그녀 역시 나와 같은 감정이지 않았을까.

드르륵~

아까부터 손에 쥐여 있던 그녀의 아이폰에서 진동이 울렸다. 달콤한 딸기 우유가 떠오르는 컬러의 아이폰 케이스가 그녀와 닮았다.

문자를 확인하는 그녀의 표정이 환해진다. 그러고는 바로 답장을 보내는 손가락의 놀림이 분주해진다.

– 뭔데, 이 분위기는?

의심쩍은 내 눈빛에 그녀가 부끄러운 듯 서둘러 전송 버튼을 눌렀다. 그리고 크게 심호흡을 하더니 날 보며 이렇게 말했다.

– 정말 언니한테 제일 먼저 말하려고 맘먹고 있었어.

– 그러니까 얼른 말해봐.

– 알지? 내 진심.

– 알지.

– 있지……

– 그래……

– 나, 결혼하기로 했어!

– 뭐! 겨……결혼!!

그녀가 두 손으로 내 입을 틀어막았다.

– 언니는…… 참. 쉿! 조용조용!

너무 놀라 숨이 멎을 지경이었다. 그녀는 내 귀에 대고 조용히 속삭였다.

– 아직 아무도 몰라. 그 사람하고 나밖에는. 이제 언니까지 셋이지만.

– 누군데! 그 상대가?

– ……

– 너 같은 여잘 차지하다니, 전생에 나라를 구했네. 그 남자 대체 누구야?

궁금해 미칠 지경이었다. 인형처럼 예쁘고 맘은 더 예쁜 그녀를 차지한 남자는 대체 누굴까.

– 누굴까? 한번 맞춰봐.

– 지금 이 상황에 장난해? 빨리~~~

그녀는 안달난 내 모습이 재밌는지 큭큭— 웃기만 했다.

– 나 숨 넘어가는 꼴 볼래?

그제야 그녀는 내 쪽으로 쓰윽— 몸을 숙이더니 다시 내 오른쪽 귀에 대고 나지막이 속삭였다.

난 마치 1급 군사기밀이라도 전해 듣는 간첩처럼 몸을 잔뜩 움츠린 채 긴장했다.

– 있지…… 그게 누구냐면……

침이 꼴깍 넘어갔다. 머리끝이 찌르르한 느낌마저 든다.

– 아직…… 비밀이야!!!

− 야! 너 나한테도 비밀 있어?

− 미안. 그치만 약속했단 말야. 그 사람이랑. 공식 발표 때까지 절대 발설 않기루.

− 기자회견은 언제 할 건데?

− 나 이번 앨범 발표하구, 촬영 중인 영화 마무리까지 하려면 세 달은 걸려. 그 사람도 그 이후가 좋겠다구 했구. 큰일 하는 사람이라…… 많이 바쁘거든.

− 이쪽 일하는 사람이니?

내 질문에 그녀는 귀엽게 고개를 저었다. 연예인은 아닌 모양이었다. 클레이는 의상 안에 감춰졌던 목걸이를 꺼내 보여줬다.

가느다란 금빛 줄에 반짝이며 달려 있는 건 티파니(Tiffany). 얼마 전 프러포즈 때 받은 반지라고 했다.

문득 미드 〈섹스 앤 더 시티〉의 한 장면이 떠올랐다.

주인공 캐리가 애인 에이든에게 프러포즈 받던 장면 말이다. 그가 꺼낸 반지 디자인이 너무 촌스러워 난처한 표정을 짓던 캐리의 모습이란……

사랑하는 남자의 청혼에 냉큼 "예스!"라고 대답하지 못하는 이유가 반지의 디자인 때문이라면 이보다 비극적인 일이 또 있을까?

다행히도 티파니는 그녀를 실망시키지 않았다.

− 나, 좋은 아내가 될 거야. 남편을 위해 요리하고 집 안을 꾸미는 아내…… 남편만을 위한 노래를 부르는 그런 아내. 언니 그런 내 모습 상

상이 가?

나는 그녀를 보며 고개를 끄덕였다.

사랑에 빠진 그녀는 누구보다 아름다웠다. 남자와의 미래를 꿈꾸는 여자의 눈빛이란 바로 이런 걸까.

– 있지, 내 부케는 꼭 언니가 받아줘. 그럴 수 있지?

나는 그러겠노라 약속하고 촬영장을 빠져나왔다.

내게는 최악의 날이지만 사랑에 빠진 그녀에게는 최고로 아름다울 오늘.

세상은 그렇게 딱 50억 개의 모양으로 흘러가고 있다.

달궈진 오븐에 올려진 모짜렐라 치즈처럼 축축 늘어지는 밤이다.

올림픽대로를 쌩쌩 달리는 택시 창밖으로 야경을 바라본다. 한강을 가운데로 강남과 강북이 갈리는 모습이 오늘따라 부다페스트와 닮았단 생각도 들었다. 서울의 밤은 언제부터 이런 색이었을까. 아무 색도 느껴지지 않고 또 어찌 보면 모든 색이 담겨 있는 듯하다.

가방에서 문자 수신음이 울렸다. 동생이다.

'하나뿐인 조카가 보고 싶지도 않아? 이번 일요일이 백일이야. 밥 먹으러 와.^^'

나보다 먼저 결혼한 남동생은 얼마 전 귀여운 아들을 얻었다.

조카가 세상에 나온 날, 신생아실 통유리 너머로 아기를 처음 봤을 때 어찌나 신기하던지.

꼬물대는 그 작은 몸에게 반가운 첫인사를 건넸다.

– 안녕. 조카야. 지구에 온 걸 환영해.

– 안녕하세요. 고모.

그 작은 몸짓은 그렇게 답하는 것 같았다.

귀여운 조카는 하루가 다르게 동생을 닮아갔다.

올케는 사랑하는 사람과 결혼해 그를 닮은 동그란 아기를 낳아 기르는 게 행복하다고 했다.

– 딱 하나, 골반만 예전 사이즈로 줄었으면 좋겠어요. 임신 전에 큰맘 먹고 산 프리미엄 청바지가 안 들어가서 속상해요.

그녀는 볼멘소리로 말했지만 정말로 행복해 보였다.

어쩌면 나는 엄마가 되는 게 불가능할지도 모른다. 그런 생각이 들자 괜히 콧날이 시큰거려 창밖으로 시선을 던진다.

정말…… 내 몫은 없는 걸까……

평범한 사람들의 평범한 행복, 그렇지만 누군가는 간절히 원해도 갖기 힘든 그것 말이다.

개편 첫 주는 정신없이 흘러갔다.

청취자 반응은 예상보다 뜨거웠다. 루이가 생방송 중에 한 멘트는 실시간 검색어 상위에 랭크됐고 문자와 인터넷 게시판은 사연과 신청곡으로 넘쳐났다.

심지어 멸종돼 박물관에서나 볼 수 있을 줄 알았던 예쁜 손편지까지

도착해 우릴 놀라게 했다.

어느 누가 라디오의 시대가 끝났다고 했는가.

루이는 진정 라디오를 부활시켰다.

그에게 사람의 마음을 움직이는 힘이 있다는 건 인정할 수밖에 없는 사실이었다.

– 참, 내가 그 말 했던가?

금요일 밤, 생방에 주말 이틀치 녹음까지 끝내고 스튜디오를 나서던 루이가 발걸음을 멈추고 말했다.

– 무슨 말?

– 오늘 원고, 괜찮았단 말.

갑자기 뭐지? 루이의 말에 가슴이 콩닥거린다.

그러나 방심은 안 된다. 이 녀석이 언제 또 허를 찌를지 모르기 때문이다.

나는 "그래? 다행이네" 하며 애써 자연스러운 미소를 지어 보였다. 내가 할 수 있는 최선의 방어였다.

– 쳇. 뭐야? 그 귀여운 척하는 표정은?

루이는 마치 못 볼 걸 보기라도 한 사람처럼 양미간을 찡그리더니 또 한마디 던진다.

– 남자 앞에서 그딴 표정 지으면 엄청 쉬워 보이는 거 몰라? 그 나이쯤 되면 당연히 알 줄 알았는데?

이런 싸가지 무개념 종합세트를 봤나.

116

그래 내가 잠깐 정신이 나갔던 게다. 잠시나마 콩닥댔던 내 심장이 민망해 몸 둘 바를 모르겠다.

얼굴이 빨개져 어쩔 줄 모르는 내게 루이는 마지막 펀치를 날리고 사라졌다.

— 당신, 아무 데서나 그렇게 웃지 마. 별로 호감 가는 스타일 아냐!

— 너…… 너!! 거기……!!!!

그는 이미 문을 쾅 닫고 나가버린 뒤다.

내 인내심은 한계에 달했다. 어쩔 수 없이 속에 담아두었던 단어를 입 밖으로 터트려버렸다.

— 밥맛없는 놈, 싸가지 없는 놈, 무례한 놈!

애꿎은 문은 내 욕을 그대로 흡수해버릴 뿐 아무 대답도 없다.

— 언니, 진정, 진정하세요. 그러다 흰머리 늘어요.

옆에서 숨죽이고 지켜보던 유리가 걱정스런 눈으로 말했다.

그래, 자고로 참을 인(忍) 자 셋이면 펑크도 면한다고 했다.

— 언니, 팬카페에 글 한번 올릴까요? 루이, 그 실체를 말한다! 뭐 이런 거 올리면 대박일 텐데!

— 너도 카페 회원이었니?

— 저…… 그게…… 정보 수집 차원에서……

— ……

— 솔직히 얘기할게요. 루이 데뷔 초엔 팬카페 운영자 중 하나가 저였어요. 근데 지금은 아니에요. 정말이에요. 언니.

유리는 내게 큰 죄라도 진 사람처럼 손사래를 치며 말했다. 그때 담배를 피우고 들어오던 조 피디가 내 화를 돋우었다.

― 한 작가 얼굴이 왜 이렇게 죽상이야? 요즘 당신 잔주름 자글자글 장난 아냐. 안티에이징 크림, 그런 것 좀 사서 바르라니깐. 원고료 받아서 뭐에 써? 부양 가족도 없으면서.

― 조 피디님!!

― 유리 씨, 혹시 요즘 한 작가가 너한테 히스테리 부리냐?

― 피디님, 글쎄 루이가요, 언니한테……

― 별거 아니에요. 오늘 청담동 레스토랑에서 미팅 아시죠?

― 그럼. 얼른 출발하자구. 유리, 약속 없으면 너도 가자! 오랜만에 내가 저녁 쏜다~

― 당근 없죠. 끼워주셔서 감사합니다~

'씨엘(Ciel)'은 청담동의 어느 골목에 위치한 프렌치 레스토랑이다.

테이블은 고작 여섯 개뿐이고 그것도 미리 예약한 손님만 받는 곳으로 평소 코스 한 끼 식사 값이 1인당 15만 원은 우습게 넘는데도 언제나 손님들로 붐빈다.

특히나 씨엘의 이름을 알린 건 미국식 정크푸드인 햄버거를 고급화시킨 '씨엘 버거'다.

이는 주말에만 한정해서 브런치 메뉴로 판매되는데 얇은 치즈와 시든 양상추, 싸구려 패티 대신 최상급 등심과 푸아그라, 블랙트러플 같은 고급 재료만 넣어 만든 명품 햄버거다. 사람들은 이 버거 값으로 5만 원이 웃도는 금액을 아낌없이 지불한다고 한다.

매장에 들어서자 매니저로 보이는 직원이 우릴 사장실로 안내했다. 그리고 5분쯤 지나자 막 다림질을 한 듯 정갈한 흰색 유니폼을 입은 여자가 들어왔다.

씨엘의 오너 셰프인 김윤아.

그녀를 본 순간 우리는 입이 쩍 벌어질 수밖에 없었다.

그녀는 예뻤다. 그것도 엄청!

방송국에서 일하는 사람들은 미(美)에 대한 기준이 비교적 까다로운 편이다. 그도 그럴 것이 매일 방송국 로비와 스튜디오, 구내식당, 하다 못해 화장실에서 마주치는 사람이 김태희고, 송혜교, 조인성인데 어찌 그렇지 않을 수 있을까. 그러니 우리 눈이 높은 건 일종의 직업병 같은 거다.

그럼에도 불구하고 김윤아, 그녀는 시선을 끌어당길 만큼 뛰어난 미모의 소유자였다.

– 어머! 셰프님, 전지현 닮으셨어요!

유리의 말에 그녀가 수줍은 듯 살짝 미소를 지었다.

단정하게 묶은 긴 머리는 찰랑찰랑 윤기가 났고, 아기 피부같이 희고 투명한 피부에 보호본능을 마구 불러일으키는 가느다란 몸매는 우아한 분위기까지 자아냈다. 심지어 그녀의 허리에 둘러진 흰색 앞치마조차 명품 브랜드에서 나오는 H 라인 스커트처럼 보일 정도였다.

피부에 좋다는 지중해 올리브와 캐비어를 얹은 카나페를 시작으로 고르곤졸라 치즈에 싱싱한 루꼴라만 살짝 얹은 이태리식 피자 한 쪽과 모에 샹동 샴페인 한 모금으로 마무리되는 그런 식사만 할 것만 같은 그녀는 미국 CIA와 프랑스 르 코르동 블루에서 수학한 요즘 가장 핫한 셰프다.

– 김윤아 셰프님. 반갑습니다. 프로그램 연출을 맡고 있는 조귀남 피딥니다. 실제로 뵈니 화면보다 훨씬 더 미인이십니다. 하하하하.

조 피디가 출연자 앞에서 이렇게 오버하는 건 처음이었다.

– 네. 처음 뵙겠어요. 제가 레스토랑을 비울 수 없어 여기까지 오시게 했네요.

– 별말씀을. 저희도 바람 쐬고 좋네요. 하하하.

– 이혜미 선생님 따님이 이 프로그램 작가시라고 들었는데…… 누구신지.

내가 그녀를 바라보자 그녀는 내 앞으로 다가와 악수를 청했다.

– 반가워요. 제가 선생님께 신세를 많이 졌거든요. 어머니를 닮아 미인이시네요.

나는 그녀의 손을 잡으며 매일 칼질하고 물에 담그는 요리사의 손이 이렇게 보드라울 수도 있나 하는 엉뚱한 생각이 들었다.

실력 되고, 미모 되고, 젊은 나이에 이런 레스토랑까지 경영할 수 있는 능력까지 되는, 말 그대로 진짜 엄친딸. 오늘 그녀를 만나러 온 이유는 바로 〈루이의 뮤직 인 헤븐〉의 토요일 코너 때문이다.

‘싱글을 위한 주말 웰빙 레시피’라는 코너를 준비하던 중 한 요리프로그램에서 김윤아를 본 조 피디가 그녀에게 꽂혀 섭외를 요청했었다.

하지만 그녀의 대답은 단칼에 “노”였다.

레스토랑 경영은 물론 요리까지 맡고 있는 데다 주말에는 셀러브리티를 대상으로 한 쿠킹 클래스까지 열고 있어 고정 방송에 할애할 시간이 없다는 이유였다. 그런데 무슨 일인지 지난주 개편 첫 방송을 하고 나서 그녀 쪽에서 먼저 조 피디에게 연락을 해왔다. 지금이라도 ‘싱글을 위한 주말 웰빙 레시피’를 맡고 싶다는 내용이었다. 우리 쪽에서야 미리 섭외해놓은 푸드 스타일리스트가 있긴 하지만 김윤아가 나서준다면 얼마든지 변경할 수 있는 상황이었다.

조 피디가 전화로 마음이 바뀐 이유를 묻자 그녀의 대답은 간단했다.

— 이혜미 선생님 따님이 이 프로그램 작가시라고 들었어요.

‘스타 요리 연구가 이혜미의 딸’이란 타이틀이 이렇게 도움이 될 줄이야.

그런 내 사정을 아는지 모르는지 김윤아는 제 앞에 놓인 찻잔을 들어 입술로 가져가며 말을 꺼냈다.

— 방송 분위기를 파악하고 싶어서 다시 듣기로 지난주 방송을 쭉 들어봤어요.

— 그러셨습니까. 역시 프로시군요. 하하하.

— 요즘 젊은 사람들은 ‘잘 먹는다’는 것에 대한 인식이 예전하고 많이 다르잖아요. 입만 즐거운 게 아니라 시각적, 후각적, 공간적으로도

즐거운 식사가 되어야 하죠. 건강에 관심 많은 젊은 사람들은 디톡스에 대한 관심도 뜨겁구요.

역시 그녀는 외모만큼이나 말솜씨도 똑부러졌다.

— 하하하. 맞습니다. 훌륭하십니다. 하하하.

— 주말 오후 싱글을 위한 한 그릇 음식 같은 걸로 채워볼까 하는데 어떨까요? 남자들도 만들기 쉽고, 맛있지만 칼로리도 높지 않은 웰빙 레시피 중심으로요~

— 좋죠~ 셰프님 말씀대로라면 배고픈 싱글남들이 더 이상 인스턴트 음식으로 끼니를 해결하지 않아도 되니 얼마나 좋습니까. 저부터 따라 해보고 싶어지네요~ 하하하.

연신 '하하하'를 연발하는 조 피디의 모습이 거슬려 입을 틀어막고 싶어졌다.

그때 김윤아가 다시 말을 꺼냈다.

— 근데, 그 사람은…… 아니 제이는 어떻게 출연하게 된 거죠?

뜻밖에 그녀의 입에서 '제이'라는 이름이 흘러나온다.

— 셰프님이 제이 씨를 아세요?

유리가 의외라는 듯이 묻자 김윤아의 얼굴에 난처한 기색이 스친다.

— 아뇨. 안다기보다……

— 아~ 그 친구요, 루이가 직접 소개한 게스트예요. 영국에서 와서 방송은 이번이 처음이구요.

— 역시, 그랬군요.

그녀가 가만히 고개를 끄덕였다. 그때, 방문을 열고 홀 담당 직원이
들어왔다.

– 셰프님, 식사 준비 됐습니다.

김윤아가 우리 셋을 향해 말했다.

– 바쁘신 중에 여기까지 오셨는데 제가 식사 대접은 해야죠. 괜찮으
시죠?

김윤아는 우리를 홀에 준비된 테이블로 안내했다.

우리를 위해 세팅된 테이블에 앉자 오늘의 코스 요리가 서브되었다.
딱 알맞게 구워진 스테이크를 썰어 입에 넣는 순간 풍부한 육즙이 혀
안쪽으로 그득 고였다. 그 고소하고 기름진 육즙은 먹는 이의 가슴까
지 따뜻이 데웠다. 씹으면 씹을수록 부드러운 식감과 목 넘김은 마치
티라미수를 떠먹는 기분이 들 정도였다.

– 이 샤토브리앙이 원래 사람 이름인 거 아세요? 미식가로도 유명했
던 그는 특히 소 안심 부위 중에 400그램 정도밖에 안 되는 귀한 부위
를 구워 먹기 좋아했다고 해요. 그래서 그가 즐겨 먹던 스테이크를 샤
토브리앙이라고 부르죠.

그녀의 친절한 설명을 들으며 식사를 하고 있으니 마치 우리가 샤토
브리앙이라도 된 느낌이었다.

그녀가 제이에 대해 알고 있는 것 같다고 느낀 건 나뿐이었을까.

조 피디나 유리, 누구도 제이에 관해 아무 말도 꺼내지 않았다.

이상하게도 김윤아와 나, 우리는 같은 여자인데도 어딘지 모르게 영

영 다른 세계처럼 느껴졌다.

그 이유가 무엇인지 나는 알 수 없었다.

아아악!!!!

늦은 새벽, 내가 지른 비명에 놀라 잠에서 깨고야 말았다.

얼른 옆에 놓인 핸드폰을 집어 시간을 확인했다. 어둠 속에 반짝이는 핸드폰 액정은 새벽 2시 15분을 표시하고 있다.

꿈속에서 어찌나 울었는지 베개는 이미 축축이 젖어 있었다.

스탠드도 켜지 않은 채 서랍에서 빨아놓은 커버를 가져다 갈아 입혔다.

내 악몽 역시 때때로 다른 옷을 갈아입었다.

어느 날의 꿈속에서는 그동안 공부한 수학공식, 영어단어가 하나도 기억나지 않는 수능 날의 수험생이기도 했고, 웨딩드레스를 입은 채 엉망진창인 화장과 머리를 한 신부이기도 했다.

오늘 꿈속의 내 모습은, 파리의 어느 정류장에 서 있는 여행자였다.

차가운 비는 이미 온몸을 잠식했고 내 심장마저 꽁꽁 얼려버렸다.

나는 내가 왜 이곳에 서 있는지, 누구를 기다리는지도 모른 채 그대로 비를 맞으며 서 있다. 기다리는 사람도 없고 목적지도 잃어버린 외로운 여행자…… 그게 바로 꿈에서 본 내 모습이었다.

꿈속의 난 도저히 어쩔 수 없는 불가항력에 절망하고, 좌절한다.

미친 듯이 헛헛한 감정이 밀려왔다.

책장 앞으로 가서 오래된 CD 하나를 꺼냈다. 내 오피스텔의 한쪽 벽면을 차지한 책장은 1,500여 장의 CD들로 가득 채워져 있다. 중학교 때부터 모아온 터라 방송국 음반자료실만큼은 아니어도 웬만한 음반은 다 있는 편이다.

가끔 이곳을 방문하는 사람들은 "작가 집에 책보다 CD가 많네?" 하고 놀라지만, 모르시는 말씀.

라디오 작가로서 다양한 음악을 알고 있는 건 무엇과도 바꿀 수 없는 재산이다.

내가 골라 든 CD는 푸른하늘 4집.

〈꿈에서 본 거리〉는 중학생이 되던 해부터 주구장창 들어오던 소중한 곡이다. 익숙한 멜로디가 시작되자 마음이 편안해진다.

빠알간 벽돌 길 모퉁이에서 난 플라타너스 바라보면서

웃음이 아닌 다른 건 모두 잊은 채

아무 생각 없이 앉아 있었지

어지럽던 내 사랑도 이제는 하늘 저 멀리 구름 위로 날려버린 채

숨 가쁜 생활을 벗어날 수 있는 그곳은

내 꿈에서 본 거리일 거야……

1991년도. 이 앨범이 발표되던 때 난 사춘기였다.

경고 없이 다가온 사춘기는 꽤나 혹독했다. 엄마의 공백을 느낄 틈

도 없이 아빠와 동생을 챙겨야 한다는 중압감까지 더해져 다리가 후들
거렸던 시절…… 문득 그때의 불안하고 외로운 내 모습이 보인다.

내가 아는 대부분의 사람들은 과거로 돌아가길 원한다. 정확히 말하
면 지금보다 '한 살이라도 어린' 시절로 돌아가고 싶어 한다. 주름을
없애준다는 간장종지만 한 수십만 원짜리 크림이 불티나게 팔리고 압
구정동의 성형타운이 연일 절찬리 성업 중인 모습이 바로 현재를 살아
가는 우리의 모습이다.

나 역시 20대 때만 해도 T존 부위의 넘쳐나는 유분을 제거하느라 시
도 때도 없이 기름종이를 찍어대느라 바빴다.

그러나 지금은 부족한 유분과 수분 공급을 위해 비싼 영양크림을 찍
어 바르기 바쁘다.

'있을 때 잘해~ 후회하지 말고~'란 노래 가사를 '유분, 있을 때 지켜
~ 후회하지 말고~'로 개사를 해야 할 판이다.

그러나 만약 과거로 돌아갈 수 있는 어플같은 게 만들어진다 해도
나는 절대 다운받지 않을 것이다. 유수분 밸런스가 맞는 촉촉한 피부
와 셀룰라이트 없는 매끈한 허벅지를 되돌려 받는데도 기꺼이, 정중히
사양하겠다.

그곳에는 어김없이 지독한 불안이 날 기다리고 있을 테니.

그 시간으로의 회귀가 차가운 집에서 엄마를 찾는 동생을 끌어안고
두려움에 떨어야 하고, 자다 깬 새벽, 첫 생리의 혈흔에 혼자 불안을 감
당해야 하는 거라면…… 그리고 파리에서의 차가운 악몽을 되풀이해

야만 하는 거라면 나는 뒤도 안 돌아보고 멀찍이 도망쳐버리겠다.

불안에는 내성이 없다.

이미 경험해본 사람은 더 큰 불안을 짐작하게 된다. 그리고 상상하게 된다.

나는 더 이상 그 어둡고 축축한 터널을 혼자 걷고 싶지 않다.

침대 위 얇은 이불을 어깨에 두르고 핸드폰을 집어 들었다.

이미 너무 늦은 시간이지만 민정에게 전화를 걸어보기로 했다. 그녀라면 이 시간에 깨어 있을 게 분명하다.

― 또 몹쓸 꿈 꿨니?

내 전화를 받은 민정의 첫마디였다. 너머로 노트북 자판 두들기는 소리가 들리는 거 보니 원고를 쓰던 중인 듯했다.

― 민정아 있잖니. 나, 외로운 거 같아.

― 왜, 원고가 잘 안 풀려?

이럴 땐 이성적인 그녀의 목소리가 전혀 위로되지 않는다. 그녀는 이내 쏘아대듯 말한다.

― 한주경! 웃기지 말라 그래~ 외롭다는 게 무슨 배고프다, 졸리다, 화장실 가고 싶다 같은 일상어니?

― ……

― 가만 보면, 요즘 사람들 외롭다, 고독하다를 너무 남발해. 트위터에 '나 지금 스타벅스에서 고독을 즐기는 중' 하면서 인증샷까지 찍어

올리는 게 무슨 고독이야? 현대인은 외로운 게 아니라 외로운 척하는 거라고 본다.

– 뭐! 외로운 척?

– 그렇게라도 연기하지 않으면 머릿속이 너무 복잡하거든. 대체 외로울 틈이 어딨어? 세상이 이렇게 바쁘게 돌아가는데. 잠들기 직전까지 스마트폰 끼고 살고, 눈 뜨자마자 스마트폰 집어 들고 날씨, 뉴스 확인해야 직성이 풀리는 세상에.

– 그럼 넌 외로울 때가 없단 말야?

– 물론이지!

그녀의 대답은 날카로운 모서리처럼 단호했다.

– 혹시 죽어서라면 모를까…… 것도 아니다! 한 50년쯤 뒤엔 이승과 저승을 이어주는 SNS가 생길지도 모르지!

나쁜 년. 도무지 도움이 되질 않는다.

민정과의 전화를 끊고 냉장고에서 투게더 아이스크림 한 통을 꺼냈다.

오피스텔 앞 슈퍼에서 50% 할인된 3,000원에 사다 둔 것이다. 어차피 반값에 팔 거면서 왜 처음엔 비싼 가격을 붙여놓은 걸까. 민정의 말대로라면 우리가 외로운 척하는 것처럼 이 아이스크림도 조금 더 '비싼 척'해보려는 걸까?

그러나 나는 그녀의 말에 동의하지 않는다.

우리는 그 어느 때보다 소통이 그리운 시대에 살고 있다. 제아무리 태블릿피시와 스마트폰으로 시시각각 전 세계와 네트워크를 형성하고 있다지만 정작 우린 소통이 고픈 유목민이다.

그 많은 미니홈피의 일촌과 블로그 이웃과 미투데이의 미친과 트위터의 팔로워들이 있다 해도 외로운 건 외로운 거다. SNS와 같은 온라인 속 관계만으로 사람의 빈자리를 완벽히 메울 수 있다면 스마트폰을 쓰지 못한 디지털 이전 세대들은 모조리 외로움에 몸부림치다 죽어버렸을지도 모를 일이다.

다시 침대 쪽으로 가 아이스크림을 통째로 들고 먹기 시작했다.

역시 투게더는 밥숟가락으로 듬뿍듬뿍 떠먹어야 제맛이다. 이 익숙한 우유맛은 배스킨라빈스나 하겐다즈는 죽었다 깨나도 따라올 수 없는 맛일 거다.

아찔한 단맛 때문일까. 좀 전까지 욱하던 기분이 조금은 가라앉는 것 같다.

그때 핸드폰 벨이 울린다.

아마 민정일 거다. 좀 전에 그렇게 전화를 끊은 게 미안했겠지. 역시 아주 독한 년은 못 된다.

– 여버세여.

입안에 가득한 아이스크림 때문에 발음이 새버린다.

– ……

– 아아~ 이 시려. 왜 그새 미안한 맘이 들디?

– 의외인데! 이 시간에, 전화 걸어주는 사람도 있나 봐?

분명 핸드폰 저쪽에서 건너온 목소리는 남자 목소리다. 그제야 얼른 발신자를 확인한 나는 입안에 남아 있던 아이스크림을 토해낼 뻔했다. 액정에 찍힌 발신자는 루이였다.

－이 시간에 웬일이야! 니가!

－쳇! 기대했던 사람이 아니라 미안하군.

－그……그게 아니라.

루이의 목소리에서 약간의 술기운이 묻어났다.

－너, 술 마셨니?

－……

－오늘 드라마 야간촬영 있다고 했잖아! 혹시 촬영에 문제 생겼어? 다음 주 생방에 차질 있는 거야?

－그딴 걱정 마. 난 원래 뭐든 완벽하게 잘하는 스타일이거든. 불필요한 문제 따위, 안 만들어!

－용건이 뭔데. 그럼.

시큰둥한 내 목소리에 루이는 마치 예상치 못한 돌발 질문이라도 받은 것처럼 당황했다.

－용건……? 가만 있어봐라. 용건……이 뭐였더라. 뭐였지?

생각이 안 난다는 듯 한참을 중얼거리는 모습이 평소의 루이답지 않았다.

－그래, 생각났다! 솔직히 당신, 학교 다닐 때 공부 잘 못했지? 반에서 몇 등이나 했어?

－뭐어!?

- 당신 기억력으로 봤을 때, 공부 잘했을 스타일이 아냐. 내 말 틀려?

이 자식이. 새벽에 전화해서 이게 무슨 가당찮은 헛소리란 말인가. 아무래도 오늘 새벽은 누구에게도 위로받을 수 있는 상황이 아닌 모양이다. 당장 전화를 끊어버려야 옳았지만 이 녀석한테는 자꾸 이상한 오기 같은 게 생겼다.

- 니가 우리나라 공교육의 폐해를 알아! 너 같은 해외파하고는 기준이 달라. 그리고 니가 무슨 자격으로 내 성적을 논하는데!

- 자꾸 변명하지 말고. 그러니까 잘했어? 못했어?

- 그래도…… 중간…… 언저리는…… 했다! 왜?

- 푸하하. 거 봐~ 그럴 줄 알았다니깐.

- 그러는 너……너는! 넌 공부 잘했어?

아, 싫다. 야심한 시각에 어울리지 않는 유치한 멘트들.

- 나? 나는 뭐든 잘한다니까. 아까 한 말 기억 안 나? 당신, 벌써 치매야? 머릿속에 지우개가 몇 개냐, 대체?

도대체 내가 왜 이 시간에 이 녀석과 이따위 대화를 나눠야 하는 것일까. 어찌나 억울한지 눈물이 다 날 지경이었다. 그러고 보니 이제껏 이 녀석과는 한 번도 대화다운 대화를 해본 적이 없다. 게다가…… 왜 말끝마다 꼬박꼬박 반말 짓거리냐는 거다.

- 보자보자 하니까, 정말. 너 왜 말끝마다 당신, 당신 하는 건데? 내가 너보다 몇 살이나 많은 줄 알아? 누가 뭐래도 여긴 동방예의지국 대한민국이야! 어른 공경, 경로 우대 이딴 말도 못 들어봤어?

- ……

- 누나 말, 안 들리니!

- 누나란 말이 그렇게 듣고 싶냐?

- 당연하지. 그럼 언니라고 할래?

- 나 당신한테 누나라고 부른 적 있어.

- 무슨 소리야? 넌 처음부터 한결같이 일관성 있게 반말이었다구!

- ……

잠깐의 정적이 흐른 뒤 루이가 진지한 목소리로 말했다.

- 당신 정말 기억 안 나는 거야? 전혀?

- ……

- 쳇. 그럼 할 수 없지. 기억날 때까지 기다리는 수밖에.

내 착각일까, 루이 목소리에 기운이 빠진 듯 느껴졌다.

- 뭘 기억 못한다는 건데? 그럼 기억나는 니가 말해줘 보시지!

- 난 그렇게 쉽게 정답을 가르쳐주는 사람이 아냐. 노력 없이 얻은 건 그 가치가 쉽게 사라지는 법이거든.

- 그게 무슨 소리야…… 좀 알아듣게……

뚜뚜뚜. 내 말이 끝나기도 전에 그 녀석은 전화를 끊어버렸다.

갑자기 머리가 지끈지끈 아파온다.

이 자식 장난치는 건가? 장난이라기엔 그의 목소리가 굉장히 진지했다. 심지어 그 녀석의 실망감 섞인 목소리는 괜히 미안한 기분마저 들게 만들었다.

한때는 내 기억력도 알아주는 수준이었는데 왜 나이가 들수록 자꾸만 기억나지 않는 게 많아지는 걸까. 그만큼 잊고 싶은 게 많아지기 때문인가. 불현듯 굉장히 억울함이 느껴지면서 어딘가에 하소연하고 싶어졌다.

도대체 왜! ……루이와 나의 관계는 이 모양 이 꼴인 걸까?

그리고 왜! 제이는 내 앞에 나타난 걸까. 그로 인해 꽁꽁 싸매둔 내 아픈 기억이 다시 드러나는 게 끔찍이도 싫다. 그가 의도했는지, 아닌지는 중요치 않다. 그러나 나 역시 원한 적 없는 일이다. 분명한 건 이 억울함마저 나 혼자 감당해야 할 몫이란 사실뿐이다.

내가 결제한 적도 없는 택배 상자들이 끝도 없이 배송되어지는 기분이다.

심지어…… 착불로 말이다.

진짜 택배일 뿐이라면 2,500원만 지불하면 될 테지만, 나는 어쩌면 그보다 훨씬 더 비싼 대가를 치러야 할지도 모른단 생각에 두려워졌다.

생각을 멈추고 나니 방 안에 정적이 느껴졌다.

오디오에 걸어놓은 푸른하늘 4집은 벌써 한 바퀴를 다 돌고 멈춘 뒤였다.

나른한 일요일 오후, 하나뿐인 조카의 백일을 맞아 남동생 집으로 향했다.

오늘 같은 날엔 나들이 나선 차량들 때문에 택시 대신 지하철을 타는 편이 낫다. 홍대입구역에서 신천역까지는 40분이면 충분하다.

지하철 안에도 가벼운 옷차림의 나들이족들이 가득이다. 사랑하는 가족이나 연인과 함께인 그들의 얼굴은 흐드러지게 핀 봄꽃보다 더 화사하다.

나는 언제부턴가 이들이 낯설지 않다.

이 평범하고 선해 보이는 사람들이 바로 라디오의 청취자들이라는 생각 때문이다.

라디오에서 흘러나오는 유행가에 맞춰 콧노래를 흥얼거리고 사연 한 줄에 울고 웃는 선량한 사람들.

내가 그들을 사랑할 수밖에 없는 가장 큰 이유는 따로 있다.

그건 바로 그들에게서 희망을 배우기 때문이다.

실제로 라디오에 사연 보내는 사람 중 못살겠다고 투정부리는 사람은 하나도 없다. 힘들지만 버텨내겠다고, 오늘의 고단함이 내일의 꿈이 될 것을 믿는다고 말하는 이들. 진심을 다해 오늘을 살아내는 이들이 바로 청취자다.

잠실 신천역 앞에 지은 지 몇 년 안 된 고층 아파트 단지. 이곳이 남동생 가족과 아버지가 있는 곳이다. 이곳이 재개발되기 전 작은 서민 아파트였을 때부터 아빠와 나, 그리고 동생이 살았다. 이 동네에서 우리 남매는 초등학교를 다니고 중고등학교를 나왔다.

그리고 2년 전, 재개발이 끝나 입주를 앞두고 있을 때 막 결혼한 동생은 아버지를 모시고 이곳에서 살겠다고 선언했다. 나는 동생이 아버지를 돌볼 수 있어 다행이라는 마음보다 올케에게 미안한 마음이 앞섰다. 요즘 세상에 거동이 불편한 시아버지를 모시고 싶은 여자가 어디 있을까.

하지만 우리 남매와 같은 고등학교를 나와 누구보다 우리 집 사정을 훤히 잘 아는 올케는 얼굴 한 번 찌푸리지 않고 이렇게 말했다. "언니, 당연한 일이잖아요!"

거기에 지금은 예쁘고 건강한 아기까지 낳아 척척 잘 키우는 올케에게 항상 고맙고 미안한 마음이다.

집에 들어서자 달짝지근한 갈비찜 냄새와 함께 포근한 기운이 전해진다.

─ 어서 오세요. 형님.

키티 캐릭터가 프린트된 앙증맞은 핑크색 앞치마를 두른 올케가 현관문을 열어주며 반긴다. 키티를 보니, 루이의 고양이 이름 역시 키티란 사실이 문득 떠올랐다. 지금 뜬금없이 루이 따위를 떠올릴 게 뭐람.

올케 뒤로 백일배기 조카를 안은 동생의 모습이 보인다.

─ 준. '고모, 안녕하세요' 해야지.

동생의 말을 알아듣는 건지 조카가 날 보자 "버버버" 옹알이를 한다.

가끔 동생 집에 오면 어릴 적, 같은 반 친구 집에 놀러갔던 기억이 떠오른다.

맛있는 음식 냄새와 보송보송 잘 말린 이불이 있는 집, 여자는 엄마의 역할을 하고 남자는 아빠의 역할을 하는 그런 집. 이제 고작 일곱 살짜리 여자애가 밥을 하고 다섯 살짜리 사내애가 저 혼자 목욕을 해야 하는 집이 아닌 '진짜 집' 말이다.

– 왔니. 요새 얼굴 보기 힘들구나.

아빠가 방에서 휠체어를 타고 나오신다. 자주 찾아 봬야 하는데 그러지 못해 죄송한 마음이다. 아빠를 보면 언제나 짠한 마음이 든다. 얼굴에 주름이 더 늘어난 것 같다. 아내의 내조도 없이 두 자식을 위해 앞만 보고 달리신 아빠. 아빠가 30년 넘게 일하신 대기업은 퇴직 후 아빠에게 뇌졸중이라는 병을 선물했다.

– 울 아빠, 딸 보고 싶으셨구나? 개편이라 좀 분주했어요.

아마 동생은 엄마께는 연락드리지 않았을 거다. 20년이 훨씬 넘는 시간을 홀로 버틴 아버지에게도 시간이 필요하실 테니까.

나는 얼른 아버지에게 다가가 손을 잡아드렸다. 평생 살가운 딸이었던 적이 없던 나는 요즘 의식적으로 아빠 앞에서 정을 표현하려고 한다.

– 참, 우리 쭌이 선물.

가방에서 금반지를 포장한 작은 봉투를 꺼내 동생에게 건넸다.

– 와! 우리 준이 엄청 좋아하겠네. 준, 어때 좋지?

– 니가 좋은 게 아니구?

동생은 아들을 얻고 나서 항상 간접화법을 구사한다. 우리 남매의 대화를 듣던 올케 목소리가 부엌 쪽에서 들린다.

– 형님, 요즘 금값 장난 아닌데……

– 말리지 마! 우리 쭌을 향한 내 맘이니까~

– 그럼 감사히 받을게요. 식사하세요. 준비 다 됐어요.

우린 모두 주방으로 갔다.

예쁜 올케는 음식도 예쁘게 한다.

상큼한 키위색 르쿠르제 냄비에 담긴 갈비찜, 오렌지색 그릴에 구운 갖가지 채소들, 노란색 스톤웨어에 담긴 잡채와 샐러드는 입으로 먹기 전에 눈이 먼저 즐거웠다.

주체할 수 없는 허기가 몰려왔다.

– 누나 요즘 방송은 어때?

– 형님이 루이 프로그램 작가라고 친구들한테 말했더니 다들 완전 부러워해요. 사인 좀 받아다 주세요. 호호호.

– 당신이 팬인 거 아니구?

동생의 질투 섞인 핀잔에 올케의 볼이 빨게진다.

– 그래, 사인 받아줄게. 나중에 친구들 이름 문자로 보내줘.

– 정말요? 와~ 감사해요, 형님!!

서로의 안부를 묻는 다정한 질문이 오가고 하하호호 웃음소리가 들리는 식탁이다. 너무 좋아서였을까, 갑자기 눈 밑에 촉촉한 습기가 차오른다. 혹시나 가족들이 눈치챌까 싶어 더 과장된 웃음을 지었다.

– 이 갈비찜 맛 예술인데! 비법이 뭐야~ 혹시 요 앞 백화점 푸드 코트에서 사온 거 아냐?

- 억울해요, 형님. 제가 고기 사다 일일이 핏물 빼고 양념 재서 만든 거란 말이에요~

- 정말? 믿어도 돼?

까르르르.

그때 준의 입에서 팝콘처럼 환한 웃음소리가 터졌다.

사랑하는 준. 엄마와 아빠, 할아버지와 고모가 있는 오늘의 식탁을 기억하렴.

오늘의 이 기억이 네가 살아가는 내내 큰 힘이 되어줄 거야.

고모가 너의 백일을 축하해.

그리고 너의 앞날이 반짝반짝 빛나길 기도해.

다시 시작된 월요일, 방송국에서 마주친 루이는 평소보다 더 차갑고 무표정했다.

원고를 건네는 내 손이 무색할 만큼 획- 낚아채듯 가져가 버리질 않나, 묻는 말에 대답도 하지 않았다. 그의 행동이 새삼스러울 것은 없지만 지난 새벽, 내게 전화를 걸어 알아듣지 못할 말을 내뱉었던 일이 생각나 마음이 쓰였다.

하지만 길게 신경 쓸 여유는 없다.

원고 쓰고, 생방송 준비하고, 이번 주에 출연할 게스트를 섭외하고, 회의하고, 인터넷 게시판 사연을 확인하고, 또다시 새 원고를 쓰고……

정신없는 시간들 속에서 나 역시 루이가 했던 말 따위는 자연스레 잊어버렸다.

그리고 어김없이 다시 화요일이 왔다.

1부 생방 중인 지금은 루이가 두 명의 신인 개그맨과 함께 사연 소개에 한창이다.

2부 방송시간이 다가올수록 나는 점점 한쪽 머리가 지끈거리기 시작했다.

― 언니, 혹시 그날이세요? 진통제 드려요?

유리가 걱정스러운 표정으로 물었다.

내게 '그날'이 다시 찾아오기는 할까. 그 또한 잠시 잊고 있었다는 생각이 들자 갑자기 서글퍼졌다. 갱년기에 들어선 중년 여성의 암울함이 이러할까 싶었다.

잠시 후, 유리가 내 앞에 내려놓은 건 허브티 한 잔이었다.

― 페퍼민트예요. 머리 아플 땐 커피보다 허브가 좋대요.

커피 말고 다른 차를 마신 게 얼마만인지 모르겠다. 나쁘지 않다.

― 2부 게스트 제이 씨는 확인했니? 설마 오늘도 지각은 아니겠지?

― 좀 전에 통화했어요. 벌써 도착해서 로비에서 원고 보고 계신대요.

― 그래?

다시 머리가 지끈거린다.

잠시 후 1부가 끝나면 광고가 나갈 거고 2부 오프닝과 첫 곡이 끝날 때까지는 20분 정도의 시간이 있다. 나는 유리가 준 컵을 들고 자리에서 일어났다. 찬바람을 좀 쐬고 나면 나아질 것 같았다.

– 유리야, 나 잠깐 화장실 좀.

– 네. 다녀오세요.

하던 유리가 뭔가 생각난 듯 날 다시 부른다.

– 앗, 언니!

– 어? 왜?

– 시원하셔야 해요. 부디~ 히히.

그래, 부디 니 바람처럼 시원해지고 싶다. 나도.

방송국 7층에는 흡연자를 위한 야외 공간이 있다. 굳이 1층까지 내려가 담배 피우는 수고를 덜어도 되는 곳. 나는 흡연자는 아니지만 종종 이곳을 찾는다.

너덧 명의 사람들이 한쪽에 모여 담배를 피우고 있었다. 그중엔 나와 방송 아카데미 동기인 예능 작가 선정도 보인다. 그 팀은 오늘도 야근인 모양이다. 가볍게 눈인사를 나누고 연기가 없는 다른 쪽 구석으로 갔다.

유독 애연가들이 많은 방송국. 몇 년 전까지만 해도 화장실에만 가도 담배연기가 자욱해 눈이 매울 지경이었다. 나처럼 담배연기 싫어하는 사람이 여기서 버틴 게 용할 정도였다.

하지만 요즘처럼 담배가 대우받지 못하는 시대에 불편함을 감수하면서까지 꿋꿋이 마이웨이를 고집하는 그들을 보면 담배를 향한 그 무한 애정에 감탄하게 된다.

두 팔을 벌려 심호흡을 크게 해서 폐 깊은 곳까지 시원한 공기를 들여보냈다.

까만 밤하늘에는 오늘따라 그 흔한 인공위성 하나 반짝이지 않는다.

삭막한 여의도의 밤이다.

오늘은, 제이가 오는 날이다.

언젠가 그를 만나게 되면 무슨 말을 해줄까, 꿈속에서조차 고민했던 적이 있었다. 그러나 이런 모습으로 보게 될 줄은 상상도 못했다. 인생이 전혀 생각지도 않은 방향으로 틀어진다는 건 생각만큼 짜릿하지만은 않다.

다시 스튜디오로 올라가기 위해 엘리베이터 앞에 섰다.

드르륵. 청바지 주머니에 끼워둔 핸드폰에서 진동음이 울린다. 혹시 그사이 무슨 일이 생겼나 싶어 얼른 확인해보니 발신자는 루이다.

'이딴 식으로 해라. 메인 작가가 생방 중에 자릴 비워?'

이젠 이 정도로는 화도 나지 않는다. 너야말로 방송 중에 무슨 문자질? 흥! 혼자 투덜대며 삭제 버튼을 누르자 드르륵 또 하나의 메시지가 전송된다.

'내가 한 말, 기억은 해냈나? 설마 아직이라면 당신 뇌세포는 분리수거도 안 되는 C급임!'

뭐? C급!? 아무 힌트도 없이 대체 뭘 기억해내라는 건지 알 수가 없다. 뭐지? 뭘까? 아무리 생각해도 루이와 나 사이에 기억해야 할 에피소드 따위는 없다. 대체 그딴 게 있을 리가 없지 않나.

- 나쁜 자식. 내가 더럽고 치사해서 기억한다!! 기억해!

괜히 애꿎은 엘리베이터 문을 발로 뻥- 차대며 분풀이하는 순간, 거 짓말처럼 문이 열렸다. 그 속에는 제이가 혼자 서 있었다.

그는 놀랐는지 두 눈이 휘둥그레졌다. 그도 그럴 것이, 난 누군가에게 거침없이 하이킥을 날릴 기세로 오른발을 내 허리까지 쭉 뻗어 올리고 있었다. 이게 웬 흉측한 꼴이란 말인가. 당장 어디로든 도망칠 곳이 필요했다.

진정하자, 진정하자. 이럴 때일수록 릴렉스. 그는 내가 맡고 있는 프로그램의 게스트고 난 담당 작가일 뿐 그 이상도 이하도 아니지 않은가. 그와 나 사이엔 아무 일도 일어나지 않은 거다.

- 안 탈 건가요?

제이의 말에 슬그머니 오른쪽 다리를 내리고 얌전히 엘리베이터에 올랐다.

곧 문이 닫히고 그와 나는 아무 말도 하지 않았다. 난 뚫어져라 정면을 응시한 채였지만 그를 볼 수 있었다. 반짝이는 스텐 재질의 문은 마치 거울처럼 내 뒤에 서 있는 제이를 비춰주고 있었으니까.

뭔가 할 말 있는 눈빛으로 내 뒤통수를 보고 서 있는 제이를 보면서 나는 이 순간 내 기억이 날 파리로 되돌려 보내지 않기를 간절히 바랐다.

그러나 그것은 기우(杞憂)였다.

이 작은 공간 안에 서 있는 나와 제이 사이는 너무도 멀.었.다.

엘리베이터가 11층에 멈춰 섰다. 서둘러 내리려는데 갑자기 뒤쪽으로 몸이 쏠렸다. 제이가 내 손을 잡아끈 것이다. 그리고 다시 엘리베이터의 문이 닫혔다.

– 뭐죠!

날카로워진 내 목소리에도 제이는 침착한 표정이었다.

– 이게 뭐하는 짓이에요. 당신!

– 할 얘기 있잖아요. 우리.

우리? 대체 누가 우리란 말인가. 코웃음이 나올 지경이었다.

– 그딴 거 없어요.

가시 돋친 내 말에 제이가 슬픈 눈으로 날 바라본다.

제길. 시간이 얼마가 지났는데 그의 눈동자만은 그때 그대로인 걸까. 나는 자꾸만 기울어지는 내 마음을 바로 세우기 위해 안간힘을 써야 했다.

– 잘, 있었어요?

– ……

– 많이 늦었지만, 당신에게 꼭……

– 됐구요!

그의 말이 끝나길 기다리고 싶지 않았다.

과거의 나는 너무 오랫동안 그를 기다렸었다. 그러나 이젠 아니다. 감정의 끝을 본 사람 입장에서는 미련 따위가 남아 있을 리 없다.

– 음악 말고 연기를 해보지 그래요? 한국말 못하는 연기. 배우 뺨치던데.

- 설명할게요. 제발, 내가 얘기할 수 있는 기회를 줘요.

- 지금 당신이란 사람한테 허비할 시간 없어요. 곧 방송 시작이라구요!

난 그의 팔을 뿌리치고 엘리베이터에서 내려 스튜디오 쪽으로 뛰었다.

미친 듯 두근대는 심장, 바들거리는 손가락, 떨리는 눈동자.

내 의지와 상관없는 내 세포의 움직임들이 누구에게든 들키지 않기만을 바랐다.

5초 전, 4초 전, 3초 전……

큐!

조 피디의 손 사인에 맞춰 2부 시작을 알리는 시그널이 흘렀다.

루이 : 다들 거기 그대로 계시죠?

〈루이의 뮤직 인 헤븐〉 2부의 문을 열겠습니다.

오늘 화요일 2부는 꽤나 분위기 있는 시간이 기다리고 있죠?

어느 날 갑자기 우리 가슴으로 날아든 남자,

〈영화 음악의 이해〉 뮤지션 제이 씨 모셨습니다.

안녕하세요?

제이 : 안녕하세요? 제입니다.

한 주 동안 안녕하셨죠?

통유리창 너머의 루이와 제이가 자연스러운 인사를 나누고 토크를 시작한다.

─ 잘생긴 사람들은 원래 비슷비슷한 건가? 저 둘 말야…… 어딘지 닮았단 말야.

조 피디의 말에 유리가 거들고 나섰다.

─ 당연하죠. 보세요! 둘 다 눈 크죠, 코 높죠, 얼굴 작죠. 그러니 비슷할 수밖에요. 대신 저 둘, 성격은 완전 정반대예요. 루이가 까칠하고 도도하다면 제이 씨는 얼마나 다정한지 몰라요. 물빛 수채화 같은 감성의 소유자라고나 할까?

─ 유리 작가가 그걸 어떻게 알아?

─ 척하면 척이죠. 유치원 때부터 시작된 제 연애경력이 벌써 20년인걸요. 제가 연예인은 못 되어도 연애인(戀愛人)은 되거든요. 호호호.

─ 그럼 여자들은 둘 중 어떤 스타일을 더 좋아하는데?

─ 음……

─ 루이? 아님…… 제이?

─ 둘 다요!

─ 뭐!

─ 워낙 스타일이 달라서 선택을 할 수 있는 문제가 아니에요. 둘 다 멋지잖아요. 제정신 박힌 여자라면 어느 쪽이든 어떻게 거부해요? 안 하죠. 아니, 못 하죠!

유리가 워낙에 완강하게 답하자 조 피디는 이번에 내 쪽을 바라봤다.

– 당신은? 한 작가 역시 여자니까 물어보나 마나인가?

조 피디의 심드렁한 질문에 나는 정색을 하고 대답했다.

– 둘 다 별로예요! 저런 스타일 정말 딱 질색이라구요!

단호한 내 대답을 들은 조 피디와 유리는 어이없다는 듯 헐– 하는 표정으로 입을 벌렸다.

'저 두 사람도 언니 안 좋아하거든요', '한 작가 요즘 많이 힘든가 봐. 그렇게 웃기지도 않은 농담하는 거 보면'. 분명 둘은 속으로 그렇게 중얼거리고 있었을 거다.

생방을 마치고 조 피디와 면담 후 방송국을 나서니 벌써 새벽 한 시가 훌쩍 넘어가고 있었다.

극도의 피곤함을 느낀 나는 택시를 잡기 위해 방송국 앞 대로변에 섰다. 그때 내 앞으로 검정색 고급 SUV 한 대가 멈춰 섰다. 포르쉐 카이엔이었다. 까맣게 선팅된 유리창이 1센티미터 정도 살짝 열리더니 남자 목소리가 들렸다.

– 야, 타!

이게 무슨 80년대 압구정 오렌지족이 낑깡 까먹는 소리란 말인가. 21세기에 "야, 타!"라니. 진부하기 짝이 없는 멘트다.

게다가 내가 누군지도 모르는 남자 차에 덥석 올라탈 리도 없다. 영락없이 피로에 찌든 내 모습에 반한 남자는 아닐 거고 그럼 혹시 납치범? 내가 덩치 좋고 씩씩하게 생겨 어디 멸치잡이 배에라도 팔아 넘기려는 건가? 알고 보면 겉만 멀쩡하지 속은 텅 빈 강정인데.

　— 안 들려? 누가 보기 전에 얼른 타라구!

　창문이 1센티미터 정도 더 열리자 운전자의 얼굴이 보였다. "야타!" 라는 진부하고 구린 멘트의 주인공은 바로 루이었다.

　— 명색이 라디오 디제이란 애 멘트가 왜 그 모양이니? 작업 멘트까지 원고로 써주리?

　— 시끄러우니까 얼른 타기나 해!

　— 멀쩡한 내 두 다리 두고 왜 니 차를 타? 고맙지도 않지만 사양할란다.

　— 그 나이에 아직 차도 없이 어떻게 살았냐? 헛살았어. 당신.

　— 증말 오늘 나한테 한 대 맞아볼래? 여자 나이 서른 넘으면 남성호르몬 분비돼서 힘 엄청 세지는 거 모르지!

　— 민폐 그만 끼치고 일단 타지. 뒤 차들 빵빵대는 거 안 들려?

　그러고 보니 뒤에 서 있는 차들이 빵빵대며 소란이다. 나는 어쩔 수 없이 조수석 문을 열었다.

　딸깍.

　루이는 내가 올라타기 무섭게 잠금장치를 걸었다. 그러더니 곧 엄청난 속도를 내며 출발하기 시작했다.

　— 속도 죽여! 여기가 아우토반인 줄 알어?

　— 당신, 아우토반에서 달려봤어?

　— 그러는 넌! 달려봤냐?

- 응.

- ……

- 앞으론 어디 가서 그런 무식한 소리 마. 아우토반도 부분적으론 속도제한 구역 있거든. 이래 봬도 나 운전 꽤 해. 그러니까 괜한 걱정 따위 안 해도 돼.

그래 너 잘났다! 재수 없는 놈. 이제 너랑 티격태격할 날도 얼마 안 남았다!

- 근데 왜 이렇게 늦게 나왔어? 한참 기다렸잖아.

- 날? 니가 왜?

- 아니…… 뭐 기다렸다기보다…… 왜 늦었냐니깐!

- 조 피디님 하고 긴히 할 얘기가 있어서.

- 무슨 얘기?

- 있어! 어차피 나중에 알게 될 테니 너무 궁금해 마!

- 아까 내 문자는 왜 씹은 거야?

- 참 나~ 그러는 넌? 내 문자 씹은 적 없니?

- 내가? 언제?

- 개편 첫방 끝나고 내가 문자 보냈을 때! 이제 기억나니?

그제야 루이는 생각났다는 듯, "아하, 그거"라고 말했다. 그리고 아무렇지도 않게 이렇게 말했다.

- 그게 뭐? 나같이 일분일초가 바쁜 A급 연예인하고, 당신같이 머리 나쁜 C급 작가하고 같나?

나쁜 자식. 말하는 꼬락서니를 보면 정을 줄래야 줄 수가 없다.

– 여기서 직진해서 마포대교 건너야 된다. 우리 집 가려면.

– 누가 집에 데려다 준대? 내가 타라 그랬지, 언제 데려다 준댔나?

– 뭐라구?

– 말이야 바른 말이지. 이 야심한 시간에 당신 같은 여잘 데려다 어디 써! 이쁘기나 하면 또 몰라.

– 됐고! 시끄러우니까 음악이나 들으면서 가자! 응?

나는 루이 옆에 있는 작은 리모컨을 들어 오디오를 플레이시켰다.

곧 음악이 한 곡 흘러나왔다. 그러자 루이는 급당황한 기색으로 얼른 정지 버튼을 눌렀다.

– 왜 그래? 좋은데.

내가 다시 플레이 버튼을 누르자 루이는 또 정지시켰다. 무섭게 눈을 흘기는 내게 루이는 포기한 듯 말했다.

– 어디 그럼 당신 맘대로 해보든가.

노래를 부르는 가수는 삼인조 남성 그룹인 모양이다.

미성의 세 명이 번갈아가며 노래를 부르는데 이 중 메인 보컬의 목소리는 단연 매력적이었다.

내 가슴에 품고 있던 단 하나의 반지

이 작은 링에 꼭 맞는 손가락을 알고 있어

그건 바로 내 앞의 당신

이젠 너에게 내 마음 전하고 싶어

우리 만난 지 벌써 1년째 날

수줍고 작은 내 맘 받아줄래

니 희고 가느다란 손가락에 너무 어울릴 것 같아

내 마음 언제까지나 그대만의 것임을 맹세해

– 좋다~ 타고난 목소리네. 너도 이렇게 노랠 하란 말야~

– ……

– 왜 대답이 없어? 이 누나 말이 우습니?

– 당신, 그 말 후회 안 하지?

– 미쳤니? 내가 후회하게?

근데 가만히 들어보니 어디서 들어본 적 있는 목소리 같았다.

하지만 내 몹쓸 기억력은 재생을 멈췄는지 날 듯 말 듯 도무지 생각나질 않았다. 나는 연신 "누구지? 누구였더라?" 하고 중얼거렸지만 루이는 아무 말도 하지 않았다. 게다가 어울리지 않는 꽤나 진지한 표정을 하고 있다.

나는 갑자기 가슴이 답답해졌다. 꼬박 일주일은 볼일 못 본 과민성대장증후군 환자처럼 안절부절대기 시작했다. 노래 제목이나 가수가 얼른 떠오르지 않을 때면 생기는 증상이다.

– 맞다. 앨범 자켓! 그거 어딨어?

– 없어. 그딴 거.

내가 CD를 꺼내볼 요량으로 오디오에 손을 가져다 대자 루이는 반사적으로 내 손을 탁! 쳐냈다.

– 뭐 하는 짓이야!

– 너야말로 왜 이래? 단지 가수가 누군지 궁금해서 그러는 건데.

– 이 오디오, 당신같이 '오디오(Audio)'의 'A'도 모르는 사람이 함부로 막 만지고 그러면 안 되는 거거든. 이게 얼마짜린지 상상도 못할 거면서. 얌전히 앉아서 듣기나 해.

– 그래? 그럼 나한테도 방법이 있지!

나는 가방에서 스마트폰을 꺼냈다.

지금이 어떤 시댄가? 바야흐로 스마트폰의 시대다.

스마트폰을 스피커에 가까이 가져다 대자 '노래 제목 찾기 어플리케이션'이 스피커에서 흘러나오는 멜로디를 인식하기 시작한다. 잠시 후면 똑똑한 이 스마트폰은 내가 궁금해 마지않는 정보들을 내게 제공할 거다.

얼마 전까지 자기보다 음악을 더 많이 아는 남자가 이상형이라던 민정은 이 어플리케이션을 다운받은 후로 완벽한 복근을 가진 남자로 이상형을 바꿨다.

IT의 눈부신 발전은 우리의 이상형까지도 바꿔놓는다.

– 두구두구두구. 기다려. 5초면 돼!

루이의 얼굴이 점점 굳어진다. 그사이 내 스마트폰은 정보검색을 완료했다.

그리고 '블루 레전드 1집 - 〈반지〉'라는 답을 풀어냈다.

- 블루 레전드의 〈반지〉? 처음 들어보는데!

내가 고개를 돌려 루이를 바라보자 그는 금방이라도 울 것 같은 표정이었다.

이 녀석이 뭘 잘못 먹었나? 아님 연기 연습 중인가? 방금 전까지 내게 함부로 말을 내뱉던 루이의 눈에 눈물이 맺히다니, 대체 무슨 영문일까.

그리고 그는 시선을 정면으로 향한 채 낮고 차가워진 목소리로 이렇게 말했다.

- 내려.

포르쉐는 벌써 내 오피스텔 앞에 도착해 있었다.

나는 순간 그 분위기에 눌려 아무 말도 못했다.

그의 말대로 차에서 내려 문을 쾅 닫는 순간 루이는 빠른 속도로 사라져버렸다. 멍하니 그 뒷모습을 쳐다보고 있는데, 그 순간 내 머릿속 필름이 되감기를 했다.

내 몹쓸 기억력은 그제야 과거의 시간을 재생해내기 시작한 것이다.

몇 년 전 라디오 스튜디오 안. 나는 갓 데뷔한 신인 밴드의 앨범을 받아 들고 서 있다.

앳된 얼굴의 미소년들과 옆에 서 있는 매니저의 모습도 함께 떠오른다.

맙소사!

나는 엄청난 실수를 저질렀다.

지금 내 앞에 있는 톱스타 루이, 그가 바로 블루 레전드의 메인 보컬이었던 것이다.

오피스텔로 들어오자마자 정신없이 책꽂이의 CD더미들을 뒤지기 시작했다.

한참의 수색 작업 끝에 맨 구석에 자리 잡고 있던 CD 한 장을 손에 쥐었다. 블루 레전드 1집. 방금 전 루이의 차 안에서 듣던 바로 그 앨범이다.

앨범 자켓에는 열여덟, 열아홉이나 됐을까, 앳된 남자아이들 셋이 포즈를 취하고 있다. 오늘부로 가요계는 우리가 접수하고야 말겠다는 열정이 불타는 신인들의 예의 그 표정. 그 가운데 앉아 있는 아이가 바로, 루이였다.

CD 케이스를 열고 안의 가사집을 꺼내 보았다. 사각형의 도톰한 종이 묶음을 한 페이지 넘겨보니 내 이름이 들어 있는 사인이 눈에 보인다.

'최고의 가수가 되는 날 꼭 다시 만나요, 작가 누나. 블루 레전드.'

루이의 말이 옳았다. 그는 내게 최고의 힌트를 주었는데. 바보 같은 난 이게 뭐란 말인가.

인정하고 싶진 않지만, 그의 말대로 나는 C급 뇌세포를 가진 게 분명하다.

2006년. 지금으로부터 정확히 5년 전이다.

메인으로 입봉한 지 얼마 안 돼 맡게 된 청소년 프로그램엔 갓 데뷔한 신인들 초대석이 있었다.

그때 블루 레전드가 출연했었다.

멤버 전원이 영국에서 온 터라 한국말은 서툴렀지만 실력만큼은 뛰어났던 기억이 난다. 세 명 모두 작사, 작곡이 가능하고 댄스 실력도 수준급이었으며 특히 메인 보컬의 보이스가 호소력 있고 매력적이라는 평이었다.

단 1회 출연 후 그들이 맘에 든 당시 담당 피디가 다른 코너의 고정 게스트를 제안했고 그렇게 나와 루이는 일주일에 한 번씩 만났었다. 아쉽게도 고작 8주뿐이었지만.

그들이 데뷔한 지 넉 달도 안 돼 전격 해체됐기 때문이다.

기획사가 문제였다. 단지 음악이 좋아 가수가 된 아이들을 돈벌이 수단으로만 여긴 사장은 당초 약속을 어기고 강제로 밤무대에 출연 시켰다. 거기에 폭언까지 하며 인간 이하의 대접을 했다고 한다. 음악에 대한 열정 하나로 가족까지 두고 한국에 온 이들에게는 참을 수 없을 만큼 힘든 일이었다.

소속사와의 갈등으로 결국 흔적도 없이 사라지는 가수들이 수두룩한 세상이다. 불행히도 블루 레전드 역시 그들 중 하나였다.

우리 프로그램에 마지막으로 출연하던 날, 나는 루이에게 블루 레전드 데뷔 앨범을 내밀었다. 어쩌면 적당한 작별인사를 찾지 못했기 때문일지도 몰랐다.

― 여기 사인 하나만 해주라. 나중에 톱스타 되면 경매 붙이게.

루이는 말갛게 웃더니 CD 안쪽에 정성스레 사인을 했다. 그리고 짐짓 어른스럽게 악수를 청하며 이렇게 말했다.

― 작가 누나. 그동안 각별히 챙겨준 거 고마웠어요. 잊지 않을게요. 그러니까 누나도 나 잊지 말고 꼭 기억해요! 그리 오래 걸리진 않을 거예요!

― 숙녀한테 먼저 악수 청하는 건 실례야. 몰라?

나는 그렇게 재미없는 농담을 하고 그가 내민 손을 꼭 잡았다.

― 절대절대! 안 잊을 테니까 그런 걱정은 붙들어 매셔! 얼른 좋은 곡 듣고 컴백하기다!

그때 난 속으로 이렇게 말했었다.

지금은 한 발짝 물러서지만 이 세상이 아무리 태클 걸어도 절대 넘어지지 말기를. 언젠가 시간이 네 편에 서줄 때 '봐요. 나 아직 여기 이렇게 살아 있다구요!' 하고 당당히 외칠 수 있기를. 그 순간 내가 그 아이에게 해줄 수 있는 마음속 격려는 거기까지였다.

어쨌든 그날 이후, 한 번도 그 아이를 떠올려본 적은 없다. 빠르게 돌아가는 일상만큼 블루 레전드란 밴드 역시 내게서 빠르게 잊혀졌다.

여의도 비즈니스호텔에서 루이를 처음(엄밀히 말하면 '다시') 만났던 날이 생각났다.

그럼 그날 루이는 날 알아봤단 말인가? 그렇게 날 무시했던 건 자기를 알아봐 주지 못하는 서운함의 표현이었을까.

포털사이트 그 어디를 검색해도 루이가 블루 레전드였다는 과거는 나오지 않았다. 실패한 과거 이력 따위야 어차피 도움될 게 없으니 공개하지 않았을 거다.

나는 루이에게 전화를 걸고 싶어졌다.

당장에 사과라도 하지 않으면 아무것도 할 수 없을 것 같았기 때문이다. 그러나 용기가 나질 않았다. 결국 문자 하나를 남기기로 했다.

'C급 뇌세포도 재생이 가능한가 봐. 이제야 기억났어. 블루 레전드, 약속대로 부활해줘서 고맙다. 그리고 이제야 기억해서 미안해……'

전송 버튼을 누르고 얼마 지나지 않아 답장이 왔다. 서둘러 문자를 확인했다.

'내가 뭐랬어. 다시 나타날 테니 꼭 기억해두랬지? 먼저 룰을 어긴 건 당신이야! 딱 각오해!'

루이다운 말이다. 그러나 그가 내게 복수할 시간이 있을지 모르겠다. 사실 오늘 생방이 끝난 뒤 조 피디에게 일을 그만두겠다고 말하고 온 터였다.

매주 제이를 마주친다는 건 견디기 어려운 일이었다. 그리고 루이 역시 상대하긴 버겁다는 생각이 들었기 때문이다. 날 위해, 그리고 방송을 위해 내린 결정이었다. 그동안 한 학기도 쉬지 않고 앞만 보고 달려온 지난 날들…… 당장 일을 그만두고 나면 얼마 안 되지만 매달 붓던 적금과 각종 카드 할부금, 고지서들이 부담될 것이다. 그래도 그동안

낭비 않고 열심히 일해온 서른셋 여자에겐 당분간 버틸 총알 정도는 남아 있다.

다만 이번만은 '막내 작가일 때 도망치듯 떠나버렸던 것과는 다르다!'라고 당당하게 소리치고 싶지만, 여전히 그때와 별반 다르지 않을 거란 생각에 쓸쓸한 기분이 들 뿐이다.

오늘 이런 일이 일어날 거라곤 짐작 못했지만 루이 말대로 이번 게임의 룰을 어긴 건 나다. 그러므로 어떤 벌칙이든 달게 받아야 한다.

왜 그토록 루이를 오해했을까.

그가 내게 호의적일 수 없는 이유에 대해선 단 한 번도 생각해보지 않고 무작정 몰아붙이기만 했다.

아집에 가까운 나의 편견이 그를 '좀 떴다고 오만방자한 연예인'으로 정형화시켜버리고 말았던 것이다. 누구보다 이런 나에게 부끄러운 마음이 들었다. 이불을 머리끝까지 뒤집어써 버렸다.

아마도 오늘 밤은 오래도록 뒤척이게 될 것 같다.

집에서 원고가 안 풀리는 날에는 일찌감치 작가실로 출근한다.

다른 작가들이 열심히 키보드 두들기는 소릴 들으면 나 역시 막혔던 게 뻥 뚫리는 기분이다. 오늘도 오전 열한 시 반쯤 출근해 1층 로비의 카페에서 아이스 라떼를 테이크 아웃한 후 민정과 모닝 수다 타임을 가졌다. 대화의 주제는 주로 오프 더 레코드인 라디오국 돌아가는 얘기거나 민정의 연애스토리다.

– 나 얼마 전 소개팅한 보도국 카메라 기자 있지? 만나보기루 했어.

민정의 향수가 샤넬 넘버 5에서 또 다른 향수로 바뀌는 순간이다.

– 쌍꺼풀이 너무 찐해서 밥맛이라던 그 기자?

― 맞아! 배우 이세창보다 찐한 쌍꺼풀!

― 왜?

― 그게 말야~ 내가 그 기자 만나고 나서 곧바로 회계사를 한 명 소개받았거든!

― 근데?

― 글쎄 그 남자는 코털이 왕창 삐져나온 거 있지! 그래두 코털보단 쌍꺼풀이 낫지 않니? 안 그래?

민정은 그렇게 말하고 나더니 뭔가 잔뜩 불만인 표정으로 소리쳤다.

― 이게 다 김복남 아저씨 때문이야! 내가 싱글이란 이유로 걸핏하면 출연자들한테 날 갖다 붙이잖아. 지난주엔 글쎄 황금남한테 날 들이대는 거 있지? 피차 외로운 사람들끼리 잘해보라면서…… 야! 근데 싱글이라도 다 같은 싱글이니? 그 앞에 ‘돌’자는 왜 빼는 건데?

― 황금남? 픕!

그제야 민정이 흥분한 이유가 공감 갔다.

황금남은 얼마 전 김복남 아저씨 소속사에서 데뷔한 돌싱 트로트가수다. 애초 의도는 박현빈의 뒤를 잇는 아줌마들의 우상을 만드는 것이었다고 한다. 그러나 안타깝게도 서른이란 나이에 걸맞지 않은 노안 외모에 말할 때마다 튀어나오는 거친 사투리를 듣고 있으면 마치 〈전국노래자랑〉을 시청하는 기분이 들 정도였다. 게다가 가장 큰 문제는 벌써부터 이마가 훌러덩 벗겨져 머지않은 미래에 하이모를 착용할 운명이라는 거다.

– 그러니 내가 안 급하게 됐니! 하루라도 빨리 품절녀가 되든지 해야지!

민정의 말이 맞다.

방송 작가가 아무리 결혼정보회사에서도 반기지 않는 비정규직 노동자일지라도 취향까지 무시당할 때는 정말 서글프다.

지금껏 열심히 일한 커리어보다 앞에 붙은 3이라는 숫자가 더 돋보이는 나이, 서른셋. 어쩌면 우리 나이에 연애를 하기 위해 필요한 건, 절대적 기준보단 둘 중 좀 더 나은 조건을 선택해야 하는 상대적 기준일지도 모른다.

민정과의 수다를 끝내고 자리에 앉아 원고를 마무리하고 있는데 뒤에서 누군가 내 어깨를 톡 건드리며 말했다.

– 한 작가. 점심 약속 있나!

잠시 후 나는 방송국 앞에 있는 작은 일식집에 앉아 있다. 점심에만 제공되는 2만 5,000원짜리 런치 메뉴는 튀김과 초밥, 알탕까지 나오는 꽤 괜찮은 구성이다.

내 맞은편에 앉으신 분은 박 국장님이시다.

– 한 작가, 요즘 많이 힘들제?

아마도 조 피디는 오늘 아침 출근하자마자 국장님 방을 찾아갔을 거다. 버젓이 학기 중에 메인 작가 자릴 그만두겠다는 간 큰 작가를 고발할 곳은 거기밖에 없었을 테니.

후우―. 국장님은 길쭉한 한숨을 한 번 뿜어내시더니 천천히 말을 꺼내셨다.

― 그래, 주경아. 편하게 하제이. 니랑 내랑 한두 해 안 사이도 아이고.

나를 처음 라디오 작가로 만들어주신 국장님. 하얀 A4용지 위에 파란색 플러스펜으로 꾹꾹 눌러 적으신 선곡표를 건네주시던 정겨움을 아직도 잊지 못한다. 아마 평생 잊을 수 없겠지.

음반자료실을 누비며 그 많은 CD와 LP판을 만질 수 있게 해주신 분…… 내게 단 하나의 도피처를 만들어주신 분. 내 인생 최고의 피디는 언제나 국장님이실 거다.

― 아침에 귀남이한테 얘기는 전해 들었다. 니도 거진 10년이 다 돼가제? 항상 힘든 프로그램만 니한테 맡겨 내 맘도 좋진 않았데이. 니가 어떤 맘으로 그런 결정을 했을지 짐작도 가지만 말이다.

― 죄송합니다. 국장님.

― 다른 말 다 필요 없고, 내 할 말 좀 할게! 안 된다! 니 그만두면!

나는 꾸벅 고개를 숙였다.

진심이었다. 날 믿어주고 작가로 입봉시켜주신 국장님을 생각하면 죄스런 맘이 들었다.

― 글쎄 안 된다니까 그러네! 절대로 안 돼!

갑자기 국장님은 테이블을 손바닥으로 탁! 내려치면서 언성을 높이셨다. 국장님이 이렇게 흥분하는 일은 흔치 않은 일이다. 물론 개편 시기도 아닌데 프로그램을 그만둔다는 것은 작가로서 굉장히 무책임한 행동인 게 분명하다. 하지만 나도 꽤 고민을 했고 그게 프로그램을 위해 더 낫겠다고 결론을 내린 터였다.

국장님은 앞에 놓인 보리차 잔을 들어 한 번에 들이키셨다.

– 애초에 귀남이한테 루이 그 아를 맡긴 건……

– ……

– 일종의 딜이었데이. 루이를 MBS에 뺏기지 않고 SBC로 데려오기 위한.

이게 무슨 말일까.

정말 드라마 마니아 조 피디의 말대로 모종의 암묵적인 거래라도 있었던 걸까.

– 주경이 니한테 미처 말하지 못한 건 내 미안케 생각한다. 하지만 비밀에 부쳐달란 것도 루이 부탁이었다.

– 못 알아듣겠어요. 국장님.

실제로 지금 국장님 입에서 나오는 말들이 모두 외계어처럼 느껴졌다.

– 니도 잘 알끼다. 루이 오고 나서 우리 SBC 청취율이 전반적으로 수직 상승한 거.

나는 그저 고개를 끄덕였다. 국장님은 짧은 한숨을 쉬시더니 이내 말씀을 이어가셨다.

– 처음 루이를 심야 타임 디제이로 영입하려던 건 MBS였데이.

MBS 라디오의 하성만 국장 알제? 하 국장이 무려 네 달 동안 공 들인 프로젝트였다. 그 콧대 높은 양반이 거의 매일 루이 집 앞으로 찾아 갔었다면 말 다했지. 안 그카나?

― MBS 국장님이 직접요?

― 그래. 그러니 우리 쪽에서야 속수무책이었제. 루이를 데려오면 좋지만 그쪽이 워낙 공을 들인 데다 그쪽이랑 이쪽이 제시하는 출연료 차이도 꽤 났거든. 솔직한 말로 자포자기 상태였다.

― ……

― 그런데 개편 2주를 남기고 갑자기 루이 그 아가 내를 찾아온 기다. 거짓말처럼.

난 아무 말도 못하고 침만 꼴깍 넘겼다.

― 그러더니 뭐란 줄 아나? 우리랑 계약을 하고 싶다카더라.

루이가 국장님을 찾아온 날, 그 방에서 있었던 에피소드는 이미 민정에게서 전해 들은 적이 있다. 그런데, 그게 다가 아니었던 모양이다.

― 대신 루이가 내세운 조건이 있었다. 한주경 작가, 바로 주경이 니가 메인 작가여야 한다는 거!

― !!

나는 너무 놀라 아무 말도 하지 못했다. 가슴이 턱 막히는 기분이었다.

대한민국 최고의 톱스타 루이가 제 발로 찾아와 날 작가로 앉히는 조건으로 디제이를 맡겠다고 했다니. 이게 무슨 일이란 말인가.

― 그리고 또 하나……

― ……

- 루이가 SBC에서 디제이를 하는 동안에 메인 작가는 절대! 절대로 바뀌어서는 안 된다는 조항도 덧붙였데이.

절대!라는 단어를 발음하는 국장님의 목소리에 힘이 들어갔다.

- 대체 그런 억지스런 조건을 내세운 이유 뭐라던가요?

나는 애써 마음을 진정하고 국장님께 질문했다. 그러자 국장님은 고개를 가로저었다.

- 그건 내도 모른다. 나도 묻지 않았고, 루이 그 아도 말하지 않았다. 그때 나로서는 계약서에 루이의 사인을 받아내는 게 급선무였으니까. 그게 SBC 라디오를 살리는 길이었다.

- 그래서 조 피디님을……

- 그래, 조 피디를 루이 프로로 보내면 자연스럽게 니는 〈뮤직 인 헤븐〉의 메인이 될 테니까. 이제 알겠나? 한 작가, 니가 맘대로 그만둘 수 없는 이유를?

- 그럼 진작부터 조 피디님도 다 알고 있었던 건가요?

- 아이다. 귀남이는 아무것도 모른데이. 이건 니랑 나만 아는 기다.

국장님은 단호하게 고개를 저으셨다.

국장님으로부터 들은 이 엄청난 이야기가 믿어지지 않았다. 내 머릿속은 점점 더 복잡해져갔다.

루이, 그 녀석은 대체 무슨 생각을 하고 있는 걸까?

루이가 블루 레전드였단 과거를 알게 된 후부터 그토록 무례하고 개

넘 없던 모습은 어디론가 증발해버리고 그는 전혀 딴사람이 돼 있었다.

방송국 복도에서 날 마주치면 어색한 손 인사를 살짝 날리질 않나, 간식 타임에는 남들 눈치 못 채도록 내 쪽으로 살짝 쿠키를 밀어주더니 급기야 생방 전에는 내 쪽을 향해 다소 거만한 미소와 부담 백배 윙크를 세트로 날려주었다. 그러자 유리는 난데없이 얼굴이 붉어지더니 내게 이렇게 속삭였다.

— 언니 보셨어요? 방금 루이가 저보고 웃은 거……

— 어? 그랬나……?

유리는 "웬일이니, 웬일이니"를 혼자 백번쯤 중얼거리며 호들갑을 떨더니 다시 이렇게 속삭였다.

— 언니…… 에이~ 아니다. 됐어요.

— 왜, 뭔데? 말해.

— 있죠, 그럼 뭐 하나 물어볼게요.

— ……

— 저 오늘, 그렇게 화사해요?

유리의 귀여운 오해도 백번 이해 간다. 루이가 달라졌다. 마치 〈우리 아이가 달라졌어요〉에 나오는 말썽꾸러기 아이들처럼 말이다.

그러나 거기서 끝이 아니었다.

나는 지금 내 오피스텔 거실에 놓인 명품 브랜드 쇼핑백들을 노려보고 있는 중이다. 검은 바탕에 하얀 글씨의 샤넬 쇼핑백과 하얀색 위에 검은색으로 클로에라고 쓰인 쇼핑백, 그리고 다크 브라운 컬러의 루이

비통 쇼핑백까지. 좀 전에 백화점에서 배달되어 온 것들이다.

저 안에 무엇이 들어 있을지는 보지 않아도 뻔하다.

내가 드라마 볼 때 가장 이해 안 되는 장면 중 하나가 작고 네모난 상자를 자기 앞에 내미는 남자에게 "이게 뭐죠?"라고 두 눈을 반짝거리며 묻는 여자들이다. 그럼 그 작은 상자 안에 반지가 들어 있지 가방이나 구두, 집문서 같은 게 들어 있을까.

우리 여자들은 어려서부터 영화나 드라마를 통해 무한 반복 학습 된 놀라운 능력을 하나 가지고 있다. 바로 겉포장만 척 봐도 그 안에 들어 있는 것을 짐작해낼 수 있는 신기(神技)에 가까운 능력 말이다.

나는 찬찬히 쇼핑백들을 하나하나 열어보았다. 먼저 샤넬이다. 조심스레 더스트 백을 개봉하자 내 예상대로 부드러운 램스킨의 샤넬 클래식 백이 얌전히 그 모습을 드러내었다. 그리고 차례로 클로에 마르시 백과 루이비통의 하이힐이 새침한 모습으로 나타났다.

오 마이 갓! 모두 얼마 전 미용실에서 잡지로 봤던 제품들이다.

나는 그것들을 하나씩 만져보았다.

손끝으로 느껴지는 램스킨의 부드러운 촉감은 마치 태어난 지 백일도 안 된 아기의 보드라운 엉덩이 살결 같았고, 테니스라켓에서 영감을 받아 만들었다는 클로에의 마르시 백은 가볍지 않은 독특한 개성이 넘쳤다. 거기에 12센티미터는 족히 돼 보이는 루이비통 힐은 너무나 섹시해 숨이 막힐 지경이었다.

이걸 신고라면 수도 없이 계단을 오르내려야 하는 서울 지하철을 하루 종일 누비고 다닐 수 있을 것 같았다. 아니다. 100미터 달리기도 거 뜬하게 뛸 수 있다.

그러나 곧 이것들이 내 것일 리가 없다는 데 생각이 미쳤다.

내 서너 달 수입을 10원 한 개 안 쓰고 몽땅 합해도 살 수 없는 명품 들. 더더군다나 그런 무모한 소비를 할 리 없는 내가 꿈에라도 이걸 샀 을 리는 만무하다.

그러나 분명 백화점 직원은 정중한 인사를 하더니 "한주경 씨 맞으 시죠?" 하고 확인한 뒤 내게 이것을 건네주고 갔는데…… 그때 핸드폰 벨이 울렸다. 영상통화로 걸려온 전화의 발신자는 루이였다.

무의식적으로 얼른 부스스한 머릴 매만지고 전화를 받았다.

– 여보세요.

– 표정 보니까 풀어봤구나? 어때, 맘에 들어?

영상 속의 루이는 바람을 맞으며 운전 중이었다. 루이의 뒤로 반짝이 는 한강 다리들이 빠르게 스쳐 지나갔다. 나는 어깨에 메고 있던 샤넬 을 얼른 바닥에 내려놓았다.

– 이걸 보낸 게 너였니?

– 이 여자 봐라. 진짜 웃기네. 나 아님, 당신한테 평생 그런 선물 할 남자 또 있을 거 같아!

기분 나쁘지만 영 틀린 말은 아니다.

– 고맙긴 한데 주인을 잘못 찾았어. 너한테 이런 선물 받을 이유 없 다. 나.

그러자 루이는 내 말을 무시한 채 제 할 말만 내뱉었다.

– 이유 따위 집어치우고 나와! 지금 그쪽으로 가고 있어.

루이의 목소리에 거친 강바람이 뒤섞여 전해졌다.

– 5분이면 도착해. 나 기다리는 거 딱 질색이다!

뚜뚜뚜. 다시 전화는 그렇게 끊겼다.

이 상황을 어떻게 이해해야 할까. 요 며칠 사이 어리둥절한 일들뿐이다.

정확히 30분 뒤, 나는 인천공항을 향해 뻗어 있는 도로를 달리고 있다. 아니 '질주'라는 표현이 더 적합할 만큼 루이의 하드탑 컨버터블의 빨강 페라리는 무서운 속도를 내고 있다. 대체 시속 몇 킬로미터로 달리고 있는 걸까?

지붕을 오픈한 채 달려서인지 내가 체감하는 속도는 이미 한계 속도를 넘어선 듯 아찔하게 느껴졌다. 루이와 나의 머리카락이며 온몸의 솜털 하나하나까지 바람에 마구 날린다. 만약 안전벨트를 차지 않았다면 내가 날아가 버렸을지도 모르겠다.

루이의 페라리는 앞만 보며 미친 듯 질주하는 경주마 같았다. 절대 멈춰선 안 되는 경주마.

나도 모르게 운전하는 루이의 오른팔을 꼭 잡았다. 그러자 루이가 다른 손으로 내 손을 잡아주었다. 아주 잠깐이었지만 그의 손길에 안심이 됐다. 괜찮아. 나만 믿어. 마치 루이의 손이 그렇게 말하는 것 같았다.

다만 두근대기 시작한 내 심장소리가 엔진의 굉음에 묻히기만을 바랄 뿐이었다.

　인천공항의 주차장 한 편.

　루이는 페라리에 기댄 채 서서 아무 말 없이 까만 하늘만 올려보다

가 먼저 말을 꺼낸다.

　― 궁금하지 않아? 왜 여기까지 왔는지?

　― ……

　― 답답한 맘이 들 때마다 미친 듯이 달려 여기까지 오곤 했어.

　루이는 오른손을 제 가슴에 가져갔다가 옆에 있는 내게 내민다. 그러

더니 내 손도 내밀어보라는 시늉을 한다. 꽤나 진지한 표정이다. 난 영

문도 모른 채 루이 앞에 내 손을 내밀었다. 그러더니 주먹을 쥐어 내

손 위에 올려놓고 쥐었던 손을 폈다. 뭔가를 내게 건네는 듯.

　하지만 내 손 위엔 아무것도 없다. 빈 손바닥을 내려다보고 있는 내

게 루이가 말했다.

　― 이게 뭔 줄 알아?

　― ……

　― 당신이 가져간 내 맘이야. 잘 봐둬.

　― ……

　― 그리고, 이젠 니 맘을 나한테 줘.

　어떤 대답을 해야 할지, 어떤 표정을 지어야 할지도 몰랐다. 그저 지

금 내 앞에 일어난 일이, 루이의 입에서 나온 말이 현실인지조차 헛갈

릴 정도였다.

- 왜 이러는 건데…… 너.

- 그걸 알면 좋겠다. 나도.

- 왜 나인 건데?

- 그것도 알고 싶다.

- ……

- 그치만 이거 하난 알아. 너무 오래돼서 다른 사람한텐 못 간다는 거. 아무리 밀쳐도 못 가. 다시 돌아와서 음악으로 성공하고픈 이유가 바로, 너였거든. 그래서 니가 가버리라고 하면 난 갈 곳이 없어. 그래서 너랑 같이, 이렇게 니 옆에 있어야 돼.

- 싫어!

갑자기 그가 날 꼭 끌어안았다. 어찌나 꼭 안았는지 숨이 막혔다.

이 아이를…… 난 어쩌면 좋을까. 말도 안 되는 일이라고, 제발 소년 같은 꿈에서 깨어나라고 말해야 한다고 내 속의 나는 소리치고 있었다.

그러나 그보다 한발 빠른 내 심장은 이미 그를 향해 두근대기 시작했다. 그의 깊은 눈동자는 이미 내 심장을 빨아들이고 있다.

어떡하지.

- 넌 꼭 불량사탕 같애……

거기까지밖에 말하지 못했다. 루이가 날 더 세게 끌어안았기 때문이다.

루이, 뱉어버리기엔 너무도 달달하다.

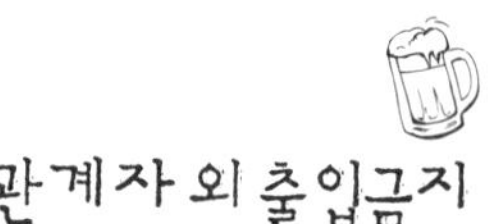

봄은 모든 연인들이 경제적인 연애를 할 수 있는 계절이다. 그래서 난 이 계절이 좋다.

2,000원짜리 노란 프리지어 한 다발이면 사랑받고 있다는 충만함을 느낄 수 있고, 추위나 더위를 피해 억지로 카페나 레스토랑에 앉아 있을 필요가 없다. 게다가 은박 돗자리와 김밥 도시락 하나면 어디든 둘만의 정겨운 공간이 되니 이 계절은 사랑을 꿈꾸게 하는 강력한 바이러스다.

우리 팀 조 피디 역시 그 바이러스를 피해가지 못한 모양이었다.

월요일 아침, 조 피디의 얼굴이 어딘지 피곤해 보였다. 아니 그보단 핼쑥해 보였다. 어디 아프냐는 물음에 그는 자못 비장미 느껴지는 어조로 이렇게 말했다.

─ 한 작가. 나 헬스 시작했어! 초콜릿 복근 만들기 프로젝트 돌입이야!

세상에. 평소 헬스같이 지루하고 답답한 운동이 어딨냐고 외치던 그가 아니던가. 헬스클럽에서 살을 뺄 바엔 차라리 일주일간 다이어트 선식마저 끊고 온전히 굶는 게 낫다고 말하던 그였다. 난 불현듯 불안한 예감이 들었다.

─ 아무리 생각해도 복근 키우는 데는 헬스만 한 게 없더라구.

조 피디가 그렇게 말하고 나서 멋쩍은 듯 자리를 뜨자 유리가 다가왔다.

─ 언니도 느끼셨죠? 조 피디님 주변에 풍기는 수상한 스멜~

─ 그치? 이번엔 누군 거 같니? 혹시 우리 방송국 사람 아냐?

─ 저도 일단 레이더망을 좁혀가고 있는 중예요. 일단 요 근간에 조 피디님 동선을 파악 중이니 기다려보세요.

유리는 마치 미드 〈콜드 케이스〉에 나오는 미녀 수사관 릴리같이 날카로운 눈빛을 보인다.

조 피디의 짝사랑은 꽤 깊은 역사를 자랑한다. 대개 2, 3년을 주기로 빠져드는데 그만큼 헤어나오는 데도 많은 시간이 걸린다. 2년 전 조 피디는 집안 어른들이 주선한 선 자리에서 알게 된 미모의 대학원생을 짝사랑했었다. 그 정도가 지나쳐 급기야는 고열로 입원까지 할 정도였으니 의사도 밝히지 못한 병명을 우리는 상사병이라 진단 내렸다.

퇴원한 뒤에도 그 대학원생이 자기에게 호감을 보이지 않는 이유가 100% 외모 탓이라 자책한 조 피디는 음식을 거부하는 증세까지 보였다. 물론 일주일에서 이틀 빠진 닷새를 겨우겨우 채웠고 다시 사흘 만에 빠진 몸무게에서 1킬로그램을 더 늘려 원상복귀했지만 말이다.

새롭게 등장한 조 피디의 '그녀'는 과연 누구일까?

나는 작가실에 앉아서 생방 2부 '제이와 함께하는 영화 음악의 이해' 원고를 수정하고 있는 중이다.

제이가 방송 전날 그 주에 소개할 음악을 선곡해 메일로 보내주면, 나는 그 선곡에 맞춰 원고를 쓴다.

여전히 그의 메일을 열어보는 게 힘들다.

너무도 아무렇지 않게 과거를 스킵한 채 내 앞에 나타난 제이. 나는 안간힘을 쓰고 있는데 그는 아무렇지도 않은 것처럼 보이는 게 더 약이 오른다. 지난번 엘리베이터에서의 일 이후로 그와 나는 한마디도 나눈 적이 없다. "한 작가, 게스트들 중에 유독 제이한테 시큰둥한 거 알아?"라는 조 피디의 지적을 들을 정도였으니까.

'오늘 선곡 보내드립니다'라는 제목으로 시작된 그의 메일은 늘 그렇듯 아무런 사족도 없다. 넘버링된 대여섯 곡의 노래 제목만 나열돼 있을 뿐이다. 메일 안의 건조한 바탕체 글씨를 바라보고 있자니 내가 무엇을 기대하고 있는 건지 한심한 생각이 들었다.

짧은 한숨이 새어나왔다.

그때 띵– 메신저 창이 떴다. 유리였다.

상콤섹시한 유리 작가: 드뎌 추적 완료!! 조 피디님의 수상한 그녀!!

한주경: 누구! 혹시 우리 주변인?

상콤섹시한 유리 작가: 뭐 그럴지도요 ㅋㅋㅋ~

한주경: 1초 내에 대답해!

상콤섹시한 유리 작가: 김윤아요!

한주경: 누구? 씨엘 김윤아?

상콤섹시한 유리 작가: 끄덕끄덕

오 마이 갓! 이번에도 조 피디는 헛다리 제대로 짚었다.

누가 봐도 김윤아는 조 피디의 상대가 아니다. 세상에는 아무리 찍어도 찍어도 절대 찍히지 않는 나무도 있는 법이다.

한주경: 어떤 근거로?

상콤섹시한 유리 작가: 조 피디님요, 벌써 30분째 씨엘 레스토랑 홈피
　　　　들어가서 김윤아 사진 보면서 한숨만 푹푹 쉬고 있어요!

한주경: 맞구나…… 조 피디님 죽을 맛이겠네……

상콤섹시한 유리 작가: 옆에서 한숨 쉴 때마다 뿜어 나오는 재떨이 냄
　　　　새 때메 저부터 die ㅠㅜ

며칠 전 엄마와의 통화 내용이 떠올랐다.

— 윤아, 너희 방송 출연한다며. 윤아, 그 아이 김 장관 댁 외동딸이잖니. 그 댁 사모님은 나랑 오랜 사이구. 정치학 공부하러 프랑스로 갔다가 갑자기 요리로 진로를 바꾸는 바람에 심려가 많으셨지만 이젠 얼마나 자랑스러워하신다구. 이제 좋은 집 자제 만나 결혼하는 것만 남았지 뭐. 그러고 보면 너도 요리해볼 걸 그랬지? 왜 너 어릴 적에 부엌에서 종종 놀았잖아. 날 닮아서 소질 있었던 게 아닌가 싶다. 호호호.

그때 난 끊긴 핸드폰을 바라보며 이렇게 중얼거렸었다.

항상 바쁜 엄마 대신 끼니를 챙기기 위해선 그럴 수밖에 없었어. 가스레인지 앞에 까치발로 서서 계란후라이를 하고 소시지를 부치는 게 얼마나 겁났는지 몰라. 엄마 그거 알아? 난 정말로 요.리.가.싫.어.

루이: 멋진 영화 속의 더 멋진 음악을 찾아 들려주는 남자.

제이 씨 오셨습니다. 오늘 들고 오신 곡은 어떤 곡인가요?

제이: 안녕하세요. 제입니다.

제가 오늘 청취자 여러분께 소개할 곡은요, 영화 〈이터널 선샤인〉 기억하시죠? 코믹 연기의 천재로만 인식됐던 짐 캐리의 완벽 변신과 클레멘타인 역할을 맡았던 케이트 윈슬렛의 빨간 머리가 아직도 기억에 남는데요, 힌트를 하나 드리자면…… 짐 캐리가 차 안에서 울 때 라디오에서 흘러나오던 노래입니다.

루이: 아, 그 정도로는 어려워요! 힌트 좀 더 주세요.

〈이터널 선샤인〉, 기억을 지운다는 설정도 흥미로웠고 뭣보다 두 주연 배우가 캐릭터에 완전히 흡수된 느낌이라 좋았어요!

제이: 그렇죠. 같은 이유로 저 역시 좋아하는 영화입니다.

루이: 그래요? 그럼, 여기서 돌발 질문 하나 해도 될까요.

영화와는 반대로 지금까지 연애 중에 절대 지우고 싶지 않은 기억이 있으신가요?

제이: ……

루이: 당황하시는 거 보니, 분명 있나 보군요. 하하하.

그렇게 얼굴 빨개서 당황하지 말고 얼른 음악 소개해주세요.

제이: 아, 네……

영국 출신 팝 그룹 코르기스(The Korgis)의 히트곡으로 영화 속에선 벡(Beck)의 버전으로 실려 있는 곡입니다. 〈Every body's Gotta Learn Sometime〉.

루이: 저도 무척 기대가 되는데요. 그럼 함께 들어볼까요?

벡의 〈Everybody's Gotta Learn Sometime〉.

루이의 곡 소개 멘트에 맞춰 조 피디가 음원을 클릭한다. 그놈의 짝사랑 때문인지 오늘 방송 내내 정신 나간 사람처럼 멍- 하다. 음악이 흘러나오자 부스 안에서 루이와 제이가 놀라 다급히 두 손으로 엑스자 표시를 해 보이고 난리다. 이를 어쩐다! 음원이 잘못 나간 모양이다.

유리가 재빠르게 조 피디 옆에 있는 모니터로 가서 재생 중인 음원을 확인했다.

– 사고예요! 코르기스 다음에 소개할 라세 린드(Lasse Lindh) 곡이 먼저 나갔어요!

그제야 정신이 든 조 피디는 어울리지 않게 "엄마야!"를 연발하며 발을 동동 굴렀다.

그러나 한 번 날아간 전파는 절대 다시 돌아오지 않는다. 결국 곡이 다 끝나고서 루이의 정정 멘트가 나갔다.

루이: 음악에 귀 기울이던 분들 깜짝 놀라셨죠?

저희가 오늘 좋은 곡을 많이 준비하다 보니 그만 착오가 있었네요~ 죄송합니다. 앞서 들으신 곡은 더 코르기스의 곡이 아니라 라세 린드의 〈The Stuff〉였습니다.

제이: 네. 북유럽 특유의 몽환적인 느낌이 묻어나는 곡이죠.

한국에는 라세 린드의 곡들이 드라마 삽입곡으로 소개되면서 대중에게 널리 알려지게 됐는데요. 이 중 〈C'mon Through〉와 함께 많은 사랑을 받은 곡이라 골라봤습니다.

그의 특유한 발음 때문인지 마치 우리가 스웨덴에 와 있는 느낌마저도 드네요.

루이: 맞아요. 북유럽을 여행하는 기분이랄까?

음악 속에 흠뻑 빠져들 수 있는 것, 그게 바로 이 코너의 매력 아닐까요?

사실 방송하다 보면 이보다 더한 사고도 많다. 녹음 방송인 경우 다음 날 나갈 방송이 오늘 나가는 경우도 있을 정도니까. 그러나 이번엔 평소 꼼꼼한 조 피디의 실수였기에 마음에 걸렸다. 남은 방송 내내 조 피디는 좀 전의 사고를 의식한 탓인지 의기소침해 보였다.

조 피디를 바라보던 유리와 나의 두 눈이 마주쳤다. 순간 우리의 눈에는 짝사랑에 빠진 한 남자에 대한 연민이 스쳤다.

여자는 안다.

예쁜 여자들이 성실한 사람, 자상한 사람, 가슴이 따뜻한 사람을 이상형으로 꼽는다고 해도 결국은 성격은 내가 데리고 살면서 개조하면 된다는 결론 하에 잘생기고 능력 빵빵한 남자를 선택한다는 것을. '혹시 알아요? 잘될 수도 있죠. 뭐든 간절히 바라면 이루어진다잖아요'라는 뻔한 위로 따윈 도움이 되질 않는다.

물론 나도 한때 그런 생각을 한 적이 있다.

간절히 바라면, 노력하면 못 이룰 건 없다고. 뭐든 맘만 먹으면 할 수 있다고!

결론부터 말하자면, 모두 거짓은 아니지만 그렇다고 모두 진실도 아니다.

일에 치이고, 사람에 치이고, 연애에 실패하고, 또 결혼이 기약도 없이 늦어지고 나이가 들면서, 나는 '간절히 바라면 이루어진다'가 아니라 '간절하면 얻지 못하고, 미련을 버리고 포기할 때 비로소 얻어진다'가 인생의 정답일 수도 있다는 걸 알았다.

〈클릭하면 무조건 100%! 5만 원 상품권! 지금 수령하세요!〉라고 써 놓은 경품 배너에 속아 두근대는 맘으로 마우스를 클릭하는 순간, 허무하게 개인정보만 빼앗기고 마는 세상이다. 열심히 산 내게 '이 정도의 행운쯤은 당연하지'라는 대책 없는 낙관주의를 간직할 나이는 이미 지났다는 말이다.

그러나 내 예상이 보기 좋게 빗나가는 일이 벌어졌다.

— 실례합니다. 늦은 시간까지 고생하시네요.

생방이 끝나기 15분 전, 어디선가 교양이 묻어나는 여성스러운 목소리가 들렸다.

부스 쪽을 향해 앉아 있던 엔지니어를 비롯해 조 피디와 나, 유리까지 우리 넷은 일제히 고개를 돌려 스튜디오 입구 쪽을 바라봤다. 그리고 그 순간 조 피디는 입에 물고 있던 볼펜을 떨어뜨리고 말았다.

그곳엔 조 피디의 오매불망 그녀, 김윤아가 서 있었다.

갑작스런 여신의 등장에 조 피디는 혼비백산 제정신이 아니었다.

앉아 있던 의자를 냉큼 그녀에게 내준 조 피디는 빛의 속도로 티백 녹차를 우려와 그녀에게 건네려다 제 다리에 걸려 꽈당— 하고 넘어지는 우스꽝스런 광경을 연출했다. 눈물이 찔끔 날 정도로 우스웠지만 차마 웃을 수는 없었다. 조 피디의 짝사랑에 대한 최소한의 예의는 지켜줘야 했다.

— 교양국에 왔다 가는 길이에요. 아침방송 〈굿모닝 투데이〉에서 나

들이 갈 때 어울리는 피크닉 도시락을 소개하기로 했거든요. 회의 마치고 가는 길에 잠깐 들렀는데, 방해된 건 아니죠?

– 무슨 그런 천부당만부당한 말씀을…… 아닙니다. 절대 그렇지 않습니다! 거기 담당 피디가 제 동기 녀석인데, 혹시 김 셰프님 불편하게 해드린 건 없는지……

오히려 그녀는 조 피디의 과도한 리액션이 불편해 보였다.

김윤아는 신경 써주셔서 감사하다는 의례적 인사와 함께 생방중인 부스 안을 빤히 바라봤다.

그녀의 시선은 한동안 부스를 향해 고정돼 있었고 조 피디의 시선은 김윤아의 뒷머리에 고정돼 있었다.

불쌍한 조 피디. 얼마나 그리워했던 여신의 등장인데. 둘 사이엔 그저 무의미한 정적만 흐른다.

이쯤 되면 우리의 센스쟁이 유리의 내공이 드러나는 순간이다.

– 셰프님, 저희 팀 다 같이 야식 먹으러 갈 건데 같이 안 가실래요?

유리의 제안에 샤페이처럼 쭈글쭈글 일그러져 있던 조 피디 얼굴이 금세 밝아진다. 마치 압축팩에 눌려 있던 두꺼운 솜이불이 공기와 만나 만개(滿開)하는 모습과도 같았다.

– 그러시죠. 셰프님, 괜찮으시면 저희랑 같이 가세요. 지난번 멋진 식사 대접 받은 거 제가 오늘 한턱 쏘겠습니다. 하하하!

뜻밖에도 김윤아의 표정 역시 싫지 않아 보인다.

– 저분들도, 가시나요?

순간 부스 쪽을 보며 묻는 그녀의 눈빛이 반짝이고 있는 걸 느낀 건 나뿐이었을까.

방송이 끝나고 우리가 향한 곳은 '이차호프'다.

맨정신에 와도 늘 '2차'가 되는 바람에 억울함이 느껴지는 곳.

이곳의 대표 메뉴는 유림 치킨이다. 쫄깃한 닭다리 살을 튀겨 아삭하게 데친 숙주와 함께 새콤달콤한 간장 소스에 버무려 먹는 맛은 정말 최고다.

우리가 생맥주 피처 일곱 개에 유림 치킨 세 마리, 후라이드 치킨 한 마리에 이모님께 특별서비스로 받은 쥐포까지 다 비우는 데는 두 시간이 채 걸리지 않았다. 늘 그렇듯 간단하게 먹기로 한 약속은 그저 약속이 돼버린다.

– 그거 아세요? 셰프님은 정말 이기적인 분이세요.

혀가 꼬여 들어간 조 피디는 앞에 앉은 김윤아를 바라보며 이렇게 말했다.

다소 황당한 표정의 김윤아는 "그게 무슨 말씀이신지" 하고 되물었고 조 피디는 점점 더 말려가는 혀로 계속해서 말했다.

– 도저히 현실적이지가 않잖아요. 이렇게 혼자만 아름다우시면 세상 다른 여자들은 어쩌라구요. 그래! 여기 한 작가나 유리 작가는 어떻게 살라고요! 제 말, 틀렸습니까?

하루 종일 홈페이지 속 사진으로만 쳐다보던 여자가 눈앞에 앉아 있으니 현실적이지 못한 게 당연하다. 그러나 도대체 왜! 애꿎은 우릴 거기 갖다 붙이는 걸까.

게다가 더 끔찍한 건 조 피디가 말할 때마다 입속에서 남은 안주 찌꺼기들이 튀어나왔다는 거다. 보다 못한 제이가 그녀에게 냅킨을 뽑아 건넸다.

처음 본 여자에게 친절한 건 예나 지금이나 마찬가지인가 보네. 나는 괜히 제이의 행동이 눈에 거슬렸다.

이제 어깨까지 흐느적대는 조 피디가 제 앞의 맥주잔을 들어 원 샷을 하더니 김윤아를 보며 꽤나 도발적인 질문을 했다.

― 셰프님의 이상형을 저한테 말해주심 안 될까요. 혹시 톱 시크릿입니까?

― 글쎄요. 이상형이란 게 무슨 의미가 있을까 싶은데요.

김윤아의 표정에 슬슬 짜증이 묻어나기 시작한다.

조 피디는 정말 모르는 걸까. 여자들이 싫어하는 것 중에 하나가 술기운에 '고백질'하는 남자라는 것을. 취중진담은 전람회의 노래처럼 낭만적이고 애틋한 고백이 아니다. 단지 그건 노랫말일 뿐. 현실 속의 취중진담이란 '취중농담'과 동의어이며 '취한 척 하기로 한 김에 그냥 한번 찔러본다. 아님 뭐, 말고!'의 은유적 표현일 뿐이다. 그렇게 속이 빤히 보이는 어설픈 작업에 넘어갈 만큼 순진한 여자는 별로 없다.

― 그럼 몸 좋은 남자는 어떠세요? 제가 요즘 헬스하거든요. 초콜릿 복근 한번 보실래요?

설마 조 피디가 무리수를 두는 건 아니겠지? 라고 의심하는 순간, 정말 설마가 사람 잡았다.

조 피디는 그 자리에서 벌떡 일어나더니 누가 말릴 새도 없이 제 윗옷을 번쩍 추켜올렸다. 그러고는 태평양의 거센 파도처럼 출렁이는 복부의 지방 덩어리들을 여과 없이 드러내 보이고 말았다. 세 겹이고 네 겹이고 접히고 또 접혀 형체가 불분명한 배꼽은 마치 앙앙 울고 있는 것 같았다.

여학교 앞에 자주 출몰하는 일명 '바바리맨'도 이보다 급작스럽지는 않을 거다. 백번 양보해도 이건 아니다. 고작 운동 시작한 지 3일도 안 된 지방 덩어리에 초콜릿 같은 복근이 새겨져 있을 리 만무했다.

그러나 그것은 앞으로 일어날 더 무시무시한 사건의 서곡에 불과했다.

잠시 후, 조 피디는 그 자세 그대로 꼿꼿이 서서 고개만 숙인 채 우웨에에엑– 하고 지금까지 먹은 것을 죄다 게워내고 말았다. 갑자기 세상 밖으로 다시 튀어나온 그것들의 몰골은 두 눈을 뜨고 보기 매우 처참했다. 조 피디의 아밀라아제에 의해 반죽된 유림 치킨은 위 안에서 위산과 펩신에 의해 분해되던 도중 건더기가 성성한 채로 바로 앞에 앉아 있던 김윤아에게까지 날아가 안착했다.

그리고 시큼한 소화액의 냄새도 빠르게 공기 중으로 확산됐다.

취할 대로 취해 자기가 저지른 일을 인식도 못하고 고개 숙인 채 서 있는 조 피디와 금방이라도 눈물이 터질 듯한 표정의 김윤아. 만약 이 둘이 커플이 된다면 내 열 손가락에 장을 지질 거다. 맹세한다.

그녀는 미간을 잔뜩 찌푸린 채 핸드백을 들고 화장실 쪽으로 나가버렸다.

역시나 짝사랑에 아름다운 시퀀스란 없다.

- 가관이다. 나잇살이나 먹었다는 사람들이 이렇게밖에 못 노냐! 진짜 더러워서 못 봐주겠네.

생방 후 잡지 화보를 하나 찍고 우리에게 온 루이가 짜증 섞인 목소리로 투덜거리고 있었다.

- 당신네 팀은 왜 다들 애꿎은 사람들한테 토악질이냐? 예전에 당신이 나한테 토하던 날 입었던 옷, 그거 아무리 빨아도 냄새 안 지는 거 알어! 작가나 피디나 암튼 똑같애! 쯧쯧.

- 너 언제 왔어!

- 우리 먼저 일어나자! 나 아침 일찍 콘서트 연습 있단 말야.

- 우리? 누구보고 우리래! 그러게 누가 오랬니? 기철 씨 불러줘?

나는 핸드폰에서 로드매니저 전화번호를 검색했다. 그러자 루이가 내 핸드폰을 뺏어 들었다.

- 이 여자가! 누구를 보내려고 그래? 말도 못하냐! 나 없음 집에는 어떻게 갈려구? 이 야심한 밤에! 당신, 내가 꼭 데려다 주고 갈 거야.

나보다 한참이나 어린 녀석에게 이런 소릴 듣고 있자니 등짝이 간질간질해진다.

언제부터 내가 누군가가 데려다 줘야만 집에 가는 여자였지? 내 33

년 인생에 한 번도 등장한 적 없었던 딴 나라 이야기다.

기어이 보고야 말았던 조 피디의 복부 때문일까. 아랫배를 압박하는 싸한 기운이 느껴졌다.

찬 맥주에 기름진 안주를 너무 먹었나 생각하다 문득 '그것'일지 모른단 생각이 들었다.

서둘러 가방 속에서 생리대를 넣은 작은 파우치를 꺼냈다. 혹시 찾아올지 모를 그날을 위해 넣어 다닌 터였다.

- 아직도 내가 밉니?

여자의 목소리가 들린다. 이차호프를 나와 복도를 지나 화장실 쪽으로 코너를 돌려는 순간이었다.

- 왜 날 피하는 거야? 내가 이렇게까지 찾아왔어야 했어?

목소리의 주인은 김윤아가 분명하다. 그녀의 목소리는 낮았지만 몹시 화가 난 듯했다.

그 순간 나는 그 자리를 떠났어야 옳았다. 그러나 나는 숨죽인 채 가만히 서서 귀를 기울이는 쪽을 택했다.

- 날 원망해도 좋아. 솔직한 니 생각을 듣고 싶어.

김윤아의 재촉에 침묵을 지키던 상대가 천천히 입을 열었다.

- 무슨 대답을 원하는 거니.

나는 너무도 놀라 얼른 두 손으로 입을 틀어막았다.

김윤아와 이야기하고 있는 상대는 바로 제이였다. 내 머리가 빠르게 퍼즐 맞추기를 하고 있다.

김윤아와 제이는 이미 알고 있는 사이였다?

그렇다면 오늘 스튜디오에 온 것 역시 우연을 가장해 제이를 만나기 위해서?

— 그거 아니? 넌 내게 사랑한단 말을 한 적 없어. 그게 얼마나 날 아프게 한 줄 모를 거야.

그녀가 흐느끼기 시작했다. 부족한 것 하나 없이 당당해 보이기만 하던 그녀가 지금 울고 있다. 제이의 마음을 애타게 갈구하면서 말이다.

— 넌 눈물하고 어울리지 않아.

— 우리 다시 시작할 수 있는 거지? 내가 더 잘할게. 예전에 우리 엄마가 너 아프게 했던 거 내가 다 갚을 거야. 내가.

나는 제이 입에서 어떤 말이 튀어나올지 긴장돼 다리까지 후들거렸다.

대체 그가 어떤 대답을 하든 나와 무슨 상관이란 말인가. 타인의 비밀스런 애정싸움이나 몰래 엿듣고 있는 나 자신이 한없이 초라하게 느껴졌다.

침묵하던 제이가 다시 말을 이었다.

— 그러지 마.

— ……

— 그때 우리가 헤어진 건 너희 부모님 때문이 아냐. 그건 온전히 우리 문제였어. 다시 시간을 돌이킨다 해도 너와 나는 마찬가지일 거야.

— 잔인하구나. 너……

김윤아의 목소리가 날카롭다. 사랑을 거절당한 여자의 자존심이 무너지는 소리다.

－ 예전 우리 기억들, 넌 버리고 살 수 있어?

－ ……

－ 말해! 왜 말 못하는 건데. 안 되겠다, 죽어도 못 하겠다고 말하란 말야!

－ 그건 할 수 있고 없고의 문제가 아냐. 그냥 묻어두는 거지.

－ 혹시, 다른 누가 있는 거니?

－ ……

혹여 내 목구멍에서 침 넘기는 소리가 들릴까 싶어 꾹 참았다.

과연 제이의 입에선 어떤 대답이 나올까.

싸르르르. 아랫배를 짓누르는 통증은 점점 심해지고 등에서는 식은땀까지 흘러내렸다.

－ 도둑고양이처럼 여기서 뭐해? 화장실 간다던 사람이.

－ 엄마야아아아아!!!!

나는 마치 영화 〈해리 포터〉에 나오는 화장실 귀신이라도 본 것처럼 놀라 소리쳤다.

－ 뭐지! 이 과한 리액션은? 무슨 귀신이라도 봤어?

나는 뒤늦게 루이의 입을 틀어막았지만 김윤아는 이미 밖으로 뛰어나간 후였다. 그들의 은밀한 이별식에 숨은 방청객이 있었다는 사실이 반가울 리 없을 것이다. 그 다음에 제이가 나왔다. 루이가 그에게 무슨 일이냐고 물었지만 그는 씁쓸한 미소로 고개만 저었다. 그러고는 못된 장난을 하다 들킨 아이마냥 시선을 피하고 서 있는 내게 말했다.

- 저도 먼저 가봐야겠네요. 다음 주에 봐요. 한 작가님.

제이의 커다란 키 때문일까, 긴 다리 때문일까. 그의 뒷모습이 조금은 비틀거리는 것처럼 보인다.

- 쳇. 뭐야! 혼자 똥폼은 다 잡고.

루이는 못마땅한지 제이의 뒷모습을 보며 이렇게 말했다.

취기가 오르는 밤이다.

그 이유가 맥주 때문인지 실낱 같은 미련마저 끊어진 옛 연인들의 디 엔드(The end) 때문인지는 나도 잘 모르겠다.

루이는 자신의 차에 우리 팀을 모두 태우고 직접 운전을 했다.

이미 꽐라가 된 조 피디와 유리를 부축해 싣는 루이를 보니 새삼 기특한 생각이 들었다.

처음에 비하면 이만하면 나름 장족의 발전인 셈이다. 물론 약간의 투덜거림쯤은 감수해야 하지만.

- 내가 진짜 당신 때문에 별짓 다한다. 응!

- 다른 연예인들은 시간 내서 봉사도 다니는데 한 식구끼리 이것도 못 하니!

웬일인지 팩 쏘아붙이는 내게 아무 말도 없다.

여의도에 있는 조 피디 오피스텔과 강남의 유리 집에까지 다 들르고 나니 새벽 네 시가 넘어 있었다.

— 뭐 하나 물어봐도 되니? 제이하고는 어떻게 아는 사이인 거야.

— 어떻게, 아는 사이 같아 보여?

루이는 되레 내게 질문을 하며 큭 웃어 보였다. 그러고는 곧 대수롭지 않게 말했다.

— 그냥 아는 형쯤이라고 해두지. 꽤 오래된 형. 어릴 적엔 그 형이 기타 치는 거 보고 흉내 내곤 했어. 나중엔 꼭 제이보다 잘 칠 거야 이러면서.

— 어릴 적부터? 그럼 부모님들도 아는 사이야? 너도 김윤아 셰프를 첨부터 알고 있었던 거고?

— 스톱! 거기까지만~ 이 아줌마 뭐 그리 궁금한 게 많아?

루이는 제 검지를 내 입술에 살짝 가져다 댔다. 그러더니 머리를 내 한쪽 어깨에 슬며시 기댔다.

— 아~~ 편하다.

— 뭐지…… 이 묵직한 것의 정체는?

— 뭐 어때? 우리 사이에.

루이는 운전대를 잡은 채로 최대한 내 어깨에 기대왔다. 늘어지게 하품까지 하는 폼이 영락없이 어미 품 안의 새끼고양이 같다. 이상하게도 이 아이의 이런 행동이 싫지만은 않다.

— 나, 좀 이따 같이 내릴까? 당신 침대에서 자고 가면 안 돼?

— 귀엽다, 귀엽다 하니까 아주 기어오르지. 아주 영원히 잠들어 볼래!

– 그럼 뽀뽀라도……

녀석의 목에 헤드록을 걸었다. 죽겠다고 발버둥치는 모습이 귀엽게 느껴진다.

창문을 내리고 강바람에 얼굴을 내맡긴다. 내 뺨을 사정없이 치고 달아나는 바람이 시원하다.

제이마저 가버린 뒤 혹시나 하는 기대로 달려간 화장실에선 아무것도 얻지 못했다.

바람 때문일까, 피곤해진 눈동자가 점점 빡빡해져 온다.

그때 켠 라디오에서 루시드폴의 〈바람, 어디에서 부는지〉가 흘러나온 건 기막힌 타이밍이었다.

바람은 또 어디에서 불어오는지
내 마음에 덧댄 바람의 창 닫아보아도
흐려진 두 눈이 모질게 시리도록
떠나가지 않는 그대

혼자라는 게 때론 지울 수 없는 낙인처럼
살아가는 게 나를 죄인으로 만드네
혼자라는 게 때론 지울 수 없는 낙인 같아
살아가는 게 나를 죄인으로 만드네

짐작과는 다른 일들

다음 날. 조 피디의 '복부 공개 테러'를 거론하는 이는 아무도 없다.

술자리에서 있던 일은 술잔과 함께 묻어두는 게 피차 서로를 위해 나을 때가 있는 법이니까.

게다가 불행인지 다행인지 조 피디는 역시나 보는 이들을 경악케 했던 지난밤의 호러무비급 에피소드를 전혀 기억 못하는 눈치다.

나 역시, '그와 그녀의 이야기'를 의식적으로 떠올리지 않으려 안간힘을 써야 했다.

그래, 생각해보면 문제될 건 아무것도 없다. 게다가 오늘 방송국 구내식당의 점심 메뉴는 '얼큰 콩나물국밥' 아닌가! 간밤의 숙취를 아스

파라긴산이 녹아든 국물로 시원하게 풀고 난 우리는 커피 한 잔씩을 들고 엘리베이터 앞에 섰다. 그때 조 피디의 핸드폰이 울렸다. 발신자를 확인하는 조 피디의 얼굴이 일순 긴장된다. "셰프님 어젠 잘 들어가셨습니까?" 하고 정중하게 전화를 받던 조 피디는 곧 몹시 낙심한 표정으로 전화를 끊었다.

— 김윤아 셰프님이 신변상의 이유로 방송을 접어야 할 것 같다네.

— 네에?

사실 짐작 못한 일은 아니었다. 어제 같은 상황이었다면 아마 나라도 그랬을지도 모르니까.

비보를 접하며 애써 담담한 표정을 짓는 조 피디를 보자 왠지 모를 연민이 느껴졌다.

반면 옆에 서 있는 유리는 누군가와 열심히 카카오톡으로 메시지를 주고받고 있다. 요즘 우리 팀에서 가장 신난 사람은 바로 유리다. 그 이유인즉 며칠 전부터 그녀가 찜했던 '귀티나는' 신인 개그맨과 전격 연애모드에 돌입했기 때문이다. 놀라운 추진력이다. 게다가 더 대단한 건 유리가 그에게 먼저 전화를 걸어 대뜸 주말에 시간 있으면 데이트나 하자고 제안했다는 사실이다. 우리 팀의 재산인 '출연자 연락망' 노트에 들어 있던 신인 개그맨의 핸드폰 번호는 곧 그녀의 단축번호 톱텐 안에 진입했다.

"저요, 방송국 들어오면 연예인하고 꼭 한번 사귀어보고 싶었어요. 아직 스타는 아니지만 같이 다니면 사람들이 슬쩍 쳐다보긴 하더라구요. 그럼 괜히 저도 으쓱해지는 거 있죠?" 하고 솔직하게 말하는 모습이 싱그럽다.

나도 다시 유리처럼 환하게 사랑할 수 있을까?

박지성 선수가 평발임에도 불구하고 최고의 축구선수가 된 것처럼 나같이 연애세포가 말라버린 서른세 살의 여자도 누군가의 좋은 연애 상대가 될 수 있다고, 그렇게 믿고 싶어진다.

작가실에 앉아 포털사이트에 접속했다.

미뤄둔 오프닝 원고를 쓰기 위해 뭔가 시의성 있는 소재 거리를 찾는 중이었다.

쉴 새 없이 마우스를 클릭하며 이곳저곳을 기웃거리다가 실시간 검색어에 김윤아의 이름이 뜬 게 보였다. 혹시 내가 아는 김윤아? 동명이인이 아닐까 생각하면서 가볍게 클릭했다. 그러자 김윤아라는 이름과 관련된 기사들이 눈사태처럼 밀려들었다.

'한국판 로열 웨딩! 외교부 김광기 장관의 외동딸이자 스타 셰프 김윤아, 한강그룹 새 며느리 된다', '한강 구정환 회장의 둘째 며느리 김윤아, 그녀는 누구?', '엘리트 셰프 김윤아, 한강그룹 차남 구현승에게 받은 9억짜리 다이아몬드 화제', '단독 입수! 재벌 2세 구현승과 스타 셰프 김윤아의 영화 같은 러브스토리', '황태자 구현승의 미래는?'

인터넷에 뜬 사진을 보니 내가 아는 그 김윤아가 맞다.

그녀의 결혼 상대로 지목된 남자는 바로 구현승이다.

구현승, 그가 누구인가! 경제 전문지에서 '가장 영향력 있는 재벌 2세'를 가리는 투표에서 몇 년째 1위를 고수하고 있는 특A급 셀러브리티 아닌가. 연예인은 아니지만 평소 럭셔리하면서도 세련된 스타일링으로 그가 착용한 수트나 구두, 시계는 언제나 품절 사태를 기록해 '완판 재벌 2세'라는 닉네임이 따라다닐 정도다. 또 지인들과 여가를 보내는 장면은 여과 없이 파파라치 사진에 찍혀 잡지의 메인페이지를 장식할 정도니 이 결혼은 누가 봐도 핫이슈다. 비록 영국의 왕자 윌리엄과 케이트의 결혼에 세계인의 관심이 쏠린 것만큼은 아닐지라도 이들의 결혼에 국민의 관심이 쏠리는 건 당연한 일이다.

서둘러 스크롤을 내려가며 훑은 기사에 의하면, 둘은 작년 연말 한 모임에서 우연히 알게 돼 서로에게 호감을 가졌다고 한다. 그리고 얼마 전 집안에 교제사실을 알려 양가 어른들을 깜짝 놀라게 했다. 그도 그럴 것이 그룹의 오너인 구정환 회장과 김윤아의 아버지인 김광기 장관 사이에서는 진즉부터 혼기 찬 두 자식을 맺어주자는 이야기가 오가던 참이었단다. 이렇듯 누가 봐도 천생연분인 두 사람은 흔쾌히 만남을 허락받고 결혼까지 진행하게 됐다는 내용이다.

둘은 각각 외국에서 오래 생활한 탓에 통하는 게 많고 취미나 식성 등도 비슷해 처음 만난 순간부터 소울메이트 같은 느낌을 가졌다고 한다. 평소 정략결혼보다는 로맨틱한 만남을 꿈꿔왔던 둘은 서로를 운명의 상대라 확신하고 있다고 기사는 전했다.

보도사진 속 우아하게 미소 짓고 있는 그녀가 지난밤 내가 본 그녀와 같은 인물이라니……

그녀에게 이런 미소를 선물해줄 수 있는 남자는 제이가 아니라 그녀 옆에서 웃고 있는 재벌 2세뿐일지 모른단 생각마저 든다.

어쩐지 똑똑한 그녀에게 보기 좋게 속아 넘어간 기분이다.

그렇다면 제이는? 내가 이런 기분인데 제이는?

대체 그녀에게 제이는 어떤 의미였을까. 그녀는 왜 어제 그를 찾아온 걸까. 그는 이 기사를 보았을까? 그렇다면 어떤 심정일까.

지금 내 머릿속은 단 한 사람밖에 떠오르지 않는다.

제이……가 걱정된다.

어떻게 택시를 잡아탔는지도 기억나지 않는다.

방송국에서 출연자 신상정보를 검색해 그의 주소를 찾고 정신을 차리고 보니 어느새 제이 집 앞이다. 막상 문 앞에 서니 막막해진다. 갑작스런 내 등장을 그는 어떻게 받아들일까. 일단 무작정 벨을 눌러보기로 했다.

대여섯 번쯤 벨을 눌렀을까, 아무런 응답이 없다.

나는 문 앞에 서서 제이의 핸드폰으로 전화를 걸었다. 받지 않는다. 어쩔 수 없이 뒤돌아 가려는데 희미한 핸드폰 벨소리가 들린다.

집 안에서 울리는 소리다.

나는 혹시나 싶은 마음에 현관문 손잡이를 살짝 돌려봤다. 마치 그 문은 그러기를 기다리고 있었다는 듯이 작은 금속음을 내며 길을 내주었다.

현관에 들어서자 남자 스니커즈 한 켤레가 가지런히 놓여 있었다. 침입자가 된 나는 조심스레 그 옆에 신을 벗고 집 안으로 들어섰다.

20여 평 정도로 넓지도 좁지도 않은 아파트는 기다란 복도식 구조로 돼 있었다. 복도를 따라 벽에 걸린 뮤지션들의 공연 포스터며 수북이 쌓인 CD들이 이곳이 제이의 집임을 증명하고 있는 듯 했다.

샤워라도 하고 있는 걸까? 물소리는 들리지 않는다. 음악을 듣고 있는 걸까? 음악소리는커녕 숨소리조차 들리지 않는다.

나는 조심스레 깊숙이 들어가 본다. 가장 안쪽에 위치한 방문이 살짝 열려 있다. 열린 문틈으로 들여다보니 침대 모서리 한쪽이 보인다. 그리고 그 밑으로 바닥에 널부러진 채 놓인 기다란 무엇. 그건 분명 남자의 다리였다.

내가 지금 가장 알고 싶은 건, 119 번호다.

대체! 빌어먹을 119 번호는 몇 번인 걸까. 아무리 생각해도 그 망할 번호가 기억나질 않는다.

114에 전화해서 119 번호를 물어볼까. 그럼 114 번호는 몇 번이었지? 핸드폰을 들고 있는 내 손이 떨렸다.

일단 쓰러져 있는 제이를 들어 올려 침대에 눕히기로 했다. 190센티미터에 가까운 남자를 나 혼자 들어 올리는 건 쉽지 않았다. 그 순간 내 어디에서 그런 힘이 솟아났는지 모르겠다. 제이를 침대로 옮기고 나니 온몸이 땀범벅이었다.

이마에 손을 짚어보니 꽤 뜨겁다. 나는 화장실에 가서 찬물에 적신 수건을 가져와 이마 위에 얹어주었다. 그리고 이불을 당겨 그의 가슴팍까지 덮어두었다. 두 눈을 감고 시체처럼 누워 있는 그를 보고 있자니 가슴이 아렸다.

그는 분명 김윤아의 결혼 소식을 접했을 것이다.

그렇다면 아직 그녀를 지우지 못해 이토록 힘들어하는 걸까. 이렇게 힘들 거면서 왜 어젯밤 그녀에게 모진 말을 던진 걸까. 그리고 김윤아는 결혼 발표를 앞두고 왜 어젯밤 제이에게 그런 말을 한 걸까.

도무지 이해 못할 사람들이다.

"왔어요." 어느새 제이가 눈을 뜨고 날 보며 말하고 있었다.

나는 당황스러웠다. 그는 마치 지금 이 시간에 내가 자신의 침대 옆에 있는 것이 전혀 이상할 것 없다는 표정이었기 때문이다.

ー 저기, 미안해요. 난 걱정이 돼서…… 문이 열려 있길래…… 괜찮아요?

내가 묻자 꽤나 진지한 표정으로 얼굴을 찡그리며 이렇게 말했다.

ー 아뇨. 아파 죽겠어요. 나 좀 살려줘요.

나는 잔뜩 긴장한 채로 그를 바라봤다. 정말 많이 안 좋은 건가.

그는 그런 날 보며 큭ー 하고 웃어버린다.

ー 뭘 진짜로 믿고 그래요. 사람 민망하게. 걱정 마요. 며칠 전부터 으슬으슬 신호가 왔었는데 무시한 덕에 몸살이 났나 봐요.

- 거짓말!

나도 모르게 그 소리가 튀어나왔다. 그가 놀란 눈으로 나를 바라봤다.

- 그냥 몸살, 아니잖아요! 기사 때문에…… 당신…… 그거 때문에 아픈 거잖아요.

나도 모르게 더 목소리가 커졌다. 그러자 그는 이내 알겠다는 표정으로 천천히 입을 열었다.

- 내가 그 정도에 놀랄 사람으로 보여요?

- ……

- 윤아 때문, 아니에요. 그 애와 나, 이미 오래된 일인 걸요.

- 그럼 어젯밤엔……

- 마지막으로 투정 한번 부려보고 싶었을 거예요.

- ……

- 내가 자기 짝으로 어울리지 않는다는 거 누구보다 잘 알고 있어요. 윤아는 영리한 아이니까.

그렇다면 지금 당신 안에 있는 사람은 누군가요? 어제 김윤아의 물음에 답하지 못한 진짜 누군가가 있는 건가요? 묻고 싶었다. 그러나 행여 그런 내 머릿속을 들킬까 싶어 얼른 가방을 챙겼다. 주책없는 내 가슴이 속에 있는 말을 뱉어내기 전에 한시라도 서둘러 이곳을 떠나는 편이 나을 것이다.

- 그만 가볼게요. 좀 쉬어요.

고개 돌린 채 말하는 내게 그가 말했다.

- 저기요. 주경 씨.

나는 뒤돌아 침대에 비스듬히 누운 그를 바라봤다.

- 루이를…… 잘 부탁해요.

이럴 때 난 무슨 말을 꺼내야 할까. 결국 나는 아무 대답도 않고 그대로 서서 그를 바라봤다. 그러자 제이는 애써 환한 미소로 이렇게 말했다.

- 그리고 언젠간 나한테도 기회를 줘요.

쿵.

내 심장이 검은 바다 심연으로 끝도 없이 가라앉아버리는 기분이었다.

지금 이 광경이 어디선가 본 적 있는 데자뷔처럼 느껴졌다. 아무도 없는 낯선 공간에서 절절 앓고 있는 이방인의 그림자.

그것은 분명 파리의 낡은 여관방에 누워 있던 내 모습이었다.

매일 새롭고 신선한 소재를 찾는 것은 1년 365일, 365개의 원고를 써야만 하는 라디오 작가의 숙명이다. 비록 내 속은 냉장고 안의 시들어 빠진 야채 같을지언정 원고만은 팔딱팔딱 살아 숨 쉬는 노량진 수산시장의 활어여야 한다.

방송 한 시간 전. 원고를 출력하기 전 마지막으로 소리 내어 읽어본다.

디제이가 읽어내려가는 데 매끄럽지 못한 부분이 있는지 조사 하나, 단어 하나 꼼꼼히 체크하기 위해서다. 그런데 오늘따라 자꾸만 멘트가 엉킨다.

- 뭐해? 할머니처럼 혼자 중얼중얼. 원고 아직 안 나왔어?

집중하던 나는 그 소리에 깜짝 놀라 뒤를 돌아봤다. 루이다. 언제 왔는지 내 등 뒤에 서서 날 들여다보고 있었나 보다.

- 다 됐어. 30초만 기다려줘!

- 됐고. 천천히 해. 아직 시간 충분하잖아. 이거.

루이는 내 노트북 옆으로 뭔가를 쓰윽 밀어놓는다.

'루이의 생애 첫 단독 콘서트-프러포즈'라고 쓰인 그의 콘서트 티켓이다.

- 프러포즈? 푸하하하. 이 닭살 돋는 제목은 누구 아이디어니?

- 비웃지 마. 나름 고심해서 정한 제목이니까. 이거 무지 고가의 티켓인 거 알지? 가격만 비싼 게 아냐. 구하기도 힘들어! 온라인에서 예매 4분 15초 만에 매진됐다는 거 알라나 몰라!

- 잘난 척하기는. 나도 기사에서 봤거든! 준비는 잘되니?

- 나, 루이야~ 내가 얼마나 완벽한 사람인지 아직도 모르는 거야?

- 올림픽 체조경기장? 엄청 큰 무대네. 실수 없이 꼼꼼히 준비해.

- 그런 걱정은 그만두고 라디오 사람들 거 넉넉히 챙겼으니까 당신이 알아서 나눠줘.

- 그래, 고맙다.

- 참!

작가실에서 나가려던 루이는 뭔가 생각났다는 듯 뒤돌아 말을 꺼냈다.

- 아까 제이한테 갔었어?

― 어? 어…… 갔었어.

루이는 '어쩐지 역시 그랬구나' 하는 표정이었다.

― 그건 왜?

― 아냐. 나 지금 제이한테 들렀다 오는 길이거든.

― 좀 괜찮아졌니?

그는 고개를 끄덕였다. 그러고는 뭔가 비밀스러운 말을 꺼낼 듯 한 표정으로 말했다.

― 제이가 무슨 말 안 해?

― 무슨 말?

― 아냐. 나 스튜디오 내려가 있을게. 원고 나오면 보내줘.

루이는 그렇게 내뱉고는 휙 사라졌다.

책상 위에 얌전히 놓인 콘서트 티켓을 바라봤다. 콘서트 '프러포즈' 는 지금부터 2주 후였다.

여전히 헬스 재미에 푹 빠진 조 피디는 생방 중에도 틈틈이 운동을 했다. 음악이나 광고 나가는 중간중간 아령을 들거나 바닥에 엎드려 푸시업을 할 정도니 꽤나 열심이다.

그런 조 피디를 보고 있자니 아침에 민정이 한 말이 떠올랐다.

― 야야. 오늘 아침에 나 다니는 피트니스클럽에서 누구 본 줄 알아?

― 누구? 군대에 간 현빈이라도 나타났니?

― 조 피디! 어떤 배 나온 아저씨가 위아래 짝도 안 맞는 촌스런 운동

복 입고 땀 뻘뻘 흘리는데 보니까 조 피딘 거 있지? 너 알지? 우리 클럽 물 좋은 거? 진짜 무식하게 용감하더라. 혹시 나한테 아는 척할까 봐 무서워서 피해 다녔잖아.

민정의 말에 의하면 그녀가 다니는 피트니스클럽에는 살찐 사람이 없다고 한다.

다들 연예인 뺨치게 스타일 좋고 고급 트레이닝복에 신상 러닝화를 신고, 여자들의 경우엔 투명 메이크업까지 한 채 운동하는 곳. 살을 빼기 위해서가 아니라 현재 몸을 더 탄력 있게 유지하기 위해 다니는 그곳에 용감하게도 조 피디가 등장한 것이다.

문득 조 피디가 그토록 운동에 열중하는 이유가 김윤아 때문은 아닐까 하는 생각이 들었다. 어쩌면 그녀의 결혼 소식에 가장 충격받은 사람은 제이가 아니라 조 피디일지도 모를 일이다.

학기가 시작된 지 세 달이 넘었다.

〈루이의 뮤직 인 헤븐〉은 여전히 청취율 1위를 고수 중이다. 실시간 청취자들의 참여에서 느껴지는 체감 청취율은 그 이상이다.

게다가 현재 SBC TV에서 방송 중인 루이 주연의 미니시리즈 〈골든 게이트〉 역시 동 시간대 시청률 1위를 달리는 중이다. 신한류를 이끄는 주역으로 각광받는 그의 인기는 일본, 대만, 홍콩에서도 나날이 수직 상승 중이라고 한다.

이렇게 바쁜 와중에도 루이는 훌륭한 디제이로서의 역할을 다해 우리 팀을 감동시켰다. 가끔 해외 스케줄이 있을 때는 녹음을 해놓는 경우도 있지만 웬만하면 생방을 고수한다. 게다가 외국에 다녀오는 비행기 안에서 멘트를 메모하기도 하고 무슨 일 있어도 생방 원고는 미리미리 확인하고 들어가며 드라마 촬영장에서 짬이 날 때마다 홈페이지에 글을 올려 청취자들과 소통하니 더 바랄 게 없다.

이 모든 건 디제이로서의 애착과 열정 없이는 불가능한 일이다. 역시 아무나 톱스타의 자리에 앉게 되는 건 아니란 생각이 들었다. 루이는 그렇게 진짜 디제이가 되어가고 있었다.

루이의 첫 단독 콘서트를 사흘 앞둔 어느 날, 새벽 두 시 반쯤 되었을까. 막 잠자리에 드려는데 핸드폰이 울렸다. 루이였다.

- 나와. 오피스텔 앞이야.

- 이 시간에 뭐야! 너 아까 연습실 간다고 했잖아.

- 연습하다 갑자기 볼일이 생겼어. 1분 안에 나와라. 중요한 일이야!

뚝. 그렇게 전화가 끊겼다.

잠시 후 내가 차에 오르자 루이는 별말도 없이 한강을 건너 다시 방송국 쪽으로 향했다.

그리고 우리가 생방하는 A 스튜디오로 갔다. 대개 이 시간은 녹음방송이 나가는 시간대라 스튜디오엔 우리 말고 아무도 없었다.

루이는 나를 콘솔 앞에 앉히더니 저 혼자 불 꺼진 부스 안으로 들어갔다.

어두운 부스 안에 희미한 실루엣이 보인다.

마이크를 켜달라는 신호에 나는 순순히 마이크 버튼을 눌렀다. 그러자 루이가 천천히 기타 반주를 시작한다. 낮고 부드러운 그의 목소리는 또 하나의 악기가 되어 연주했다.

알고 있나요

그댈 만나고 내 머릿속엔 언제나 물음표뿐이죠

어떤 색을 좋아할까 무슨 향길 좋아할까

날 만나기 전 당신 생일엔 무얼하며 보냈을까……

그런 생각에 하루를 보내기도 하는 걸요

스치듯 지나는 많은 우연 속에

당신이 숨었을 줄 알았다면

좀 더 웃으며 그댈 기다릴 수 있었을 텐데

이제 와 내 바보 같은 눈물 보이지 않았을 텐데

그대여—

허락해줄 수 있나요

내 헛된 욕심이라도 나 한번 용기 내볼래요—

나 당신을 궁금해할래요

내 젖은 눈동자에 당신의 환한 미소를 입힐 수 있다면

그대 하루를 마음껏 궁금해할 수 있다면

나 조심스레 시작해볼래요

통유리 너머 새벽 달빛이 희미하게 스민다.

그 빛은 조명이 되어 노래하는 루이를 비추고 있다. 그 어떤 화려한 조명보다 아름답게 반짝인다.

그렇게 나만을 바라보며 노래하는 루이, 기타 줄 위에서 춤을 추는 가늘고 섬세한 손가락, 귓불을 간질이는 다정한 목소리.

그 순간 이 세상에 루이의 목소리와 달빛만이 존재하는 것 같은 착각마저 들었다.

노래가 끝나고 나자 먼저 정적을 깬 건 루이였다. 그는 기타를 품에 안은 채 날 보며 말했다.

– 어때? 이 곡 새 앨범 타이틀이야. 이번 콘서트에서 처음 공개할 건데 당신한테 제일 먼저 들려주고 싶어서.

아직 단 한 번도 공개한 적 없는 곡을 날 위해 불러주다니. 이건 루이가 그간 내게 보낸 비싼 선물들(결국엔 모두 돌려보냈지만)보다 훨씬 값진 선물이었다.

– 난 사람들이 내 노랠 좋아해주는 것도, 날 보며 환호해주는 것도 좋아. 그게 없이는 살 수 없을 거 같았어.

– ……

– 근데, 지금은.

─ ……

─ 당신 앞이라면, 당신 앞에서 이렇게 노래 부를 수 있다면 그걸로 됐단 생각이 들어.

─ ……

─ 내 말, 무슨 뜻인지 알겠어?

자꾸만 가슴이 뻐근해졌다. 눈 밑으로 촉촉한 물기가 차올랐다.

─ 이 아줌마 봐라. 고작 요 정도에 감동이야! 앞으로 얼마나 많은 게 남았는데!

분명 루이가 전한 건 그의 진심이었을 것이다. 그의 노래와 기타연주에서 묻어나는 진정을 나는 느낄 수 있었으니까. 하지만 날 움직인 건 정말 루이였을까. 그 노래 속에서 다른 뭔가가 더 느껴졌다.

바로 제이. 나는 왜 내 앞에 있는 루이에게서 제이를 느꼈던 걸까.

다음 날 오전 김윤아로부터 전화가 걸려왔다. 뜻밖이었다. 아직 토요일 코너의 후임을 결정하지 않았다면 후배 한 명을 추천하고 싶다고 했다. 그 전에 김윤아 코너를 미리 2주치 녹음해두었던 터라 시간은 있었다. 그날 나의 도둑고양이 같은 행동 때문에 그녀를 대면하기가 민망하기도 했지만, 일은 일이라는 생각에 약속 장소로 나갔다.

씨엘에서 가까운 곳에 위치한 스타벅스에서 그녀를 만났다.

얼마 전 결혼 기사 때문인지 사람들은 그녀를 알아보고 흘끔거리며 쳐다봤다. 김윤아의 표정은 결혼을 앞둔 신부의 설렘과는 다소 거리가 느껴졌다. 물론 그렇게 대단한 결혼을 하는 데는 남모를 고충이 따르기도 할 거다. 우리는 먼저 그녀의 후배에 대한 이야기를 나눴다.

— 내일쯤 조 피디님이랑 함께 그분과 미팅해보고 최종 결정하게 될 거예요.

— 잘 부탁드려요. 앞으로 그 친구가 씨엘도 맡기로 했거든요.

그동안 씨엘에 대한 애착을 꽤 강하게 어필하던 그녀가 레스토랑을 다른 사람 손에 넘긴다니 뜻밖이었다. 역시 결혼 때문인 건가 생각하고 있는데 그녀가 말을 꺼냈다.

— 빙빙 돌리지 않고 말할게요. 한 작가님, 그날 우리 얘기 다 들으셨죠?

딱히 변명 거리가 떠오르지 않았다. 다른 사람의 은밀한 이야기를 엿들은 건 누가 뭐래도 분명 창피한 일이다.

— 미안합니다. 일부러 들으려던 건 아니었어요.

— 탓하자는 건 아니에요. 누군가가 듣는다고 달라질 건 아니었으니까요.

그녀는 가만히 나를 보고 짧은 한숨을 한 번 내뱉더니 천천히 말을 꺼냈다.

— 스무 살 때, 쫓기듯이 파리로 보내졌어요. 그리고 거기서 대학을 다니던 제이를 만났구요. 우린 통하는 게 많았죠. 그 사람도, 나도 상처가 많은 사람이더라구요. 그래서 가까워졌어요.

— ……

　― 우리 관계가 내겐 사랑이었지만 불행히도 그에겐 위로일 뿐이더군요. 그가 사랑하는 존재는 세상에 오직 동생 하나뿐인 것만 같았어요.

　― 제이에게 동생이 있나요?

　내 물음에 김윤아는 천천히 커피 잔을 들어 입술로 가져갔다. 그리고 똑바로 날 바라봤다.

　― 정말 아무것도 모르고 있는 거예요?

　그녀의 말을 듣고 보니 정말 나는 그에 대해 아는 게 없다. 그의 이름과 그가 음악을 한다는 것, 그리고 영국의 본머스에 살았다는 정도밖에. 물론 가족이 있을 거라 생각했지만 형제가 몇인지는 알지 못했다. 과거에 하룻밤을 함께 보냈던 관계치고 참 초라한 배경지식이 아닐 수 없다.

　아무 대답도 못하고 있는 내게 김윤아가 말을 꺼냈다.

　― 제이에겐 동생이 하나 있어요. 목숨처럼 끔찍이 여기는 동생이. 제이가 한국에 온 것도 그 동생 옆에 있어주기 위해서일 거구요.

　그녀는 잠시 뜸을 들이더니 내 눈치를 살폈다. 그러고는 이내 결심한 듯 입술을 뗐다.

　― 루이, 그 애가 바로 제이의 하나뿐인 동생이에요.

　김윤아의 입에서 나온 말은 놀라웠다. 루이와 제이 그 둘이 형제였단 말인가.

　그녀는 계속 믿기 어려운 이야기들을 꺼냈다.

　― 루이와 제이 모두 입양된 아이였어요. 같은 영국인 부모 밑에서 자

랐죠.

이 순간 분명한 것은 내 앞에 앉은 김윤아의 입에서 나온 말뿐인 것
처럼 느껴졌다.

하루가 다르게 햇살이 따가워진다. 벌써 시간은 여름에 성큼 다가섰다.

약속 장소로 향하는 택시 안에서 나는 부지런히 선크림을 발랐다. 클
렌징과 수분 공급만으로는 부족한 30대의 피부. 자외선은 내 거친 피
부 결과 얼룩덜룩한 피부 톤의 주범이다.

'선크림은 피부에 대한 최소한의 예의'라는 엄마의 말이 떠올랐다.
하얗게 들뜨는 백탁 현상이 일어나지 않도록 콧잔등이며 이마, 턱까지
얼굴 구석구석 꼼꼼히 문질렀다.

택시기사 아저씨가 룸미러로 나를 흘끔거리는 바람에 조금 민망해
졌지만 오늘의 선크림이 내일의 기미 잡티를 막을 수만 있다면 기꺼이
감수할 수 있다.

잠시 후 택시는 나를 청담동에 한복판에 내려놓았다.

서승연, 김린, 이승진과 같은 국내의 톱 디자이너의 드레스숍을 비롯
해 베라 왕, 크리스챤 라크르와, 랑방, 캐롤리나 헤레라, 오스카 드 라
렌타 같은 해외 명품 디자이너의 숍들이 모여 신부를 기다리는 곳. 삼
복더위를 코앞에 둔 지금은 다가올 가을 웨딩에 대비해 신상이 나오는
시기다. 때문에 부지런한 신부들은 벌써부터 드레스를 찜해놓고 다이
어트에 들어간다고 한다.

– 한 작가님이시죠? 이쪽으로 오세요.

드레스숍 문을 열고 들어서자 앳된 스텝이 날 반긴다.

숍 내부는 대저택같이 화려하다. 천정에는 반짝이는 샹들리에가 찰랑거리고 앤티크 분위기의 소파와 소품들이 당당히 한 자리씩 차지하고 앉아 있는 모습을 보자 왠지 주눅이 들었다. 나는 고불고불 말려 있는 계단을 통해 지하로 내려갔다.

– 왔니? 늦었구나.

룸 안에서 날 기다리고 있던 사람은 엄마다. 엄마는 날 위아래로 재빠르게 훑어보더니 여지없이 한마디 늘어놓는다.

– 너 메이크업도 안 하고 다니는 거니. 눈 밑에 다크서클이랑 잡티 보이는 것 좀 봐.

마치 하나뿐인 딸을 애지중지하는 다정한 잔소리 같은 말투다. 30년 넘게 한집에서 살 부대끼며 오순도순 산 모녀처럼 보이고 싶어 안달난 말투 말이다.

보통의 모녀 관계라면 잔소리하는 엄마에게 귀찮은 듯 짜증을 낼 수도 있을 것이다. 그러나 나는 그냥 시큰둥한 표정을 지을 뿐이다. 그러자 엄마는 잔소리 연기를 멈추고 내게 신상 드레스가 실린 웨딩잡지를 들이밀었다.

– 몇 가지 골라보긴 했는데 어떨지 모르겠어. 아무래도 젊은 눈이 낫겠다 싶어 널 부른 거야.

– ······

— 입어보고 나올 테니까 괜히 나 맘 상할까 봐 걱정 말고 솔직히 말해줘야 한다. 넌 없는 말은 죽었다 깨나도 못하잖니. 호호호.

그렇다. 나는 엄마가 입을 웨딩드레스를 함께 고르기 위해 이곳에 왔다.

잠시 후, 커튼 속으로 드레스를 입은 엄마의 모습이 드러났다.

엄마는 예뻤다. 이상하게도 엄마는 '우아하다', '고상해 보인다', '세련되고 품위 있다'와 같이 그 나이대를 미화하는 단어보다 '예쁘다'는 단어가 가장 잘 어울린다.

솔직히 말해서 영화 〈섹스 앤 더 시티〉에서 캐리가 40대 후반임에도 환상적인 드레스라인을 뽐내던 씬 이후 이런 충격은 두 번째다. 50대 중반의 엄마에게는 그 나이에 흔한 뱃살조차 보이지 않는다.

— 알렉산더 맥퀸이랍니다.

옆에 있던 실장이 내게 조용히 속삭였다. 그리고 엄마를 보며 이렇게 덧붙였다.

— 윌리엄 왕자의 신부 케이트 미들턴이 입어 더 화제가 된 브랜드에요. 이렇게 완벽하게 소화하시다니 놀라워요.

수많은 셀러브리티들의 사랑을 받은 천재 디자이너 알렉산더 맥퀸, 얼마 전 자살로 슬픈 생을 마감한 그의 예술적 혼이 실린 드레스를 선택하다니 과연 엄마다운 선택이다.

내 나이 서른셋.

든든한 남편이나 귀여운 아기가 없어도, 두둑한 통장이나 주식계좌

따위 하나 없어도 아임 오케이!를 외치며 버텨왔다. 그런데 지금 이 순간 갑자기 두 발이 허공에 뜬 것처럼 불안한 기분이 밀려든다.

그 근원이 엄마라는 이름의 한 여자에 대한 질투인지, 제이에 대해 아무것도 몰랐던 멍청이 같은 나 자신에 대한 자책인지 알 수 없었다.

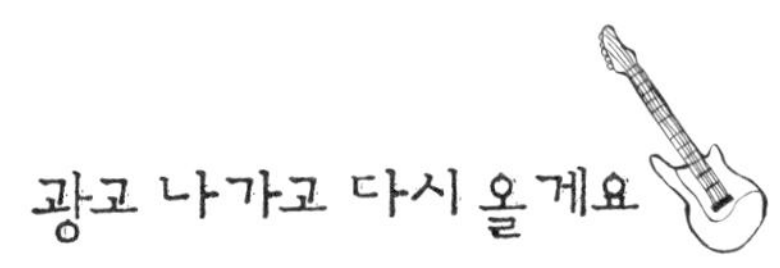

토요일 저녁 올림픽 체조경기장.

루이의 첫번째 단독 콘서트 〈프러포즈〉는 시작 전부터 대박을 예고하고 있었다.

어제부터 와서 하룻밤을 샌 팬들부터 각국 취재진까지 진을 치고 있는 모습이 그의 인기를 입증했다.

루이가 광고모델로 있는 음료와 화장품, 전자 회사 등은 길게 줄 서 있는 콘서트장 주변에 부스를 마련해 샘플을 나눠주거나 디지털 카메라로 기념사진을 찍어주며 판촉행사를 벌이고 있다.

우리 팀 셋은 루이를 응원하러 무대 뒤편 분장실로 직행했다.

루이의 분장실 앞엔 '첫 콘서트 대박기원! SBC 라디오 〈루이의 뮤직인 헤븐〉 - 제작진 일동'이라 쓰인 거대 화환이 떡 하니 서 있다. 결혼식장이나 장례식장에나 어울림 직한 다소 부담스런 부피다.

- 콩그레츄레이션!! 콘서트 진심진심 축하드려요~!!

유리의 해맑은 인사에 메이크업을 받는 중이던 루이가 우리 쪽을 바라봤다.

그와 눈이 마주치자 나도 모르게 시선을 피했다. 그를 보는 게 어쩐지 불편하게 느껴진다. 김윤아로부터 루이와 제이가 한 가정으로 입양된 형제라는 사실을 듣고 난 후부터다.

대기실 한쪽엔 팬들이 보내온 꽃다발이며 선물이 산더미처럼 쌓여 있었다.

구석에서는 댄서들이 최종으로 안무 점검 중이다. 음악소리가 쿵쿵쿵 고막을 터트릴 지경이다.

간단한 인사 후 조 피디는 혹여 공연 전에 방해가 될까 싶어 그만 나가자는 사인을 했다. 그게 나을 것 같았다. 그러자 뒤에서 루이가 우리 쪽을 보며 소리쳤다.

- 마지막까지 자리 지켜줘요! 다들.

- 당근이죠. 무대 철수할 때까지 있을게요! 우리 디제이 파이팅 하세요!

유리는 경쾌한 목소리로 답했다. 그러자 루이는 확답이라도 받듯 다시 한 번 강조했다.

- 절대로 가면 안 돼요!

콘서트 시작을 알리며 조명이 모조리 꺼진다.

1만 명이 넘는 관객들의 숨소리마저 모두 죽었다. 잠시 후, 무대 옆 초대형 스크린에 그의 새 앨범 뮤직비디오가 공개된다. 일반에게는 처음으로 공개된 영상이다.

시애틀의 뿌연 안개를 배경으로 한 새 뮤직비디오는 숨이 막힐 정도로 아름답다. 마치 한 편의 영화를 보는 기분이 들었다. 그 배경 위로 지난번 스튜디오에서 내게 들려줬던 루이의 새 앨범 타이틀곡 〈Question〉의 전주가 흘러나온다. 제이가 직접 작곡, 작사까지 맡은 〈Question〉. 얼마 전 스튜디오에서 루이가 나를 위해 이 곡을 불러주었을 때 내가 노래 속에서 제이를 느낀 이유다. 곧이어 루이의 목소리가 들리자 죽은 듯 숨죽이고 있던 1만여 명의 팬들이 동시에 환호하기 시작했다. 모두들 한 목소리로 "루이! 루이! 루이!"를 외치고 있다.

루이가 무대 위로 등장한다.

눈앞에서 자신의 스타를 만난 팬들의 함성은 극을 달린다. 곳곳에서 루이에게 보내는 야광봉 꽃이 피었다.

- 저의 첫 번째 단독 콘서트에 찾아와주신 팬 여러분께 진심으로 감사드립니다.

루이는 90도로 꾸벅 인사를 하고는 영어와 일어, 중국어로 멀리서 온 팬들을 위한 간단한 멘트를 했다.

- 사실 이번 콘서트 준비하면서 드라마 촬영에 새 앨범 녹음에, 라디

오 디제이까지 병행하느라 조금 힘들었는데요, 오늘 이렇게 무대에 서니 이 행복한 마음, 어떻게 표현해야 할지 모르겠네요. 오늘 최고의 무대 보여드릴게요! 저와 멋진 추억 만들 준비 됐나요!

와아아아아!

관중들의 함성에 귓속이 멍해진다.

수많은 콘서트에 다녀봤지만 이토록 뜨거운 열기는 오랜만이다. 루이를 향한 이 수많은 팬들의 함성에 겁이 날 지경이다.

저 큰 무대를 장악하고 당당히 서 있는 사람이 블루 레전드의 그 아이, 루이라는 사실이 새삼 대견하게 느껴진다. 분명 지금 무대 위의 루이는 세상 그 누구보다 빛나는 별이다.

공연은 어느새 1부 마지막. 땀범벅이 된 채 조명을 받고 서 있는 루이가 보인다.

노래를 마친 루이는 잠시 후 게스트가 나오면 큰 박수로 환영해 달라는 말을 남기고 무대 뒤로 사라졌다.

루이가 무대에서 사라지자 유리는 탈진한 듯 자리에 앉아 생수 한 병을 원샷한다. 조 피디 역시 이마에 땀이 번들거린다. 콘서트가 진행되는 내내 스탠딩으로 방방 뛰었으니 아마 300킬로칼로리는 족히 소모했을 거다.

무대는 잠시 암전이 되더니 곧이어 중앙을 비추는 조명이 하나 켜진다.

소중하게 기타를 안고 나와 스탠드 의자에 앉은 오늘의 게스트는 바로 제이였다.

'누구지?' 하며 술렁이던 관중들도 곧 제이를 알아보고 소리쳤다. 그역시 라디오 홈페이지나 보이는 라디오를 통해 얼굴이 꽤 알려진 모양이었다.

그가 반주를 시작한 곡은 에릭 클랩튼의 〈Wonderful Tonight〉.

이 곡을 연주하는 그를 본 적이 있다.

에펠탑이 보이던 그 박물관 옥상에서, 그는 이 노래 불렀었다.

It's late in the evening; she's wondering what clothes to wear

She puts on her make-up and brushes her long blonde hair

And then she asks me, 'Do I look all right?'

And I say, 'Yes, you look wonderful tonight'

We go to a party and everyone turns to see

This beautiful lady that's walking around with me

And then she asks me, 'Do you feel all right?'

And I say, 'Yes, I feel wonderful tonight'

I feel wonderful because I see

The love light in your eyes

기타는 보드라운 해면 스펀지처럼 제이의 감성을 쏘옥 빨아들였다 내뿜는다. 제이의 기타 연주와 노래는 가슴에 제법 강한 흔적을 남기고 날아간다. 나뿐 아니라 관중들 모두 숨죽이고 빠져들었다.

문득 파리에서 그날 제이와 나는 서로의 절실한 마음을 나누긴 한 걸까? 싶은 생각이 들었다.

나는 왜 한 치의 의심도 없이 그가 날 사랑했다고 믿었고, 왜 내가 그를 사랑한다 믿었을까.

그 믿음이 깨진 순간, 40도가 넘는 고열에 시달리면서 내가 기다린 건 제이였을까, 아니면 그에게 빼앗겨버린 내 마음이었을까.

더 이상 그를 보고 있기가 힘겨웠다. 가방을 챙겨 먼저 일어나려는데 오른쪽에 앉아 있던 유리가 내 팔을 세게 붙잡으며 속삭였다.

– 이건 배신이에요. 언니. 루이한테 끝까지 보겠다고 약속했잖아요!

배신의 끝이 얼마나 처참한지는 아시겠죠?

- 미안하다고 전해줘. 몸이 좀 안 좋아.

- 그럼 루이가 얼마나 실망하겠어요? 이건 우리 팀의 의리가 달린 문제라구요!

그러자 조 피디가 슬쩍 거든다.

- 그래, 웬만하면 있다 가자구. 기껏 초대해줬는데……

짧은 실랑이를 벌이는 새 2부 순서가 시작되고 있었다. 이제 다시 루이가 등장할 모양이다.

- 얼른 앉으세요. 뒷사람한테 민폐예요. 언니.

유리가 뒷자리 눈치를 보더니 나직한 목소리로 얼른 날 끌어 앉힌다.

다시 무대로 나온 루이는 좀 전의 화려한 무대 의상과 달리 깔끔한 블랙 수트 차림이었다.

그의 등장에 팬들이 다시 환호하기 시작했다. 루이는 손짓으로 잠시 진정시키고 천천히 말을 시작했다.

- 오늘은 제 생애 가장 떨리는 날이에요. 과분한 사랑을 주시는 팬 여러분을 제 콘서트에서 만나는 날이어서 정말 행복합니다.

와아아아아— 다시 함성이 터져 나왔다.

- 그래서 여러분이 깜짝 놀랄 만한 특별한 이벤트를 준비했어요.

이벤트라니? 그 말에 나도 갑자기 궁금해졌다. 루이는 술렁거리는 팬들을 진정시키고 나서도 한참을 뜸을 들이더니 천천히 말을 꺼냈다.

- 제게 사랑하는 여자가 생겼습니다. 오늘 그녀에게 프러포즈를 할

거예요.

뭐라고! 설마…… 지금 내 머릿속을 스치는 예감이 맞는다면 난 당장 무대 위로 뛰어 올라가 저 입을 틀어막아야 한다.

– 대~~박! 루이가 열애 사실을 터트리려나 봐요!

유리의 호들갑에 옆에 앉아 있던 조 피디는 "기왕이면 우리 라디오에서 공개했으면 좋았을 걸" 하며 아쉬운 표정을 지었다.

– 절 사랑해주는 팬 여러분 앞에서 제 맘 솔직하게 펼쳐 보일게요. 자, 다 같이 스크린을 봐주세요.

맙소사. 저 아이는 대체 무슨 사고를 칠 작정인 걸까.

모두의 시선이 무대 앞의 대형 스크린 속으로 향했다.

잠시 뒤 스크린 속에 한 여자가 등장한다. 그녀는 자신을 찍고 있는 카메라를 의식 못한 채 머리를 대강 뒤로 질끈 묶고 노트북으로 뭔가에 열중해 있다. 생방 중에 청취자 전화를 받고, 조 피디와 원고를 들고 회의를 한다. 그리고 방송 중 음악이 나갈 때 혼자 흥얼대며 따라 부르기도 하고 뭐가 재밌는지 목젖이 보이도록 박장대소를 하는 너무도 평범한 저 여자.

그녀는…… 바로 나, 한주경이었다.

곧이어 팬들이 일제히 술렁거리기 시작했다. 연예인도 아니고 더더군다나 절세미녀도 아닌 저 늙은 여자는 누구지. 흥분한 팬들의 반응에 루이는 당찬 어조로 내 쪽을 바라보며 이렇게 말했다.

– 놀라셨죠? 그리고 궁금하시죠? 저 화면 속의 여자는 〈루이의 뮤직

인 헤븐〉 담당 작가입니다! 바로 저쪽에 앉아 있네요. 한주경! 사랑한다!

오 마이 갓!!!! 제발 이게 꿈이길……

루이가 내 쪽을 향해 힘껏 손을 흔들고 있었다.

팬들이 지르는 환성인지 괴성인지 모를 거대한 소리가 들렸다. 내 옆에서 아무 말도 못한 채 그저 넋 나간 채 헐~ 이런 표정을 짓고 있는 조 피디와 유리를 보니 현실이라는 게 실감 났다.

그리고 잠시 후 수많은 카메라들이 내 쪽을 향해 달려들기 시작했다.

눈이 멀어버릴 듯 강렬한 조명에 눈을 뜰 수조차 없었다. 나는 다시는 열 수 없는 관을 봉인하듯 두 눈을 질끈 감아버렸다.

지금 이 자리에서 흔적도 없이 사라질 수만 있다면, 이 모든 일을 없던 일로 돌릴 수만 있다면 그게 무엇이든 다하겠다.

이건 정말, 최악이다!

드라마나 영화에 흔하디흔하게 나오는 설정이 주인공이 강한 충격을 받은 후 단기 기억상실증에 걸리는 것이던데. 그러나 난 그 엄청난 충격을 받았음에도 기억상실은커녕 그날의 사건 하나하나가 모두 디테일하고 생생하게 기억난다.

그 사건 후, 나 한주경의 삶은 콘서트 전과 후로 나뉘게 됐다.

33년의 세월 동안 내 인생을 어떻게 꾸려왔는지는 상관없이 단 3분에 걸친 루이의 고백이 내 인생을 송두리째 흔들어놨단 말이다.

공연이 끝나기 전부터 인터넷은 온통 루이의 열애설로 도배됐다.

언론은 앞다투어 나와 루이에 대한 집중조명을 해댔다.

'루이의 그녀, 한주경은 누구인가?', '한주경, 30대 중반의 비정규직 라디오 작가', 여기에 '여덟 살의 나이와 신분을 뛰어넘은 러브스토리'란 타이틀이 붙은 기사까지 나왔다. 이번 생에 내 얼굴이 이렇게 만천하에 공개되는 일은 흉악한 범죄를 저지르지 않는 이상 없을 거라 믿었다.

심지어 내 눈, 코, 입, 가슴, 허벅지 중 어딜 튜닝했는지 기필코 찾아내고야 말겠다는(지금 내 상태를 튜닝 후로 보는 사람이 있다는 게 더 놀라웠다) 네티즌 수사대의 굳은 의지는 젖살 통통한 중학교 수학여행 사진까지 인터넷에 돌게 만들었다.

기사가 나가고 난 뒤 졸업 후 얼굴 한 번 못 본 동창들부터 외국에 나가 있는 친척들까지 연락을 해왔다. 당연히 그들도 궁금했을 거다. 이 불가사의한 일이 어떻게 일어나게 됐는지.

– 한 작가. 난 당신이 언젠간 한 방 터트릴 줄 알았지. 나이스~~

평소 알고 지내던 〈오늘의 TV연예〉 송 피디는 복도에서 날 마주치자 어퍼컷을 날리는 시늉을 하며 이렇게 말했다.

화장실을 가도 구내식당을 가도 나를 흘끔거리는 시선을 받아내기가 여간 괴로운 게 아니었다.

한번은 새벽에 퇴근하면서 방송국 정문 앞에서 날 기다리고 있던 정체불명의 소녀 서너 명에게 계란 세례를 받았다. 그녀들은 "루이에게서 당장 떨어져!", "꺼져버려! 이 늙은 마녀 같으니!"라고 소리치고 도망쳤다. 내 머리부터 얼굴, 목에 흘러내리는 날계란의 비릿한 냄새는 어떻게든 참을 수 있었지만 늙은 마녀라니…… 충격적이었다. 나는 마녀가 아니다. 내가 마녀라면 일을 이 지경으로 만든 루이를 진즉에 개구리나 말미잘로 만들어버리고 말았을 테니까.

그래! 모두가 사랑하는 아이돌 스타 루이, 그는 누가 뭐래도 멋진 남자다.

누군가는 그런 남자가 널 사랑한다는데 계란 세례 따위가 대수랴, 그게 타조알이라 해도 기꺼이 감수할 수 있어야 한다고 말할지 모른다.

나이 많고 미래까지 불투명한 나 같은 여자가 할 수 있는 최선은 루이같이 잘난 남자가 내민 손을 덥석 잡는 것일지 모른다. 그러나 그가 내게 공개적으로 고백한 그날, 난 진짜 내 마음을 알아버렸다. 그동안 루이 앞에서 두근댔던 내 심장의 울림이 사랑은 아니란 걸.

— 나 오늘 어땠어! 괜찮았어?

그날 공연을 마친 루이의 볼은 소년처럼 상기돼 있었다.

— 오늘 내 고백에 대한 대답, 시간이 필요하다면 더 줄게.

나는 고개를 들고 똑바로 그를 봤다. 눈치 빠른 그가 얼른 말을 꺼냈다.

— 뭐야, 이 분위기는?

— ……

— 혹시라도 이상한 얘기면 차라리 하지 마! 나 안 들을 거야! 그 입 딱 다물어!

루이는 두 손으로 귀를 막은 채 고개를 흔들었다.

- 루이야······

그가 여전히 귀를 막은 채 이렇게 말했다.

- 역시, 제이 때문인 건가? 날 그렇게 어리숙하게만 보지 마. 대체······
당신과 제이 사이에 어떤 일이 있었던 거지?

나는 천천히 고개를 저었다. 지금은 그 어떤 얘기도 할 수 없었다.

- 당신 지금 완전 웃긴 거 알아? 단단히 착각하고 있다고!

루이가 흥분하는 건 누가 봐도 당연했다.

- 나 같은 톱스타가 당신이 좋다는 거야! 프러포즈한 거라구! 혹시
너무 놀라서 아직도 실감이 안 난다거나 그런 거야?

난 단호하게 고개를 저었다.

- 나도 알아. 너같이 멋진 남자, 내 인생에 다시 못 올 거란 거.

- 그런데 왜! 당신, 내가 싫어?

투정하듯 내 앞에 서 있는 루이를 보고 있자니 미안한 마음이 들었
다. 루이는 납득하기 어려울 것이다. 그래, 당연하다!

그러나 루이에 대한 내 감정을 정확히 두 조각으로 절단 내 '예스',
'노'로 답하기는 어렵다. 다만 지금 분명한 건 사랑은 아니라는 것뿐이
었다.

제이가 날 찾아온 건 뜻밖이었다.

방송이 끝나고 곧장 집으로 달려와 뜨거운 물에 샤워하고 나니 부재
중 전화와 문자가 와 있었다.

'자고 있나 보군요. 그럼 내일 통화해요.'

그게 두 번째 문자였다. 얼른 앞서 온 문자를 확인했다.

'혹시 만날 수 있을까요. 지금 어디에요?'

왜 그랬을까. 나는 단 1초의 망설임도 없이 통화 버튼을 눌렀다.

아직 물기가 덜 마른 머리카락 때문에 한기가 느껴졌다.

가을을 코앞에 둔 새벽바람은 어느새 제법 차다.

새벽 2시 10분, 제이와 나는 내 오피스텔 앞 벤치에 앉아 있다. 잠깐 올라오라고 할 수도 있었지만 그렇게 하고 싶지 않았다. 과거, 파리에서의 내 행동이 아직 발목을 잡고 있기 때문인지도 몰랐다. 그에게 혹시라도 가벼운 여자로 보이고 싶지 않았다.

— 윤아를 만났다고 들었어요.

그는 조심스럽게 말을 꺼냈다.

— 루이하고 내 얘기, 내가 직접 말했어야 했는데…… 많이 놀랐죠?

— 설마 그것 때문에 여기까지 온 건가요? 이 시간에!

나도 모르게 날카로운 말투가 튀어나왔다. 결혼을 코앞에 둔 김윤아와 아직도 연락하고 있다는 자체에 신경이 거슬렸을까. 그보다 더 거슬리는 건 그들을 의식하고 있는 나 자신이었다.

— 루이하고 당신, 정말 진지한 건지 묻고 싶어요.

제이의 말에 왠지 모를 불안함이 느껴졌다. 그는 무엇을 확인하고 싶은 걸까.

그에게 까닭 모를 화가 치밀었다.

- 당신이 왜 조바심 내는지 모르겠어요. 나 같은 여자한테 당신 동생은 과분하단 건가요?

비아냥거리는 내 말에 제이는 조심스럽게 말을 꺼냈다.

- 그 애는 아직 어려요.

- 내가 보기엔 최소한 당신보단 어른인 것 같은데요!

- ⋯⋯

- 잘 들어요! 본인이 한 약속도 안 지킨 거짓말쟁이보단 자기 감정을 책임지겠단 루이가 훨씬 성숙한 사람이라구요!

제이의 표정은 뭔가 얻어맞은 듯 그대로 정지했다. 그러고는 마치 오랫동안 준비한 것처럼 힘겹게 말을 꺼냈다.

- 그래요. 당신 말이 맞아요. 그럴지도 모르죠. 파리에서 내가 약속 지키지 못한 거, 사과하고 싶었어요. 오랫동안⋯⋯

- 됐어요! 하룻밤 볼일 본 여자를 다시 찾을 이윤 없었을 테니까.

제길. 이따위 말이나 하려던 게 아니었다. 이런 내가 너무 싫어 눈물이 날 지경이었다.

- 그게 무슨! 하룻밤⋯⋯이라니요!

- 정말 몰라서 묻는 거예요!

날 똑바로 쳐다보는 그의 눈빛은 믿을 수 없다는 듯 떨리고 있었다. 그리고 천천히 말했다.

- 그럼 혹시 당신은 그날 밤 우리가 하나였다고 믿고 있었다는 건가요?

사람은 어디까지 우스워질 수 있을까?

셀 수도 없을 만큼 수많은 오해와 실수를 저지르고 살아왔지만 이번은 단연 최고다.

인간은 생각하는 동물이라고 배웠는데 나는 착각하는 동물임이 틀림없다.

제이 입에서 나온 말은 충격적이었다.

그날 파리에서 우린 함께 밤을 보내긴 했지만 말 그대로 밤을 함께 보낸 것뿐 내가 생각한 그런 일은 절대! 네버! 일어나지 않았다. 그것도 모르고 난 제이를 세상에서 가장 형편없는 놈이라고 생각했다. 만남과 시작이 중요하듯 이별의 마무리도 중요한 법이라 믿었으니까.

정중한 예의까지는 바라지도 않았다. 그날 밤 우리 둘 사이 유쾌한 공통분모를 찾았다고 믿었는데 그게 혼자만의 착각이었단 생각은 날 오래도록 몸서리치게 했다.

― 당신을 간절히 원했던 건 사실예요. 그날 당신은, 너무도 아름다웠으니까……

새벽공기 속에서 제이는 마치 고해성사를 하듯 담담하게 말을 이어갔다.

― 그치만 그럴 수 없었어요. 절대 날 버린 아버지처럼 살지 않겠다고…… 뼛속까지 새기고 또 새기고 살아온 날들이었으니까.

그리고 그는 너무 창피해 두 손으로 얼굴을 가리고 있는 내게 말했다.

그날 많이 피곤했던 모양이라고. 먼저 스르륵 잠이 들더니 밤새 심하게 코를 골아 머쓱했었다고.

순간 내 머릿속에 故 김광석 버전의 〈먼지가 되어〉가 BGM으로 깔린다.

– 오늘 당신을 만나서 하고 싶었던 말은…… 내 아버지에 대한 얘기에요. 루이와 날 먼 나라에 보낸 아버지란 사람에 대한 얘기요.

이렇게 시작한 제이의 이야기는 내가 짐작한 것 이상으로 놀라웠다. 혼자 몸으로 제이를 낳아 키우던 어머니의 죽음 후 아버지란 사람이 나타나 직접 제이를 한 복지단체로 데려갔다고 한다. 그곳에서 한 달 정도 생활한 뒤 제이는 낯선 사람에게 이끌려 낯선 비행기를 타고 낯선 나라에 떨어졌다. 슬하에 자식이 없던 영국인 양부모님은 좋은 분들이셨다. 교사였던 그들은 제이가 음악과 미술, 운동 등 다양한 것을 접하게 해주셨고 기회가 되면 언제든 한국에 가서 아버지를 만나도 좋다고 할 정도로 이해심 많은 분들이었다.

처음엔 겉돌던 제이도 시간이 지나면서 점점 버려진 자신의 처지를 인정하게 됐을 즈음 양부모님은 제이를 위해 한국에서 갓 돌이 지난 아기를 입양했다. 자신과 같은 누런 피부와 검은 눈, 검은 머리를 가진 그 작은 생명이 어린 제이 눈에도 너무 예뻤다고 한다. 서로에게 서로가 있다는 건 축복이라 여긴 나날이었다.

– 우리가 친형제가 아니라고 생각한 적은 단 한 번도 없었어요.

그렇게 말하는 제이의 눈이 너무도 슬퍼 보였다.

그러던 몇 년 전, 파리에서 대학을 다니다 방학을 맞아 본머스로 돌아온 제이는 오래전 한국에서 온 편지 한 통을 발견했다. 그건 제이의 친아버지가 양부모에게 보낸 편지였다. 문법도 맞지 않고 필체도 엉망인 그 편지의 내용인즉, 자신의 두 아들을 함께 길러주는 데 대한 감사함을 전하는 내용이었다.

엄청난 비밀이 밝혀지는 순간이었다.

제이와 루이는 실제로 같은 피를 나눈 친형제였던 거다.

ㅡ 우릴 버린 그 사람의 잔인함이 용서되지 않았어요.

잠시 말을 멈춘 제이의 입술이 떨리기 시작했다.

나는 그에게 다가가 가만히 그를 안아주었다. 넓어 보이던 그의 어깨가 한없이 작게 느껴졌다.

ㅡ 울고 싶으면 울어요. 눈물은 참는 게 아니래요. 너무 참으면 나중에 진짜 울고 싶을 때 울지 못하게 돼버릴 수도 있대요.

ㅡ 나는 내가 누군지 찾아야만 했어요. 그러지 않으면 나는 나 자신을 내내 혐오하며 살아야 할 것 같았으니까⋯⋯

그 슬픔이 그대로 내게 전해진다.

그를 통째로 흔들었을 절망과 분노, 실망과 자기연민이 나의 가슴을 후비고 들어왔다.

예전에 그와 내가 파리에서 만났을 때 무언가 찾고 있는 중이라고 했던 그의 말이 이제야 무슨 뜻인지 알 수 있을 것 같았다. 그는 자신이 누구인지, 진짜 자기를 찾고 싶었을 것이다.

ㅡ 부탁이 있어요. 루이는 몰라요. 우리가 진짜 피를 나눈 형제란 거.

내가 느낀 그 끔찍한 실망과 아픔을 그 녀석에게도 전하고 싶진 않아요.

나는 그저 아무 말 없이 가만히 고개만 끄덕였다.

제이가 돌아가고 난 새벽, 다시 욕실로 들어갔다. 뭐라도 하지 않고는 정신이 복잡해 잠을 이룰 수 없을 것 같았다. 둥근 보라색 샤워볼에 샤워젤을 듬뿍 묻히고 몸에 문지르기 시작했다. 상쾌한 레몬그라스 향이 진하게 퍼진다. 그제야 그것이 샴푸였음을 깨닫는다. 다시 한참 동안 물줄기를 맞는다.

엣취!!!!

샤워를 마치고 나오자 검은 새벽을 깨우듯 요란한 재채기가 쏟아진다. 콧물이 흐른다. 아무래도 호된 감기에 걸릴 모양이다.

SH 엔터테인먼트와 YJ 엔터테인먼트는 국내 연예기획사의 양대산맥이다.

이곳에서 호된 연습생 시절을 견디면 톱스타가 되는 건 당연한 수순이라고 할 정도로 이들은 막강한 기획력, 마케팅 능력을 바탕으로 스타를 양성한다.

때문에 전국의 수많은 나이 어린 연예인 지망생들은 이 메이저 연예기획사에 소속되고 싶어 한다. 이곳에만 들어가면 금방 스타가 될 수 있을 거란 환상 때문이다. 그러나 중요한 것은 그들 역시 철저한 이윤을 목적으로 하는 '기업'이란 사실이다. 봉사단체가 아닌 이상 먹이고, 입히고, 연습시키고, 튜닝시키고, 데뷔까지 시켜주는 이 모든 걸 '공짜로' 제공할 리 있을까?

인터넷 기사의 연예란을 보면 연예인들이 해당 소속사와의 갈등에 골머리를 썩는 경우가 왕왕 있다. 이런 경우 연예인이 A급 톱스타가 아닌 이상 승자는 이미 정해진 게임이다. 매일같이 뉴페이스가 쏟아져 나오는 방송가에서 잠깐 이슈를 일으켰던 연예인이 사라진대도 아무도 궁금해하지 않는다.

심심하고 일거리 없는 연예부 기자가 '소리 소문 없이 사라진 그때 그 연예인 총집합'이라는 특집 기사를 써내지 않는 이상 대중은 새로운 스타에 열광하기에도 바쁘다. 물론 그런 기사를 쓴다 한들 데스크에서 지면을 허락지 않겠지만.

루이 역시 과거 '블루 레전드' 활동을 급하게 접고 영국으로 돌아갔던 것도 소속사와의 마찰 때문이었다. 순수하게 음악을 하고팠던 밴드와 그들을 통해 돈벌이를 하고팠던 회사는 끝내 화해하지 못했다. 아이들은 하루 종일 삼류 유흥업소와 온갖 조잡한 지방 행사까지 뛰어야만 했다. 먹다가 만 과일조각을 던지는 취객 앞에서, 빈 막걸리 병을 던지며 그따위 노래는 닥치고 걸쭉한 걸로 한 곡 뽑아보라는 시골장터 노인들 앞에서 아이들은 좌절하고 또 좌절했을 것이다.

그리고 아이들은 깨닫게 됐을 것이다.

본인이 하고 싶은 스케줄만 할 수 있는 권리는 톱스타만이 가지는 특권이란 사실을. 연예계에서 중요한 것은 재능과 매력뿐만이 아니라 스스로를 지킬 수 있는 힘이라는 것을.

잔인한 약육강식의 원리를 또래들보다 일찍 깨달아야만 하는 건 서글픈 일이다.

루이는 이제 그런 일 따위는 자신에게 일어나지 않을 것이라 믿었다.

그러나 그 지겨운 전쟁에서 완전히 빠져나온 줄 알았던 건 루이의 착각이었다.

당시 '블루 레전드' 제작사였던 드래곤 기획은 얼마 전 SH 엔터테인먼트에 인수 합병됐다. 그러면서 드래곤 기획의 강 이사라는 자가 SH를 통해 루이에게 다시 접근해왔다. 현 회사에 위약금을 모두 지불할 테니 계약을 파기하고 SH와 일해보자는 제안이었다. 루이는 단칼에 거절하며 이렇게 말했다고 한다.

– 내가 머리에 총 맞았어요! 그딴 미친 짓을 하게.

그래도 강 이사는 굴하지 않고 한동안 공을 들인 모양이다. 어르고 달래고, 때로는 협박까지. 그러나 루이는 꿈쩍도 하지 않았다. 끈질긴 설득에는 어느 정도 마음이 돌아서기 마련인데 루이는 굳건한 자물쇠같이 단호했다.

강 이사라면 나도 잘 안다. 소속 가수 홍보 차 라디오국에 들를 때 몇 번 이야기도 나눠본 적이 있다. 찔릴 듯 뾰족한 턱과 제멋대로 어긋난 치열, 날카로운 눈매를 가진 그는 한번 물면 절대 놓치지 않을 것처럼 강한 인상을 가졌다. 일적으로 만난 매니저들과 두루 친근하게 지내는 편이지만 나는 왠지 그가 맘에 들지 않았다.

"모셔올 때 못 이기는 척 순순히 따르는 게 좋아. 연예계의 밑바닥이 얼마나 차고 어두운지 너도 잘 알지? 높은 데서 추락할수록 더 많이 다친다는 거 명심해라”라는 강 이사의 마지막 경고를 깡그리 무시해 버린 건 어쩜 루이의 실수였는지 모른다.

강 이사의 경고대로 무서운 일은 곧 일어났다.
루이의 의지와는 전혀 상관없이 그의 아픈 과거가 세상에 까발려지기기 시작한 것이다.
‘가수 루이, 입양아로 알려져 충격!’, ‘루이 영국 입양아, 왜 속였나’, ‘루이, 쉬쉬하던 과거 드러나나’ 등등. 오늘 새벽 각종 포털사이트 연예면은 루이 특종으로 도배가 됐다. 언론은 마치 루이가 일부러 과거를 꽁꽁 감추다 발각된 것처럼 만들어댔다.
여기까지는 아무것도 아니었다.
실시간으로 올라오는 기사는 결국, 루이와 제이가 아버지가 같은 친형제라는 사실까지 밝혀냈다.
‘루이, 뮤지션 제이와 친형제로 밝혀져’, ‘루이의 친형, 제이는 누구?’
기자들은 마치 특수 훈련된 흥신소 직원처럼 3중 밀폐용기로 꽁꽁 감싸놓은 남의 비밀을 너무도 쉽게 들춰낸다.
제이 말에 의하면 그들이 친형제라는 걸 아는 사람은 지금까지 우리 두 사람뿐이었다.
더 기막힌 건 강 이사의 인터뷰였다.
과거 블루 레전드 시절 멤버들 중 루이는 가장 불성실하고 게을렀으며 터무니없는 거액을 요구하곤 해 골치 아팠단 것이다. 이제와 보니 이게 모두 불우한 성장 환경 탓 아니었겠냐며 그런 루이를 측은하게 여긴다는 대목에서는 그 더러운 입을 공중화장실 휴지통으로 틀어막고 싶었다.

이 기사를 본 루이가 받았을 충격에 몸서리가 쳐졌다.

서둘러 루이에게 전화를 걸었다. 전화기는 이미 꺼져 있었다. 몇 번이나 재발신 버튼을 눌렀지만 소용없었다. 제이 역시 루이와 연락이 되질 않는다고 했다.

– 다 내 잘못이에요. 이렇게 다른 사람들을 통해 알게 하지는 말았어야 했어요.

핸드폰 너머로 들려오는 제이의 목소리는 굉장히 위태로웠다. 그건 마치 제 살점이 통째로 떨어져 나간 짐승의 울부짖음같이 느껴졌다.

방송국에 출근해 보니 생방을 앞둔 스튜디오 앞은 전쟁터가 따로 없었다.

〈오늘의 TV연예〉 팀과 아침방송 〈생방송 굿모닝〉에서 나온 VJ들이 이미 장사진을 치고 있었다. 카메라를 든 사람들 모습이 마치 죽어가는 짐승의 피비린내를 맡고 득달같이 달려드는 하이에나와 다를 게 없어 보인다. 찢기고 시름하는 짐승의 절규 따위는 상관없이 한 점이라도 더 뜯어먹겠다는 지독한 본능만 남은 야생의 것들.

분명 현실은 영화나 드라마보다 훨씬 더 잔인하다.

- 대체 먼 난리고! 루이하고 통화는 됐나?

박 국장님은 걱정이 돼서 퇴근도 못 하시고 우리 팀 자리로 오셨다.

조 피디의 넓다란 이마에 땀만 송글송글 맺힌다. 국장님은 조 피디 옆에 죄인처럼 서 있는 매니저 기철 씨를 보며 호통치셨다.

- 니는 뭣하는 놈이고! 방송 죽일 셈이가! 당장 루이 끌어다가 스튜디오에 앉혀놓지 못하나!

기철 씨는 "죽여주십쇼 국장님"을 연발하며 폴더처럼 허리를 90도로 접었다 폈다.

- 집, 녹음실, 촬영장을 다 찾았는데도…… 증발해버렸습니다.

조 피디의 말에 국장님의 얼굴이 단단히 굳어지고 있었다.

루이는 기어코 펑크 내고야 말 작정일까. 어딜 가야 루이를 찾을 수 있을까.

어디선가 웅크린 채 울고 있을 것만 같은 그 애 생각에 가슴이 먹먹해졌다.

한 소년이 있었습니다.

소년은 세상이 너무나 쓸쓸한 곳이라고 생각했습니다.

그래서 기타를 유일한 친구 삼아 노래를 부르기 시작했습니다.

음악만이 세상에서 유일한 위로였으니까요.

소년이 노랠 부를 때면

이 세상도 함께 노랠 부르는 것 같았습니다.

그렇게 언제까지고 고운 노래를 부르고픈 작은 소년의 맘이
여러분에게 고스란히 전달되길 바랍니다.

루이의 뮤직 인 헤븐
오늘은 디제이의 사정으로 인해
게스트인 제가 대신 문을 열게 됐습니다.
갑작스런 제 등장에 놀라신 청취자분들께
죄송하단 말씀드릴게요.

루이의 빈자리에도 시그널은 제시간에 울렸다. 어떤 상황에서도 방송은 나가야만 하니까.

지금 루이를 대신해 원고를 읽고 있는 제이 역시 동생 못지않게, 아니 그보다 더 힘겨운 시간을 보내고 있을 거다.

강 이사와 SH가 어디까지 갈 수 있을지는 모르지만 루이는 분명 다시 일어설 거다. 톱스타는 아무나 될 수 있는 게 아니다. 이 자리까지 온 루이는 그렇게 나약한 아이가 아니다.

나는 그렇게 믿는다. 그때 갑자기 옆에서 훌쩍훌쩍대는 소리가 들린다.

― 언니, 우리 루이…… 불쌍해서 어떡해요.

그러더니 곧 초상이라도 난 듯 서럽게 울어댄다. 거기에 허공을 향해 푸우― 한숨만 내뱉는 조 피디까지 더해져 거대한 방송국 전체가 폭삭 꺼져버릴 것만 같은 밤이다.

전화를 걸어온 게 클레이가 아니었다면 나는 절대 나가지 않았을 거다. 그리고 술을 마시지 않았을 거다. 우울한 날엔 절대 술을 마시지 않는다는 나름의 철칙 때문이다.

기분 좋은 날 술은 유쾌한 촉매제가 되지만 그 반대인 경우 위로는커녕 질퍽한 늪에 빠지게 만든다. 그 찝찝함이란 믿었던 절친에게 애인을 빼앗겼을 때처럼 뒤통수 제대로 맞은 기분이다.

괜히 맘에도 없는 말을 진담처럼 하게 만들질 않나, 우주의 모든 짐은 혼자 떠안은 듯 버거움을 느끼게 하는 게 바로 우울한 날의 술이다.

퇴근 후 내가 찾은 곳은 청담동에 있는 가라오케 '어라운드'.

오늘은 클레이의 스물일곱 번째 생일이다.

루이 일 때문에 몸과 마음이 다운돼 있었지만 이런 내 모습을 보여준다 해도 조금도 부끄럽지 않은 그녀다. 가는 길에 압구정 한스에 들러 그녀가 좋아하는 가나슈도 샀다. 나는 작년에도 재작년에도 여기서 클레이를 위한 생일 케이크를 샀었다.

– 언니, 너무 보고 싶었어. 얼른 앉아.

가라오케 가장 구석에 자리 잡은 룸에 들어서자 그녀가 커다란 베이지색 소파에 파묻혀 앉아 있다. 다이어트를 했는지 지난번 뮤직비디오 촬영장에서 봤을 때보다 좀 더 야윈 모습이다.

내가 맞은편에 앉자 그녀는 맥주잔에 양주를 섞는다. 집게로 각얼음을 집어 재빠르게 술잔 속에 넣었다 뺐다 하는 과정을 서너 번 반복하는 스냅이 꼭 그녀처럼 경쾌하다. 그녀가 내 앞으로 특별 제조된 글라

238

스를 밀어준다. 투명한 잔 안에서 뽀로록 올라오는 작은 기포들을 보자 하루 동안 꾹꾹 눌러 담았던 갈증이 밀려들었다.

몇 잔의 술이 오가는 동안 그녀의 아이폰 진동이 쉴 새 없이 울린다. 그러나 클레이는 발신자를 확인하지도 않은 채 그냥 방치하더니 잠시 후 아예 전원을 꺼버린다. 지난번에 핸드폰을 손에 꼭 쥐고 있던 때와 사뭇 다르다. '약혼자랑 사랑싸움이라도 했니? 오늘 같은 날 나랑 보내도 되는 거야?'라고 묻고 싶었지만 그만두기로 한다. 그녀의 목에 여전히 달랑거리는 반지가 왠지 빛을 잃은 듯 보였기 때문이다. 때가 되면 그녀가 내게 먼저 이야기를 해줄 것이라 생각했다.

진한 초콜릿 케이크 위에 27이란 숫자 모양의 컬러 초를 꽂았다.

그녀는 가만히 초를 응시한다. 생일케이크를 앞에 둔 얼굴치고 꽤 진지하다. 오늘따라 더 작고 창백하리만치 하얀 그녀의 얼굴은 어릴 적 망가질까 봐 조심스레 다루던 바비인형을 떠올리게 한다.

후―

그녀가 촛불을 불자 나는 힘껏 박수를 쳤다.

넓은 룸 안에 내 박수소리가 공허하게 울린다. 그녀는 "축하해"란 내 말에 "언니, 나 태어나기 잘 한 거지?"라며 되물었다. "그럼! 태어나줘서 고마워~ 클레이"라는 내 말에 그녀의 트레이드마크인 예쁜 눈웃음을 지어 보인다. 클레이와 있으면 나는 언제나 무장해제된다. 그녀에게 이 눈웃음이 없었다면 지금보다 덜 사랑스러웠을지도 모른다는 생각이 들 만큼 그녀의 눈은 매력적이다.

우린 짧은 시간 안에 케이크 하나를 통째로 먹어치웠다. 천도복숭아만 한 딸기를 달콤한 연유에 푹 찍어 한 접시 가득 먹은 걸로도 모자라 웨이터를 불러 바닐라 아이스크림과 밥숟가락 두 개를 주문했다. 그녀는 오늘은 다이어트 따위는 잊기로 한 모양이었다. 위스키와 차가운 아이스크림의 궁합은 최고라는 그녀의 말은 사실이었다.

이번엔 내가 맥주에 양주를 섞어보기로 한다. 각얼음을 집게로 집어 술잔에 입수시켰다 뺐다를 반복한다. 어째 스냅의 움직임이 영 부자연스럽다.

그런 내 모습이 우스운지 그녀가 깔깔깔 웃는다.

— 그게 그렇게 쉽게 되는 줄 알았어?

그러더니 곧 진지한 표정으로 이야기를 꺼낸다.

— 언니, 오늘 많이 힘들었지? 루이도 지금 많이 힘들 거야. 어제 〈스포츠월드〉 아는 기자한테 슬쩍 물었더니 강 이사가 얼마 전 〈스포츠월드〉 국장을 만났대. 그때 루이 얘길 흘렸단 정보야. 알지? 〈스포츠월드〉가 SH 지분 꽤 갖고 있는 거.

나쁜 사람들. 이번 일이 강 이사와 SH의 합작품이란 것은 이미 짐작하고 있었다. 아무리 생각해도 분한 마음이 가시질 않는다.

— 언니 나 지난 앨범 때 기억나지?

클레이의 전 기획사에서는 그녀와의 재계약에 실패하자 표절설을 무기로 들고 나왔었다. 클레이가 회사의 만류에도 불구하고 표절인 걸 알면서도 고의적으로 앨범을 발표했다는 내용이었다. 기사가 나가자마자 방송에서는 너나 할 것 없이 원곡자인 미국 팝스타와 클레이의 곡을 비교분석해 내보냈다. 노래와 의상, 뮤직비디오 컨셉까지 하나하나 도마에 올려졌고 덩달아 음악평론가들도 바빠졌다.

거기에 모 남자배우와의 스캔들은 화장품 사면 끼워주는 샘플 같은 거였다. 같은 소속사 배우라서 친한 건 사실이었지만 맹세코 사귀는 관계는 아니었다. 게다가 그는 유부남이었다.

그런 치명적인 스캔들에도 불구하고 클레이는 굳건히 버텨냈다. 그녀를 살린 것은 민낯의 초췌한 표정으로 동정을 얻기 위한 거짓 기자회견이 아니었다. 그녀는 지하 연습실에 틀어박혀 이를 악물고 연습하고 또 연습했다. 그녀는 죽을 만큼 힘들 때까지 노래를 했고, 새로운 안무를 연구했다.

– 내게 조금이라도 더 인간적인 대우를 했다면 재계약했을 거야.

힘들었던 예전 일을 떠올리니 감정이 북받쳐 올랐는지 그녀의 큰 눈에 눈물이 가득 맺혔다.

– 언니, 그거 알아? 연예인은 무당이나 기생 사주랑 비슷한 사주를 가지고 태어난대. 평생 다른 사람을 즐겁게 할 순 있지만 정작 자신은 행복해지지 못하는. 웃기지? 난 내가 행복해지고 싶은데……

그렇게 말을 하는 클레이의 표정은 많이 쓸쓸해 보였다. 얼마 전까지만 해도 사랑에 빠진 행복한 여자의 모습이던 그녀는 온데간데 없었다.

– 그게 무슨 말도 안 되는 소리야? 누가 그딴 소릴 해. 넌 누구보다 행복해질 거야. 아마 행복에 겨워 몸부림치며 살게 될 테니까 걱정 말

고 갖고 싶은 생일선물이나 말해봐. 내 맘 바뀌기 전에 얼른 말하는 게 좋을 걸?

분위기를 바꿔보려는 내 말에 그녀는 옅은 미소를 지으며 말했다.

– 나랑 겨울에 바다 보러 가자. 일하러 갈 때 말고 바다에 놀러가 본 적이 없어.

– 좋아! 강원도에 내가 아는 예쁜 펜션 있어.

내 말에 그녀는 다시 즐거운 듯 보였다. 클레이가 노래를 부르기 위해 자리에서 일어나 앞으로 나간다. 노래방 기계에 번호를 입력하자 곧 반주가 흘러나온다. 천장 위엔 부케같이 둥그런 조명이 빙글빙글 돌아간다. 술기운 때문일까, 조금씩 어지러워진다.

건너편에 니가 서두르게 택시를 잡고 있어

익숙한 니 동네

외치고 있는 너 빨리 가고 싶니

우리 헤어진 날에

집으로 향하는 너

바라보는 것이 마지막이야

내가 먼저 떠난다 택시 뒤창을 적신 빗물 사이로

널 봐야만 한다 마지막이라서

어디로 가야 하죠 아저씨

우는 손님이 처음인가요

242

달리면 어디가 나오죠

빗속을

와이퍼는 뽀드득 신경질 내는데

이별하지 말란 건지

청승 좀 떨지 말란 핀잔인 건지

술이 달아오른다 버릇이 된 전화를

한참을 물끄러미 바라만 보다가 내 몸이 기운다

어디로 가야 하죠 아저씨

우는 손님이 귀찮을 텐데 달리면 사람을 잊나요

빗속을

지금 내려버리면 갈 길이 멀겠죠 아득히

달리면 아무도 모를 거야 우는지 미친 사람인지

김연우의 〈이별택시〉. 그녀의 목소리로 들으니 전혀 색다른 매력이 느껴졌다. 일반적으로 댄스가수는 가창력이 떨어질 거라는 사람들의 편견과는 달리 그녀는 노래를 정말 잘한다. 노래가 좋고 무대가 좋아 가수가 됐다는 그녀, 사람들은 그녀에 대해 얼마나 알고 있을까. 또 얼마나 오해하고 있을까.

누가 뭐래도 연예인은 대중의 사랑을 먹고 사는 존재다. 그들에게 팬들의 애정 어린 관심만큼 행복한 건 없다. 그러나 아이러니하게도 스타를 가장 괴롭히는 존재 또한 대중이다.

평범한 사람들은 평생 눈앞에서 보기도 힘든 금액을 단 한 편의 광고 출연으로 거둬들이고, 회당 수천만 원의 출연료를 받으며 드라마에 출연하는데 그만한 대가쯤은 치러야 한다고 생각하는 이들. 이름 없고, 얼굴 없는 대중이란 가면을 쓴 그들은 버젓이 결혼해 아기 낳고 잘 사는 연예인 부부에게 친자 확인을 요구하기도 하고 선량한 배우를 악덕 사채업자로 만들어버리기도 한다. CF로 주가가 올라가는 여자 연예인은 그녀들이 가진 매력과는 상관없이 배경에는 분명 구린 게 있을 거라며 매도해버린다. 연예기사의 가십을 장식하는 전신 성형설, 음반 표절설, 여자 연예인의 임신설, 낙태설, 스폰서설까지 온갖 추문들은 꼬리표처럼 항상 그들을 쫓아다니며 옭아맨다.

그러나 우리 중 누구도 그들을 비난하고 제멋대로 폄하할 자격은 없다.

'괜찮아요. 악플보다 무플이 더 무서우니까요~'라며 환한 미소로 방어하는 연예인 뒤에 숨겨진 눈물과 진정을 안다면 그게 얼마나 잔인하고 무자비한 일인지 알게 될 거다.

그녀는 어느새 노래 속에 몰입해 있다.

이 노래가사처럼 정말 이별한 사람들을 위한 택시가 있다면 좋겠다. 아무리 만취해도 헤어진 연인의 집 앞에는 절대 가지 않는 택시, 괜히 맘이 울컥해지는 슬픈 노래 따위는 흘러나오지 않는 택시. 애인하고 헤어지기라도 했냐는 기사 아저씨의 쓸데없는 질문이 없는 택시……

기계 반주 속에 미세한 진동음이 섞인다.

내 핸드폰이다. 순간 불안한 예감이 스친다. 혹시 루이일까 싶어 받아보니 제이의 다급한 목소리가 넘어온다.

— 주경 씨, 어디예요?! 루이를 찾았어요!

— 정말이에요? 지금, 어디래요?

— 그 녀석이…… 운전한 차가…… 사고예요! 고속도로에서……

'고속도로', '사고'란 두 단어가 머릿속에 각인됐다. 루이가 교통사고를 당했다는 말인가.

— 상태가 어느 정도인지는 아직 몰라요. 나도 지금 병원으로 내려가는 길……

그 뒤 제이가 한 말은 아무것도 들리지 않았다.

루이가 다쳤다. 루이가 사고를 당했다!

죽지 마, 죽으면 안 돼!

나는 정신 나간 사람처럼 혼자 중얼거렸다. 마치 간절한 주문을 외우듯이.

내 눈앞에는 노래를 부르다 말고 한쪽 구석에 서서 구역질을 하고 있는 클레이가 보인다. 허리를 숙인 채 괴로운 소리를 내고 있는 그녀 역시 어딘지 모르게 위태롭게만 보인다.

진실 같은 거짓, 거짓 같은 진실

　빗길에 고속도로를 전속력으로 질주하던 자동차가 미끄러져 중앙 분리대와 심하게 충돌한 뒤 무사할 확률은 얼마나 될까. 루이는 장대비가 퍼붓는 심야에 슬픔으로 가득 찬 뿌연 눈으로 운전 중이었다. 그리고 갑자기 2차선에서 1차선으로 차선을 변경하려는 앞 차를 피하려다 사고를 당했다. 모든 일은 순식간에 일어났다. 통제 불능 상태가 된 루이의 차는 미끄러운 빗길에서 두 바퀴를 돈 뒤 중앙 분리대를 들이받고서야 멈췄다.

　천안에 있는 한 대학병원.

　루이는 깁스를 한 오른쪽 다리를 높이 매달고 죽은 듯 두 눈을 감고 있다. 붕대로 감아놓은 머리와 깁스를 한 목 군데군데 이미 꾸덕꾸덕 말라버린 검붉은 자국을 보자 뜨거운 것이 울컥 치밀었다.

그때 제이가 조심스레 문을 열고 들어왔다. 담당 의사를 만나고 오는 길이라고 했다.

— 이건 기적이래요. 의사 선생님도 이렇게 운 좋은 경우 처음 봤다네요. 오른쪽 다리 골절 빼면 목에도 큰 이상은 없대요. 뒤따라오던 차와 거리가 있어서 2차 사고로 이어지지 않은 게 천만다행이죠.

제이의 말에 순식간에 긴장이 풀렸다. 제이 말대로 그 순간 뒤차와 2차 사고라도 생겼다면…… 생각만 해도 끔찍해서 온몸의 솜털이 모조리 곤두서는 기분이다.

루이의 포르쉐는 형체를 알아보기 힘들 정도로 망가졌으니 의사 말대로 기적이 아닐 수 없다.

— 내 탓이에요. 그렇게 흥분한 상태에서 운전하도록 두는 게 아니었어요.

제이는 두 손으로 얼굴을 감싸며 말했다.

— 사고 전에 루이가 날 찾아왔었어요. 같이 아버지를 찾아보자고 했더니 엄청 화를 내더군요. 그렇게 흥분한 루이는 처음이었어요.

밀려오는 화를 주체 못한 루이는 전속력으로 달렸을 것이다. 어디로든 도망치기 위해 액셀을 밟을 수 있는 곳은 고작 고속도로뿐이었을 테니까. 함께 그의 빨간 페라리를 타고 인천공항으로 향했던 기억이 났다.

루이는 천안을 지나 어디까지 달리고 싶었을까.

다음 날 서울의 한 종합병원으로 옮겨진 루이는 꼬박 3주 동안 입원 후 퇴원했다. 병원에선 이번 기회에 좀 더 안정을 취하라고 했지만 그 이상은 불가능했다. 몰려드는 팬들이 병원 앞에 진을 치고 있는 바람에 일원동에 있는 종합병원 앞은 마치 공개방송 전 방송국처럼 변해버렸다.

루이가 좀 더 입원해 있는 건 안정이 필요한 다른 환자들에게 민폐를 끼치는 일이었다. 톱스타는 자유롭게 아플 수조차 없다.

루이가 퇴원하는 날 오전, 병원에 들렀다. 그가 있는 VVIP 병실은 그 사이 빠른 쾌유를 바라는 팬들의 선물과 꽃바구니 등으로 가득 차 있었다.

이삿짐센터에 연락해 선물을 싣고 갈 1톤 트럭을 불렀다는 기철 씨의 말에 저절로 고개가 끄덕여졌다. 심지어 병실에 있는 양문형 냉장고 안엔 보약 상자며 전복죽 같은 보양식과 온갖 과일들이 그득 차 있었다. 선물 중 단연 으뜸은 일본인 중년여성 팬이 보낸 산삼이었다. 삐뚤삐뚤 서툰 한글로 쓴 손편지에는 이렇게 적혀 있었다.

'루이, 아프면 안 돼요. 루이를 보면서 삶의 희망을 품었습니다. 부디 건강하게 오래오래 살아요. 이 선물은 한국 심마니에게 부탁해 어렵게 구한 겁니다. – 카즈미 드림'

수천만 원을 호가한다는 산삼을 실제로 본 건 처음이었다. 촉촉함을 유지하기 위해 이끼 위에 얌전히 놓인 산삼은 척 봐도 높은 몸값을 자랑하는 강한 포스를 풍기고 있었다.

- 루이가 이번 사고 겪고 생각이 좀 바뀐 거 같아요. 만나겠대요. 아버지를.

루이가 기철 씨 부축으로 퇴원 전 검사를 받으러 간 사이 제이가 나에게 말했다. 그의 마음을 바꾼 건 무엇이었을까. 누군가를 용서하기로 마음먹는 건 말처럼 쉬운 일이 아니다.

- 그 녀석, 의식 차리더니 처음 한 말이 뭔 줄 알아요? 제이! 나 보험 들어논 거 있어? 큭큭-

제이 얼굴에 오랜만에 웃음기가 번졌다.

그래. 이 사람은 이렇게 아름다운 웃음을 지을 줄 아는 남자였지 하는 생각이 들었다.

- 그러더니 찾아보재요. 만나보고 싶다고. 사실 나도 겁이 나요. 찾을 수는 있을까, 만약 그러면 무슨 말을 할까, 어떤 표정을 지어야 할까……

그렇게 말하는 그는 정말 겁먹은 아이 같았다. 가까이 다가가 그의 두 손을 잡아주고 싶었지만 나 역시 겁쟁이일 뿐이었다.

잠시 후 돌아온 루이는 꽤 담담한 표정으로 이렇게 말했다.

- 사실 제이가 우릴 버린 그 사람을 찾아보자고 말했을 땐 그딴 인간 지옥에나 떨어지라 그래! 그런 심정이었어. 그런데 사고가 나면서 이렇게 죽는구나 싶은 순간, 딱 억울한 생각이 드는 거야. 좋아하는 여자한테 차였지, 게다가 이 엄청난 출생의 비밀은 또 어쩌구…… 갑자

기 내 인생이 너무 불쌍하고 후지게 느껴지면서 아버지란 사람 얼굴이나 한번 보고 죽어야겠다 싶더라구.

그러더니 루이는 멋쩍은 듯 웃어 보였다.

우리는 삶의 극단을 경험하고 나서야 비로소 심플해지는 법을 배우는 걸까.

부수적인 잔가지들이 배제된 채 정제된 감정은 의외로 단순하다. 어쩌면 우리는 이미 결론지어진 일에 불필요한 중간 과정을 거치며 시간과 감정을 소모시키며 살고 있는 건지도 모르겠다.

LIFE IS SIMPLE. SIMPLE IS THE BEST.

점차 몸을 회복한 루이는 자신에게 칼을 겨눈 강 이사와 SH에 대한 적극 대응을 하기로 했다. 그런 결심을 하게 된 데는 뭣보다 팬들의 성원이 크게 작용했다.

그가 잠시 자릴 비웠던 사이 청취자들은 매일같이 라디오 홈페이지 게시판이며 문자 메시지로 그의 복귀와 쾌유를 바라는 글을 올렸다. 그의 미니홈피 방문자는 하루 2만 명이 넘었고 트위터엔 실시간으로 응원의 글이 넘쳤다. 그것은 루이에게 가장 큰 위로가 됐다.

– 나 실은 그동안 팬들한테 고마운 맘 따위 없었어.

목발을 짚은 채 다시 라디오로 복귀하던 날, 루이가 내게 꺼낸 말이다.

– 난 내가 하고 싶은 거 하는 거다! 니들 없어도 난 한다! 그런 맘이었거든.

불과 얼마 전까지만 해도 그게 진짜 루이다운 모습이었을 것이다.

– 근데 내가 틀렸었어. 팬들이 있으니까 내가 음악을 하는 거더라구. 내 음악을 그들이 듣는 게 아니라, 그들이 있어서 내가 음악을 할 수 있는 거였어.

그 말을 하는 루이의 눈빛에 꽤나 진지함이 묻어났다.

– 완벽한 반전이지? 나 요즘 뒤통수 제대로 맞은 기분이야. 큭.

루이 말대로 삶은 끊임없이 우리의 뒤통수를 친다.

예상과는 너무나 다른 하루하루를 살면서도 뇌진탕이 오지 않은 것에 땡큐를 외치며 살아야 할지도 모를 일이다.

일요일 새벽 3시 15분.

크림색 실크 리본이 다소곳이 묶인 청첩장을 바라본다.

오전 열한 시 하얏트호텔. 청첩장 맨 하단에는 이렇게 적혀 있었다.

'본 청첩장을 소지하지 않으신 분은 식장에 입장할 수 없으니 반드시 소지 바랍니다. 화환이나 축의금은 정중히 사양합니다. 감사합니다.'

김윤아가 보내온 초대장이다. 이제 몇 시간 후면 그녀의 결혼식이다. 그녀는 우리나라 최고 재벌가의 며느리가 될 것이다. 마치 날 때부터 그렇게 정해진 듯 너무도 잘 어울리는 자리다.

화려하고 당당한 김윤아와 그녀를 더욱 빛나게 해줄 구현승을 바라보며 모두들 완벽한 한 쌍이라며 감탄하겠지. 파티는 완벽할 것이다.

그럼 제이는? 제이도 그녀의 결혼식에 참석할까. 아마도 그녀라면 제이에게도 청첩장을 보냈을 것이라는 생각이 들었다. '꼭 참석해줘. 니가 축하해준다면 정말 기쁠 거야.' 제이에게 보내는 청첩장에 이런 메모 한 줄을 곁들였을지도 모른다.

옷장을 열어 결혼식에 입고 갈 화이트 시폰 블라우스와 블랙 스커트를 꺼내보았다. 평소에 면 소재의 편한 옷을 즐겨 입는 나로서는 1년에 몇 번 입을 일 없는 옷이다. 블라우스 어깨 부분에 구김이 가 있는 게 보여 다림질을 하기로 했다. 오랜만에 해보는 다림질이라 그런지 쉽지가 않다. 오히려 없던 주름이 더 만들어지는 것도 같다. 의도와 다르게 점점 쭈글쭈글해지는 게 복잡한 내 마음 같았다. 나는 뭔가를 털어버리려는 듯 더 열심히 다림질을 했다.

그렇게 정성 들여 다림질까지 했지만 나는 김윤아의 결혼식에 갈 수 없었다.

김윤아의 결혼식이 진행되는 그 시간, 나는 장례식장으로 향해야만 했다.

꽃처럼 예쁘던 내 친구, 클레이가 죽었다.

언니……

많이 놀랐지?

그래도 지금은 이 방법밖에 생각 안 나.

겁쟁이라고, 비겁하다고 모두 날 욕하겠지.

누군가는 이렇게 말할 거야.

남보다 좋은 옷 입고 좋은 차 타고

스포트라이트 받으며 사는 삶에 무슨 눈물이 있느냐고.

그치만 나도 사람인 걸. 나도 여자인 걸.

여자 연예인으로 이 땅에 발 디디고 산다는 건

발가벗겨진 채 쇼윈도에 세워진 마네킹이 된 것 같은 기분이었어.

이젠 정말 한 사람에게만 사랑받는 여자로 살고 싶었는데……

그것조차 내게는 사치였을까?

그 사람을 미워하고 싶진 않아.

그 사람 맘을 붙잡지 못한 날 탓할 뿐이지.

……

언니 미안해.

내 마지막 말을 들어줘야 하는 어려운 일을 남겨서.

고마웠어. 진심이야.

언니가 있어 항상 든든했어.

나 이제 편해지고 싶어.

내 말을 믿어주지 않는 사람들,

손가락질하는 사람들한테서 도망칠래.

무거운 짐 내려놓고 그만 쉴래.

혹시 모르지.

그곳에 가면 제제를 만날 수 있을지도.

기억나?

우리 밤새워 〈나의 라임 오렌지 나무〉에 대해 얘기 나누던 날.

참 좋았는데……

안녕.

그녀가 내게 남긴 유서는 마치 잠시 여행을 떠나는 친구가 남긴 편지 같았다.

나는 장례식장 화장실 양변기에 앉아 그것을 읽어내려갔다.

– 편지는 언론에 공개하지 않기로 했습니다. 무슨 말인지 아시죠. 한 작가님!

클레이의 매니저가 내게 은밀히 편지를 건네며 한 말이다. 그는 철저하게 보안을 지켜달라고 당부했다. 곳곳에 기자들이 눈에 불을 켜고 주시하고 있던 탓이다.

핸드폰에 저장된 그녀 사진을 본다. 가장 최근 사진은 뮤직비디오 촬영장에서 찍은 우리 둘의 셀카다. 프러포즈받은 사실을 밝히며 수줍어했던 그녀가 떠오른다. 여전히 사진 속에는 그녀의 목에서 달랑이는 반지가 보인다.

올겨울에 같이 바다에 놀러가자더니 너 혼자 어딜 가버린 거니. 내 무릎 위로 검은 슬픔이 뚝뚝 떨어진다. 결혼식에 가려고 했던 진한 눈 화장이 야속하기만 하다.

발인 날, 나는 그녀를 배웅하기 위해 집을 나섰다.

차가운 가을비가 내리는 아침이다. 목덜미로 스미는 한기에 블랙레인코트의 깃을 치켜세운다.

장례식장 주변은 이미 취재진들로 가득 찼다.

바로 그녀가 죽기 직전까지 '클레이가 소속사 사장의 숨겨진 여자'라는 악성 기사를 써대던 기자들은 이제 그녀의 죽음을 애도하는 기사를 쓰느라 바쁘다. 언론에서는 연일 무엇이 그녀를 자살로 내몰았냐며 특집방송까지 편성했을 정도다.

과연 이게 그녀가 원한 것일까.

내가 아는 그녀는 분명 불편해할 것이다. 관 속에 누워서도 세팅 된 헤어와 풀 메이크업을 하고 있어야 할 것만 같은 이 과열된 취재는 누굴 위한 것일까?

화장(火葬)돼 작은 함에 봉인된 채 나온 그녀를 마주한 부모님은 그 자리에서 정신을 잃으셨다. 취재진은 그 모습을 담느라 경쟁적으로 셔터를 눌러댔다. 초주검이 된 가족들의 얼굴 위에 떨어지는 플래시 세례가 섬뜩하게 느껴졌다.

현장을 바라보던 나는 클레이가 내게 남긴 '비밀'을 떠올렸다.

이틀 전, 화장실에서 클레이가 남긴 편지를 읽던 나는 내 눈을 의심했다.

편지 속에서 밝힌 그녀의 남자는 구현승이었다.

클레이는 그를 위한 식사를 차리고 그를 닮은 아이를 낳고, 가족을 위해 깨끗하게 집 안을 꾸미는 아내가 되고 싶었다고 했다. 그런데 그녀의 스물일곱 번째 생일 얼마 전부터 그가 이상해졌다고 했다. 스케줄이 바쁘다며 자꾸만 연락이 안 되고, 어렵게 통화가 돼도 수행비서가 대부분 메시지를 전할 뿐이었다. 그리고 갑작스런 김윤아와의 결혼 발표. 그리고 연이어 터진 클레이와 소속사 사장과의 지저분한 성 상납 스캔들. 아무리 생각해도 타이밍이 절묘했다. 끝까지 그를 믿고 싶지만 자신을 떼버리기 위해 그가 꾸민 일이란 생각을 떨칠 수 없다고 했다.

그는 분명 좋은 사람인데, 두 눈을 바라보며 결혼을 약속했던 남자인데 그를 자꾸 의심하게 되는 자신이 싫어져 더 힘들었다고. 그녀의 생일날 그녀가 부른 〈이별택시〉가 더 아프게 들렸던 이유였다.

인터넷과 연예 정보 프로그램들은 클레이가 자살한 원인에 대해 다양하게 분석했다.

지속적으로 앓던 우울증과 경쟁이 치열한 가요계의 현실, 재정문제, 소속사와의 갈등, 음악적 한계를 느낀 부담감 등등. 그러나 진짜 이유는 아무 곳에도 없었다.

그녀를 납골당에 두고 온 날 찬비를 맞으며 걷고 또 걸었다.

지금이라도 당장 어디선가 그녀의 목소리가 들릴 것만 같았다.

구현승과 김윤아의 화려한 결혼식이 열리는 날, 클레이는 이 세상을 버렸다.

그러나 이보다 더한 사건이 터지더라도 분명 세상은, 그리고 방송은 아무렇지 않게 예전처럼 돌아갈 것이다. 무섭도록 잔인한 관성의 법칙이다.

　주말을 제외하고 주 5일을 방송하다 보면 나도 모르게 '생방형 인간'이 된다.

　언제나 빨간색 온에어 불빛이 켜져 있는 것처럼 긴장한 상태로 5분 대기조도 아닌 5초 대기조 모습을 유지해야 한다. 특히나 오늘 같은 날은 더 그럴 수밖에 없다.

　〈루이의 뮤직 인 헤븐〉에 과거 블루 레전드의 나머지 두 멤버 스티브와 브라이언이 출연하기로 했기 때문이다. 오랜만의 방송, 그것도 생방이기 때문에 미리 체크해야 할 것이 많았다.

　루이에게 힘을 실어주겠다고 먼저 연락을 해온 건 바로 그들이었다. 현재 두 사람은 각각 영국에서 주식중개인과 사업가로 활동하고 있던 차에 루이의 소식을 접하고 단숨에 날아왔다고 한다.

　그들이 출연하는 매체로 라디오를 택한 건 조 피디의 의견을 반영한 결과였다. 지난 콘서트에서 루이가 내게 프러포즈한 빅이슈를 놓쳐 두고두고 아쉬워했던 터였다.

　─ 아무래도 친근한 라디오에서 자연스럽게 털어놓는 게 좋지 않을까? 옛 동료들의 진정이 더 짠─ 하게 진해질 것 같은데.

　의도야 어떻든 간에 조 피디의 예상은 제대로 들어맞았다.

　5년 만에 뭉친 옛 멤버들의 과거 음악 이야기를 시작으로 시종일관 즐거운 분위기는 고스란히 전파를 통해 전해졌다. 다만 한국말이 서투른 이민 2세들이라 루이가 통역을 해야만 하는 부분도 있었다. 그러다가 기획사의 횡포를 이야기하는 부분에서는 스티브의 목이 메어왔다.

– 그땐 정말 가장 행복하면서도 가장 슬픈 시절이었어. 우릴 감정도 없는 피에로로 취급했지. 그렇지 않니, 루이?

일순 스튜디오의 분위기가 무거워졌다. 세 명 모두 그때의 힘들었던 기억 때문인지 고개를 숙인 채 아무 말이 없었다. 그때 브라이언이 말을 이었다.

– 음악을 비즈니스로만 여기는 사람들, 우리를 돈 버는 기계로만 생각했던 그들. 언젠간 벌 받을 거야. 아무리 그들이 강하다 해도 널 막을 순 없을 거야. 루이, 넌 진짜 음악을 사랑하는 멋진 녀석이니까.

셋은 블루 레전드의 데뷔곡이자 은퇴곡이 돼버린 〈반지〉를 함께 부르며 방송을 마무리했다.

방송 직후 반응은 뜨거웠다.

인터넷 게시판은 이 셋이 다시 뭉쳤으면 좋겠다는 팬들의 글로 넘쳐났다. 실제로 이들이 다시 의기투합하길 바라는 기획사의 러브콜도 있었다고 한다. 그러나 며칠 후, 스티브와 브라이언은 게시판을 통해 성원해준 팬들에게 감사의 인사를 전하며 앞으로 본인들은 지금 하고 있는 일에 열중할 것이라는 글을 남겼다. 덧붙여 루이에게 변함없는 애정 보내달라는 애교 어린 부탁 역시 잊지 않았다.

남자들의 끈끈한 의리라는 게 이런 걸까? 멀리 떨어져 있어도 변함없이 서로를 걱정하고 위기의 순간에 기꺼이 손을 내밀 줄 아는 그들의 마음이 정말 아름다웠다.

영국에서 날아온 건 스티브와 브라이언만이 아니었다.

루이와 제이의 양부모님이 두 아들을 위해 기꺼이 한국행을 택했다. 그리고 공식적인 기자회견을 통해 자식에 대한 사랑을 드러냈다. 기자회견이 있었던 신라호텔 영빈관은 예정된 시간 훨씬 전부터 기자들로 인산인해를 이뤘다. 일반인으로서 과도한 플래시 세례가 당혹스러웠을 만도 한데 두 분은 침착하게 인터뷰에 응하셨다.

— 누구라도 자신의 뿌리를 모른 척하면서 살 순 없어요. 내 아이들, 제이와 루이에게는 채워도 채워지지 않는 갈증이 있었을 겁니다. 그건 당사자가 아니면 상상할 수 없는 엄청난 것일 겁니다. 우리의 두 아들이 늪에서 벗어날 수 있길 바랍니다. 그게 진짜 부모의 마음일 테니까요.

성의 있고 진솔한 인터뷰에 사람들은 감동했다. 두 아들에 대한 그분들의 진실한 사랑이 느껴져 보는 내내 가슴이 뭉클해져왔다.

분명 얼마 전까지만 해도 루이가 입양아란 것, 함께 라디오에 출연 중인 제이와 친형제라는 사실은 그의 목을 죄는 도구였다. 그러나 이젠 정반대다.

누가 봐도 불운한 개인사를 음악적 열정으로 승화시킨 루이는 진정한 스타였다.

— 사실, 나 말야……

안개가 자욱하게 낀 주말 오후. 청주로 내려가는 차 안에서 루이가 말을 꺼냈다.

— 사람들 생각처럼 그렇게 불행하진 않았어. 제이는? 많이 불행했어?

느닷없는 루이의 물음에 조수석에 앉은 제이는 아무 대답이 없었다. 그러더니 잠시 후에 천천히 입을 열었다.

— 아니. 니가 옆에 있었으니까.

그 순간 룸미러를 통해 제이와 나의 눈이 마주쳤다. 두근두근. 내 마음이 조금씩 떨려왔다.

어젯밤 내게 전화로 “같이 가줄래요. 루이에게, 그리고 나에게도 큰 힘이 될 거예요”라는 제이의 제안을 수락한 게 실수일지 모른다. 지금 우리가 만나러 가는 사람은 바로 두 형제의 친아버지다. 찾기로 맘먹은 이상 찾아내는 건 어려운 일이 아니었다.

잠시 후 기철 씨는 청주에 있는 한 병원 앞에서 차를 세웠다.

자욱한 안개 때문일까. ‘시립 청주 정신병원’이란 안내판이 음산하게 느껴진다. 아직 오후 두 시밖에 안 됐는데 주변 분위기는 습하고 어두웠다.

이제 곧 둘은 아버지를 만나게 될 것이다. 두 아들을 연이어 먼 타국으로 보내버린 그들의 생물학적 친부(親父).

둘을 병원 안으로 들여보내고 나니 남은 사람은 마땅히 할 일이 없었다. 운전하느라 피곤했던 기철 씨는 차에서 모자란 잠을 보충하겠다고 했고 나는 주변을 걸어보기로 했다.

장기 입원 환자가 많은 병원의 특성 때문인지 산책로가 꽤 잘 조성
돼 있었다. 길에서 숙성이 잘된 와인에서 나는 진한 오크 향이 난다. 뜻
밖에 머리가 맑아지는 기분이다.

7, 80년대를 풍미한 전설의 록 그룹 태백산맥은 듣는 이의 가슴을 후
비는 히트곡이 많기로 유명하다. 거기에 또 하나, 멤버들의 사건 사고
로도 유명세를 떨쳤다.

폭행 시비와 음주운전, 마약 사건까지 불미스러운 일에는 항상 이름
을 올려 아홉 시 뉴스에도 꽤나 오르내렸었다. 그룹의 리더이자 기타
리스트인 장현식은 강렬한 카리스마의 소유자임과 동시에 태백산맥의
전곡을 직접 작곡할 정도로 천재 뮤지션이었다. 그러나 마약 앞에선
속수무책인 나약한 인간일 뿐이었다. 그가 감옥을 오갈 때마다 언론에
서는 공포의 백색 가루가 한국 정통 록의 맥을 끊어놓았다며 소란을
피워댔다. 그러나 아쉬움도 잠시, 장현식과 태백산맥은 그렇게 서서히
대중에게 잊혀졌다.

몇 년 전 한 여성잡지에서 스치듯 읽은 기사가 생각났다.

장현식이 지방에 있는 한 마약중독 전문병원에서 치료 중이란 기사
였다. 그의 재기를 기다리는 음악인들이 더러 그를 찾아가 곡을 의뢰
하기도 했지만 오랫동안 약물에 찌든 심신은 이미 회복 불가라고 했다.

장현식, 바로 제이와 루이의 친부. 비운의 천재 뮤지션. 지난 수십 년
간 입, 퇴원을 반복하며 이 병원에 3년째 장기 입원치료 중인 약물중독

자. 이게 바로 그의 현주소다. 장현식이란 한 가지에서 난 둘은 지금 그 노목 앞에 나란히 서 있을 것이다.

굳이 그 옆에 있지 않아도 느낄 수 있다. 그들이 느끼고 있을 분노와 절망, 그리고 가슴을 후비며 난도질하는 연민. 서서히 바스락거리며 말라가는 한 인간의 쇠락(衰落)을 바라보는 것만큼 고통스러운 일도 없을 것이다.

그들 부자 사이의 심연을 건너는 데는 꽤 오랜 시간이 걸릴 것이다. 어쩌면 영영 불가능할지도 모를 일이다. 그러나 반드시 거쳐야 할 과정이기에 감내키로 한 둘의 용기에 응원을 보낸다.

축축한 산책로를 독점한 채 걷고 나니 아까 가졌던 후회의 감정 따위는 사라지고 없다. 오직 이 순간 그들과 함께할 수 있음이 다행스럽게 느껴진다.

지난 주말 동안 하늘에서 다이어트 천사가 강림해 지방덩이를 날름 삼켜버리기라도 한 걸까. 놀라운 일이 벌어졌다. 그동안 조 피디의 복부에 묵직하게 자리 잡고 있던 뱃살이 눈에 띄게 줄었다.

불과 몇 주 전까지만 하더라도 마치 만삭의 산모 같던 배가 지금은 막 출산을 끝내서 탄력 없이 꺼진 듯 쏘옥 들어갔다.

– 언니, 모르세요? 요즘 조 피디님 라디오국에서 다이어트 종결자로 불려요.

유리 말을 듣고 보니 내가 요즘 그에게 어지간히 무신경했다는 생각이 들었다. 그치만 그게 어디 나만의 문제인가. 곰곰이 생각해보니 그 역시 요즘 뭐가 바쁜지 우리 작가들에게 시큰둥하지 않았는가 말이다. 설마 그새 또 새로운 짝사랑을 시작한 걸까?

  - 조 피디님 혹시, 연애하세요?

  내 질문에 조 피디가 꽤나 진지한 표정으로 말했다.

  - 한 작가. 내가 좋아하는 미드 중에 〈위기의 주부들〉이라고 있거든. 그 드라마를 딱 한 줄로 요약하면 뭔 줄 알아? '누구에게나 비밀은 있다!' 그러니까 파고들지 마. 다쳐~ 오케이?

  순간 유리와 나의 눈이 동시에 마주쳤다. 이렇게 당당하고 확신에 찬 조 피디는 처음이다.

  그는 난생 처음, 진짜 연애를 하고 있는 게 분명했다.

  조 피디의 비밀을 밝히는 데는 그리 오래 걸리지 않았다.

  은밀한 것을 원했다면 그는 좀 더 주도면밀해야 했다. 아니면, 최소한 그곳이 내 오랜 아지트라는 정도는 알아뒀든지.

  점심 먹고 들른 음반자료실. 참 오랜만이다. 내가 좋아하는 앨범들과 함께 예전 추억을 떠올리며 남은 점심시간을 평화롭게 보내고 싶었던 나의 야무진 계획은 곧 깨져버렸다.

  팝 코너를 지나 7080 가요 코너 쪽으로 가려는 순간 한쪽 구석에서 낯선 소리가 들려왔다. 낮은 신음소리 같기도 했다. 소리를 따라 천천히 다가 간 그곳에서 나는 그만 두 다리가 얼어붙어 버렸다. 가쁜 숨소리를 내며 격렬하게 키스 중인 두 영혼을 발견하고야 말았기 때문이다.

조 피디와 이민정.

두 사람은 내가 온 것도 모르고 여전히 본연의 임무에 열중하고 있었다. 나는 다리가 굳어버려 미처 도망도 못 가고 그렇게 30초는 정지해 있었던 것 같다.

그 짧고도 긴 시간 동안 내 눈앞에선 심야의 케이블 방송에나 나올 법한 장면들이 연출됐다. 무리한 다이어트로 체력이 달릴 텐데 조 피디의 저 왕성한 에너지는 어디서 나오는 걸까 싶은 생각마저 들었다. 그보다 더 놀라운 건 조 피디의 반응이었다. 먼저 날 발견한 민정이 놀라서 밀착된 입술을 떼고 몸을 밀어내자 조 피디가 뒤에 서 있는 나를 봤다. 그러더니 당황하기는커녕 제 손으로 천천히 민정의 입술에 묻은 타액을 닦아주는 여유로움까지 보이는 게 아닌가. 그리고 여전히 민정의 한쪽 가슴 위에 얹어져 있던 손을 쓰윽 내리며 귀찮다는 투로 말했다.

– 여긴 어쩐 일이야! 원고 안 쓰나?

이건 마치 내가 불시에 그들의 호텔방이라도 침략한 말투다. 조 피디님, 여긴 러브호텔이 아니라 방송국 음반자료실이라구요, 라고 해봤자 이상한 사람 취급당하는 건 내 쪽일 게 뻔했다. 나는 최대한 침착하게 말했다.

– 찾아볼 CD가 있어서요. 저 신경 쓰지 말고 하시던 거 계속 쭉 하세요.

이 상황 앞에 당당할 수 있는 건 그들이지 내가 아니다. 그들은 사랑을 나누는 연인이었고 나는 귀찮은 훼방꾼이요, 당장 꺼져버렸으면 싶은 불청객에 불과했다. 도망치듯 그곳을 빠져나오면서 혹여 또 다른 방해꾼이 생길지 모르니 문 앞에 '출입금지' 메모라도 붙여놔야 하는 건 아닐까 싶었다.

왜 하필이면 내가 그들 연애의 최초목격자가 돼버린 걸까.

음반자료실 문에 기대고 서서 내 입술에 가만히 손가락을 가져가 댔다. 바싹 말라 있는 입술 표면이 간질거린다. 매일같이 밥을 먹고, 양치질을 하고, 커피를 마시고, 대화를 하는 내 입술.

문득 키스를 해본 지가 언젠지 까마득하단 생각이 들었다.

－조 피디님 요즘 진짜 이상해요! 나가셨다 하면 항상 핸드폰이 꺼져 있어요.

유리가 나를 보더니 볼멘소리를 한다. 조 피디에게 급하게 보고할 일이 생긴 모양이었다.

유리는 다시 책상 위에 놓인 유선전화 수화기를 들어 재발신 버튼을 누른다. 나도 모르게 얼른 수화기를 뺏어든다. 유리가 눈이 휘둥그레져 쳐다본다.

－조 피디님. 지금 많이 바쁘셔.

－언닌 알아요? 뭐하시는데요? 다음 주 초대석 게스트가 스케줄이 안 될 거 같대서 급하단 말예요!

뭐라고 설명을 해야 할지 난감했다. 그때 뒤에서 조 피디 목소리가 들렸다.

─ 유리 작가, 나 찾았어?

그새 볼일이 다 끝난 모양이다.

─ 조 피디님! 어디 가셨었어요! 다음 주 금요일 초대석에 픽스됐던 게스트가요……

나는 유리가 조 피디에게 설명을 하는 동안 그 옆에 손님처럼 어정 쩡하게 서 있었다.

그때 조 피디가 내 쪽으로 고개를 돌리더니 말했다.

─ 아 참, 1층 카페에서 누가 한 작가 기다리고 있던데.

─ 네? 아, 네……

좀 전의 장면들이 떠올라 괜시리 얼굴이 화끈거렸다.

예상대로 날 기다리고 있는 건 민정이었다.

민정은 아무 말 없이 카운터로 가서 두 잔의 음료를 가져왔다. 그러 고는 내 앞으로 아이스 아메리카노 한 잔을 내밀었다.

내 몫의 컵을 들고 입으로 가져가다가 무심코 민정 앞에 놓인 컵을 보고 의아한 생각이 들었다. 대부분 작가들이 그렇듯 커피홀릭인 민정 의 앞에는 더블 샷 에스프레소가 놓여 있어야 한다. 그런데 지금 그녀 앞에 놓인 건 낯선 노란색 주스다.

이상한 건 그뿐만이 아니다. 중요한 얘기를 꺼내기 전 늘 그렇듯 주 머니에서 휴대용 향수를 꺼내 두어 번 칙칙 뿌려대는 그녀. 방금도 주 머니에서 휴대용 향수를 꺼내더니 멈칫하고 도로 집어넣었다.

그렇다면, 설마!

지금 내 머릿속은 그동안 드라마를 통해 수없이 반복학습해온 장면들과 좀 전에 음반자료실에서 본 모습이 뒤엉켰다. 예상대로라면 민정은 잠시 후, 우웩- 하는 소리와 함께 입을 틀어막고 화장실로 달려가야만 한다. 눈치 빠른 민정은 내 머릿속 말풍선을 보기라도 한 듯 멋쩍은 미소를 지었다.

– 니가 생각하는 게 맞아. 오빠가 결혼하재. 주경아, 축하해줘. 아니, 맘껏 부러워해주라! 호호호.

맙소사! 숫총각 조 피디와 연애의 달인 이민정의 결혼이라니!

게다가 민정은 나의 질투 어린 시선마저 즐기고픈 여자들의 속된 욕망을 숨기지 않았다.

역시 그녀는 진정 민정스럽다.

그리고 줄줄 이어진 그녀의 말에 의하면 조 피디는 누구보다 준비된 신랑감이었다. 태생부터 외로운 싱글이었던 그는 주말마다 섭렵한 〈섹스 앤 더 시티〉나 〈가십걸〉, 〈위기의 주부들〉 같은 미드 덕에 여자들의 심리를 귀신같이 꿰고 있다는 것이다.

– 실전 경험이 부족해도 워낙 이론이 빠삭하니까 금세 진도를 따라오더라구.

마치 머리는 좋은데 공부를 못하는 아이를 둔 학부형 같은 말투였다.

실제로 헬스클럽에서 우연히 마주친 날 간단한 인사만 하고 서둘러 자리를 뜨려는 민정을 붙잡은 건 조 피디가 꺼낸 드라마 얘기였다. 마침 〈위기의 주부들〉에 빠져 있던 민정이 신나서 맞장구를 쳤고 대화 코드가 맞은 둘은 바로 술집으로 자리를 옮겨 밤새 드라마 속 캐릭터에 대한 이야기를 나눴다. 그리고 내친 김에 서로의 입술도 나눴다고 한다.

어디선가 5분 동안의 키스는 5킬로칼로리를 소모시킨다는 기사를 읽은 기억이 났다. 다이어트에 성공한 조 피디는 대체 얼마 동안이나 키스를 한 걸까.

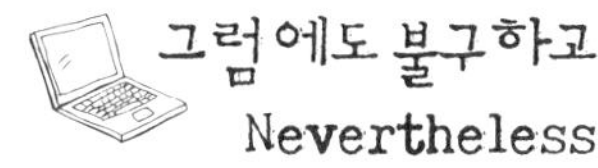

다시 개편 철이 다가왔다. 소리 없는 전쟁이 시작된 거다.

언제나처럼 정식 개편까지는 3주가 남았지만 대부분의 프로그램은 라인업이 끝난 상황이다.

라디오국은 온통 어떤 디제이가 갈린다더라, 어떤 프로그램이 폐지된다더라…… 하는 억측과 추측이 난무하고 있었다.

이번 개편에서 가장 반가운 얼굴은 단연 P 언니다. 라디오국 싱글들의 멘토 P 언니가 다시 디제이로 복귀하기로 한 것이다. 역시 그녀를 대신할 만한 디제이는 흔치 않다는 사실을 윗분들이 깨달은 탓이다. 6개월 만에 화장실에서 마주친 언니 얼굴엔 예전처럼 생기가 돌고 에너지가 넘쳐 보였다.

– 오! 주경 작가, 오랜만이야. 안녕?

역시 P 언니는 그대로다. 단 6개월이 지났을 뿐인데 몇 년은 못 본 사이처럼 반가운 마음이 앞섰다.

– 와~ 언니 피부 좀 봐. 반질반질 윤이 나는데요. 이 꿀피부, 비결이 뭐예요?

– 호호~ 그래? 다시 라디오 복귀하니까 나름대로 신경 좀 썼지. 진짜 비결이 궁금해?

끄덕이는 내게 다가온 언니는 귓속말로 조용히 속삭였다.

– 자기만 알고 있어. 비싼 화장품과 주사.

언니는 하하하 호탕하게 웃으며, 원하면 다니는 병원을 소개해주겠다는 말도 잊지 않았다.

역시 쏘 쿨한 P 언니다.

밤 아홉 시가 조금 안 된 시간. 우리 팀은 생방을 앞두고 라운지에 앉아 간식을 먹고 있었다. 오늘의 메뉴는 여의도백화점 진주집의 콩국수와 비빔국수다.

– 역시 콩국수는 우리 콩으로 제대로 갈아야 돼요!

유리가 입가에 진한 콩 국물을 묻힌 채 말했다. 진주집의 진한 두유 같은 콩 국물도 최고지만 비빔국수의 매콤새콤달콤한 양념 역시 으뜸이다. 거기에 사각대는 식감의 겉절이 맛은, 아 말을 말자. 다만 국수치

고 비싼 가격이 불만이라면 불만이지만 땅값 비싼 여의도에서 임대료
를 내려면 어쩔 수 없을 것이다.

그런데 조 피디는 이런 훌륭한 음식을 앞에 두고 고사를 지내고 있
다. 이건 맛있는 음식에 대한 기본적인 예의가 아니다.

– 얼른 드세요. 면 불어요.

나는 조 피디에게 나무젓가락을 쪼개 내밀었다. 말없이 젓가락을 받
아들고 국수를 한 젓가락 입에 넣던 조 피디가 혼잣말로 중얼거렸다.

– 우리 토깽이도 여기 비빔국수 땡긴댔는데.

– 토깽이? 요즘 조 피디님 토끼 키우세요?

유리의 해맑은 질문에 조 피디는 입맛을 잃은 듯이 젓가락을 내려놓
았다.

그리고 마치 선전포고라도 하는 듯 비장한 표정으로 말했다.

– 나 내년 봄에 아빠 된대. 쌍둥이 아빠. 나 너무 행복해! 흑흑흑.

그러더니 그는 스스로 생각해도 감격스러운지 울먹이기 시작했다.
이래서야 어떻게 그 고단하다는 쌍둥이 아빠 노릇을 할지 벌써부터 걱
정이다. 그러더니 잠시 후 울음을 뚝 그치고서 착한 아이처럼 해맑은
표정으로 이렇게 말했다.

– 정말 딱 한 번 했는데 임신된 거 있지! 그래서 태명은 한 방이 원,
투야. 하하하.

'헉. 누가 그걸 물었나요?' 조 피디를 보는 유리의 표정이 딱 그랬다.

단 한 번의 섹스로 수정된 아기라 한 방이면 두 번이면 두 방이라 지

어야 하나. 그럼 열 번, 백 번째에 수정된 아기들의 태명은? 아가야, 넌
아빠엄마가 딱 열일곱 번 해서 수정됐단다. 넌 스물세 번 만에 만들어
졌구. 이렇게 속삭일 것만 같은 조 피디를 바라보며 괜히 우스운 생각
이 들었다.

　언젠가는 아름다운 노랫말을 쓰고 싶다고 생각해왔다.
　두 시간짜리 영화보다, 70분짜리 드라마보다 단 3분의 노래가 주는
감동의 위대함을 알고 있기 때문이다. 일하다가 가수들을 만나면서 단
지 작가라는 이유로 몇 번의 작사 의뢰를 받은 적도 있다. 하지만 3분
이란 시간을 채운다는 것은 두 시간짜리 생방 원고보다 더 어렵게만
느껴져 정중히 거절했었다. 대중가요 작사란 그 어떤 시보다 압축과
절제, 그리고 세련미가 녹아들어야만 한다고 생각했기 때문이다.
　그러나 이번만큼은 거절할 수 없었다. 바로 루이의 부탁이었기 때문
이다.
　생방이 끝난 후 작가실에 앉은 나는 아까부터 노트북 속의 반짝이는
커서만 노려보며 한숨을 쉬고 있다. 태백산맥의 기타리스트이자 천재
작곡가 장현식의 곡을 재해석해보자고 한 건 루이의 제안이었다. 청주
에서 아버지를 만나고 온 뒤 루이는 한동안 태백산맥 1집부터 10집까
지, 정규앨범부터 라이브앨범까지 모조리 섭렵했다.
　그러고 나서 태백산맥의 진짜 팬이 되었다. 혹여 아버지와의 만남 후
안 좋은 영향을 받을까 조마조마했던 제이와 나는 한숨을 돌릴 수 있

었다.

— 나, 불러보고 싶어졌어. 아버지 노래를.

특히 루이는 태백산맥의 히트곡 중 하나인 〈재회〉를 맘에 들어 했다. 그러나 정통 록의 색을 띤 〈재회〉를 루이에 맞게 좀 더 소프트한 록 발라드 형식으로 편곡하는 게 필요했다.

— 편곡은 제이가 할 거고. 가사도 좀 거친 면이 있으니까 내 느낌이 묻어나게 당신이 맡아서 해줘. 그래도 명색이 작간데 잘할 수 있지?

내가 전설적인 록 그룹 태백산맥의 곡을 재해석하다니 꿈만 같은 일이 벌어진 거다. 그러나 예상대로 쉬운 작업은 아니었다. 모르긴 몰라도 처음부터 새로운 노랫말을 쓰는 것보다 기존의 가사를 약간 수정하는 게 훨씬 더 힘든 작업이었다.

그때 노트북 옆에 있던 핸드폰이 울렸다. 제이다.

— 작업, 잘돼요? 이상하게 난 생각만큼 안 되네요. 머리가 굳었나. 큭.

— 나두 그래요. 고민하던 중이었어요.

— 그럼 같이 맞춰볼래요? 아, 주경 씨가 괜찮다면요……

제이가 내 대답을 기다리며 긴장하는 게 느껴졌다.

— 아무래도 부담스러운 시간이죠……

왜 그랬을까. 난 순간의 망설임도 없이 그리로 가겠노라고 말해버렸다.

마치 지금까지 얌전히 앉아 그의 전화를 기다리고 있던 사람처럼 말이다.

방음 장치까지 돼 있는 그의 방은 늦은 밤 작업하기 최적의 장소였다.

　제이는 우선 작업이 끝난 일부분만 건반으로 연주하기 시작했다. 그의 목소리가 덧입혀졌기 때문일까. 내가 예상했던 것보다 훨씬 근사하게 들린다.

　기억하니
　어색하고 서툴렀던 우리의 첫 입맞춤
　떨리던 너와 나의 심장이 하나 되던
　그 기적의 순간을

　어느새 시간은 우릴 이곳으로 데려다 놓았나
　어느새 우린 이렇게 먼 길을 걸어왔나
　나 단 한 번도 잊은 적 없어
　간절했던 너와 나 하나의 맹세
　저 푸른 시간의 바다를 건너 달려갈 거야

　한 번 맞춰본 제이는 가사가 마음에 든 눈치다. 안심이 됐다.
　제이가 가져온 와인을 보고 있으니 새삼스레 예전 기억이 떠오른다. 오늘 그가 날 부른 건 순전히 일 때문인데. 그래, 우린 함께 작업하는 파트너일 뿐이다.
　― 그날 함께 청주에 가준 거 고마웠어요.
　제이가 시선을 악보에 고정한 채 말을 꺼냈다.

— 난 그동안 아버지란 사람을 의식하지 않으려고 발버둥치면서도 결국 그 안에서 벗어나지 못한 채 살고 있었어요. 아버지처럼 살지 않겠다, 자기가 사랑한 여자와 아이조차 책임지지 못할 짓은 않겠다는 강박에 사로잡혀 날 칭칭 옭아매며 살았던 거예요. 그게 날 더 괴롭힌다는 것도 모른 채요.

— ……

— 앞으론 그렇게 살지 않을 거예요. 내 맘이 시키는 대로 살 거예요. 억지로 누르지 않고, 참지 않고…… 그날 아버지를 만나고 알았어요. 나, 괜찮게 살아낼 자신 있어요.

그는 날 보며 아이 같은 미소를 지었다. 그 때문이었을까. 난 또 꺼내지 않아도 될 말을 내뱉고야 말았다.

— 나도 할 말 있어요. 파리에서 일, 그동안 오해했던 거…… 내내 맘에 걸렸어요. 미안해요.

맙소사. 이 시간, 이 분위기에서 얼마나 쌩뚱맞은 말인가. 과거에 매달린 채 미련 짓고 있는 한심한 여자의 모습 따위를 보이고 싶었던 게 아니다.

— 아뇨. 미안해할 거 없어요.

— ……

— 그렇게 오해해줘서 다행이다 생각했어요. 만약 날 원망하지 않았다면……

제이는 잠시 말을 멈추더니 숨을 깊이 내쉬었다. 그러고는 먹먹한 눈빛으로 날 보며 말을 이었다.

– 기억에서 날 아주 지워버렸을지도 모르잖아요. 그럼 난 이미 주경 씨 과거 속 유령이 돼버렸을 테죠.

이런 말을 하는 의도가 잘 읽히지 않는다. 설마…… 그 역시 날 잊지 않고 있었단 걸까.

그가 다시 한 번 나를 바라보며 또박또박 분명하게 말했다.

– 당신에게 잊혀질 바에야, 미움으로라도 기억되었던 편이 나으니까요.

쿵. 다시 한 번 심장이 덜컥 내려앉는 소리가 들린다.

분명 제이에게도 이 소리가 전달됐을 거다. 나를 보는 그의 눈동자가 떨려오고 있다.

뚫어질 듯 강렬하게 날 보는 제이 때문에 가슴이 터져버릴 것만 같다.

그가 천천히 내 쪽으로 다가온다. 그리고 곧 내 공기 안으로 그가 흡수되기 시작한다. 공기에서 그의 향이 난다.

그의 입술이 내게 와 앉더니 작은 춤을 추기 시작한다. 방금 전 한 모금 마신 와인 맛이 느껴지는 입술과 혀의 돌기들이 천천히 날 간질인다. 춤사위는 점점 더 강렬해진다.

순간, 내 정수리 쪽으로 만 볼트짜리 전류가 몰리는 느낌이다.

키스가 이렇게 부드럽고 황홀한 행위였나? 그럼 옛 남친들과의 그건 다 뭐란 말인가!

이 와중에 아침에 샤워하면서 겨드랑이와 종아리를 꼼꼼히 제모한 사실이 떠올랐다. 만약 그러지 않았다면…… 상상도 하기 싫다! 역시 순간의 선택이 평생을 좌우하는 법이다.

제이의 섬세한 손가락은 이내 내 목과 어깨를 어루만지기 시작한다. 그의 부드러운 손길은 조금씩 아래로 향한다. 경직됐던 내 몸은 이내 온 힘이 빠져버린다.

그만 정신이 아득해진다.

얼마쯤의 시간이 흐른 걸까.

침대에서 눈떴을 때, 얇은 커튼 밖으로 어슴푸레 동이 터오는 게 보였다. 내 쪽으로 몸을 돌린 채 아직 잠든 제이가 보인다.

남자에게 이런 표현이 적합할진 모르겠지만 제이는 정말 아.름.답.다. 마치 고대 그리스의 조각상처럼 적당히 붙은 근육과 매끈한 피부와 탄탄한 엉덩이, 그리고 그림처럼 자리 잡은 눈, 코, 입까지.

기다랗게 위로 말린 그의 속눈썹 위에 가볍게 입을 맞춘다.

우린 지난 밤새 서로의 몸 구석구석을 탐색했다. 그가 내 위에서, 그리고 내가 그의 위에서. 때로는 대입시험을 치르듯 진지했고 때로는 소꿉장난을 하듯 개구진 두 남녀였다.

내가 그러했듯 분명 그 역시 나의 색다른 모습에 놀란 게 분명해 보였다. 그건 기분 좋은 낯섦이었다.

서로의 뜨거운 몸이 하나가 된 절정의 순간 그의 흐느낌을 들었다. 난 순간 내 귀를 의심했다. 그러나 분명 그건 심장에서부터 전달돼 그의 입을 통해 나오는 진실된 소리였다. 그 소리에 더 흥분된 나는 더욱 세게 그를 안았다. 그때를 떠올리니 다시 피가 뜨거워지는 기분이다.

그러나 오늘은 오전부터 개편 회의가 있는 날. 집에 가 출근 준비를 하려면 서둘러야 한다.

〈루이의 뮤직 인 헤븐〉이 SBC 라디오의 간판 프로가 된 만큼 이번 개편에선 더 빵빵한 고정 게스트를 채워넣으라는 국장님의 특별지시가 있었다. 까다로운 A급 게스트를 섭외할 생각에 벌써부터 머리가 지끈댄다. 그가 깨지 않도록 살금살금 침대에서 일어나는데 그가 뒤에서 내 손목을 덥석 잡았다.

— 어딜 가요!

잠이 덜 깬 남자 목소리가 이렇게 섹시한 느낌이라니!

— 잘 잤어요—

아뿔싸! 아침이라 잠겨버린 내 목에서는 거친 쇳소리가 난다(전문용어로 뻑사리다).

애써 창피함을 감추고, 내 손목을 잡고 있는 그의 손을 살며시 풀며 말했다.

— 오전에 개편 회의가 있어요.

— 안 돼요. 아직은 못 가요!

그가 벌떡 일어나 침대에 앉은 내 어깨를 확 낚아챘다. 그렇게 우린 다시 침대로 쓰러졌다.

어쩌면 침대 위가 아니라 절절 끓어넘치는 용광로 속이라도 기꺼이 함께 뛰어들었을지 모른다.

내 가슴 위로 그의 부드러운 입술이 느껴지자 예민한 피부들이 반응을 시작한다. 곧 그의 따뜻한 체온이 내 몸 안으로 밀려든다.

지금 이 순간, 떠오르는 태양을 다시 바다 깊숙이 가라앉힐 수만 있다면 그게 무엇이든 다 할 수 있을 것만 같다.

개편이 전쟁이라면, 섭외는 눈물나게 끈질긴 구애작전이다.

라디오가 TV에 비해 파급 효과가 약하다며 출연을 꺼리는 일부 스타급 연예인들 때문에 피가 바짝바짝 마른다.

요즘 가장 핫한 신세대 배우 R은 새 영화 촬영 때문에 안 되고, 깜찍한 외모로 광고계에서 상종가를 치는 모델 S 양은 드라마가 하고 싶어 연기수업에만 전념하겠단다. 자꾸 안 된다는 연락만 오니 답답하고 울렁증이 치민다. 솔직히 매니저들의 거절 전화를 받으면 과거 남친들에게 일방적인 결별 통보를 받았을 때보다 더 속이 아프다.

좀 전엔 며칠 전만 해도 꽤 희망적인 답변을 해줬던 걸 그룹 비너스의 리더 K 양 매니저의 최종 거절 통보를 받았다. 최근 여신급 미모로 추앙받는 걸 그룹 비너스의 K 양의 이유인즉 홍콩과 일본을 자주 오가는 스케줄 때문에 고정은 무리라는 것이었다. 한숨 쉬며 연예인 연락처가 입력된 파일을 뒤적이고 있는 내게 유리가 다가와 속삭였다.

– 언니, 비너스 매니저 말 완전 뻥이에요. 믿지 마세요!

– 무슨 말이야?

─ K가 얼마 전에 루이한테 대시했다가 차였대요. 그래서 그래요!

─ 뭐? 정말?

─ 저 다니는 미용실에 비너스 멤버들 다니거든요. 어제 미용실 갔는데 거기 스텝이 그러더라고요. K가 그룹 빅토리 리더 P랑 사귀다가 차버리고 루이한테 대시했는데 루이가 거들떠도 안 보는 바람에 자존심이 너덜너덜해졌대요.

K가 순진무구해 보이는 외모와 달리 화려한 남성편력을 자랑한다는 소문은 들었지만 루이에게 대시했었다는 건 뜻밖이다. 게다가 K보다 다섯 살 어린 신인 아이돌 그룹 빅토리의 P와 사귀고 있었다고? 그러나 청담동 미용실에서 흘러나온 말이라면 99% 신뢰할 만한 정보일 것이다.

루이가 내게 공개 프러포즈를 한 이후, 평소 루이를 맘에 두고 있던 여자 연예인들의 대시가 줄을 이었다는 소문이 거짓이 아니었나 보다. 어쩌면 그녀들은 나같이 별볼일 없는 평범녀가 경쟁자라면 충분히 해볼 만한 게임이란 생각을 했을지도 모른다. 갑자기 카카오 함량 99% 짜리 다크초콜릿을 입에 가득 문 것처럼 씁쓰레한 기분이 밀려든다.

"당신이 내게 선택된 건 로또 1등에 두 번 연속 당첨되는 것보다 어려운 확률이라구. 후회되면 지금이라도 나한테 오든가. 특별히 옛정을 생각해서 받아줄게"라며 며칠 전 내 앞에서 까불던 루이가 떠오른다.

태백산맥의 〈재회〉를 리메이크한 〈재회2〉는 발표와 동시에 핫이슈로 떠올랐다.

장현식 부자에 대한 사람들의 관심은 예상 밖이었다. 기존의 루이 팬들은 물론 예전에 태백산맥을 사랑했던 세대들까지 그의 새로운 팬 층이 되었다.

〈재회2〉는 발표 2주 만에 공중파 방송 3사의 음악 순위 프로그램에서 1위를 했고 각종 음원차트 1위까지 석권했다. 이보다 완벽할 순 없었다.

월요일 밤, 우린 생방을 끝내고 이차호프에 모여 루이의 1위를 축하하는 시간을 가졌다.

오랜만에 모두가 즐겁게 마시고 웃고 떠들다가 노래방으로 자릴 옮겨 루이 노래를 제대로 들어보자는 분위기였다. 누군가가 루이에게 만약 100점이 안 나오면 1위 물러야 한다며 놀리고 있을 때, 매니저가 심각한 표정으로 들어와 그에게 핸드폰을 건넸다.

전화를 받은 루이의 표정이 순식간에 흑빛으로 변했다. 그리고 잠시 후 전화를 끊고는 우릴 향해 이렇게 중얼거렸다.

– 아버지가…… 돌아가셨어.

사인은 급성 심장마비. 오랜 약물중독으로 인한 후유증이었다.

병원 측에 의하면 장현식은 어제 루이가 〈인기가요 10〉에 나와 〈재회2〉를 부르는 모습에 하염없이 눈물을 흘렸다고 한다. 오랜 병상생활로 쇠약해질 대로 쇠약해진 몸은 마지막으로 자신이 만든 곡을 부르는 아들의 모습을 보고 나서야 눈을 감을 수 있었던 걸까. 어쩌면 그간 안간힘으로 버텨왔는지도 모른다.

루이는 그 자리에 털썩 주저앉았다. 키만 훌쩍 자란 일곱 살 소년 같은 그의 어깨가 아프게 들썩인다. 어떤 어설픈 위로도 건넬 수 없었다.

〈재회2〉는 천재 기타리스트이자 작곡자였던 장현식이 아들에게 남기고 간 유일한 선물이 되었다.

형제가 아버지의 빈소를 지키는 사흘간 임시 디제이가 자리를 맡았다. 잠시 동안이었지만 주인이 자리를 비운 스튜디오는 어둡고 썰렁하기만 했다.

어느새 이곳은, 루이의 자리였다.

가을 개편을 나흘 앞둔 목요일 오후. 제이가 예고도 없이 방송국에 찾아왔다.

그는 뜻밖에도 이번 개편부터 '영화 음악의 이해'를 그만두겠다는 의사를 밝혔다.

코너 하나가 제대로 자리 잡기까지 디제이와 게스트, 스텝이 삼위일체 되어 꽤 많은 공을 들여야 한다. 그렇기 때문에 이미 안정권에 들어선 코너를 버린다는 건 모두에게 꽤나 아까운 일이 아닐 수 없다. 유독 제이 코너에 애착을 가졌던 조 피디는 몇 번이나 협박에 가까운 설득을 했다. 그러나 그의 결심은 이미 굳어진 뒤였다. 결국, 언제 꼭 다시 뭉쳐 방송하자는 다짐을 받고서야 조 피디는 제이를 놔줬다.

"커피 한잔 할래요"라는 그의 말에 우린 방송국 앞 카페로 갔다. 사람들이 꽤 붐비는 카페 입구 쪽에 겨우 자릴 잡고 앉았다. 연속적으로 사람들이 들고 날 때마다 시린 가을 공기가 스민다.

그와 단둘이 마주한 건, 지난번 그의 집에서의 '사건' 이후 처음이었다. 우리, 왜 그랬을까. 그 뒤 과거의 모든 오해들은 다 잊기로 하고 오늘부터 다시 시작!을 외치며 산뜻한 새 출발을 해야 했던 건 아닐까. 하지만 이제 안다. 한 번 잤다고 해서 관계에 급변화가 생기리라 믿는 건 완벽한 착각이다.

7년 전, 모든 게 서툴렀던 나와 지금의 나는 다르다. 그 역시 마찬가지일 것이다.

장례를 치르느라 많이 고됐던 걸까. 부쩍 수척해진 그의 얼굴을 마주하고 있자니 맘이 좋지 않다. 우린 그저 형식적인 안부 몇 마디를 주고받았다. 주문한 뜨거운 커피는 이미 식어버렸다.

굳이 안녕을 말하지 않아도 알 수 있었다. 그가 나를 마지막으로 보러 왔다는 사실을.

어색한 인사도 필요 없고 미련 남은 눈빛이 머물 자리도 필요 없는 담백한 순간.

지금 우린 꽤 어른스러운 이별 중이다.

이 세상에 엄마 결혼식에 하객으로 참석하는 딸은 몇이나 될까(혼수로 데려가는 태아의 형태가 아닌, 온전한 성인 모습의 딸로서 말이다).

또래 여자들이 친구 결혼식에 가거나 선을 보는 주말 오후, 난 엄마의 결혼식에 간다. 엄마의 두 번째 결혼은 소규모 하우스 웨딩으로 진행됐다.

– 얘. 나 어찌나 떨리는지 한숨도 못 잔 거 있지! 메이크업 어때? 들뜨지 않았니?

엄마는 마치 20대의 신부처럼 상기된 표정이었다.

엄마보다 어린 신랑의 하얀 턱시도와 홀 전체를 가득 메운 생화 장식까지 최고급으로 꾸며진 식장은 마치 외국 영화의 한 장면처럼 세련됐다. TV나 잡지에서 본 적 있는 재벌가의 며느리들과 연예인들의 얼굴도 보인다. 그러다가 우연히 멀찍이 서 있는 김윤아와 눈이 마주쳤다. 여전히 아름다운 그녀는 내게 고개를 까딱하며 가벼운 눈인사를 건넸다. 나 역시 그녀에게 눈으로 인사를 했다. 순간 그녀의 결혼식에 참석하지 못한 게 생각났지만 다가가 뒤늦은 축하인사를 건넬 수는 없었다. 갑자기 내 친구 클레이 생각에 목이 뜨거워졌다.

그녀는 구현승에 대해 어디까지 알고 있을까.

그리고 구현승은 김윤아에 대해 얼마나 알고 있을까.

아니, 어쩌면 이미 모든 걸 알고 있을지도 모를 일이다. 그러나 그들에게 그런 것 따윈 아무 상관없을 것이다. 어차피 달라지는 건 아무것도 없을 테니까. 김윤아, 그녀에게서 눈에 보이진 않지만 우리는 잘 모르는 그들 세계의 높고 두터운 외벽이 느껴진다. 다른 이들의 편입을 쉽게 허락지 않는 벽. 클레이가 결국 넘지 못한 그 벽 말이다.

애써 그녀 반대쪽으로 고개를 돌렸다. 수많은 화환들 중 유독 하나에

눈길이 갔다.

청보랏빛 라일락으로 만든 커다란 화환.

제철도 아닌 라일락으로 이렇게 큰 화환을 만들 생각을 하다니 놀랍다. 라일락은 엄마가 제일 좋아하던 꽃이다. 화환에는 보통 보낸 이의 이름이 큼지막하게 붙어 있기 마련인데 커다란 리본엔 이름 대신 '결혼을 축하하오. 부디 행복하길'이라고 쓰여 있다.

나는 보낸 사람이 누군지 짐작할 수 있었다.

내가 여섯 살 때 엄마가 떠나고 난 후 한동안 우리 집 식탁 위엔 라일락이 자리하고 있었다. 아빠는 술을 조금 드신 날이면 어김없이 라일락 한 다발을 가슴에 품고 들어오시곤 했다. 제철인 봄이면 우리 집 거실은 라일락 향으로 가득할 정도였다.

어린 나는 그 꽃이 엄마라고 생각했다. 어느 날 맘먹고 식물도감을 뒤져 찾아본 라일락의 꽃말은 '젊은 날의 추억'이었다.

오늘 아빠는 이 화환을 보내면서 과거의 엄마에게 화해를 청한 것일까. 지금의 나만큼 젊었을 아빠와 엄마의 뾰족했던 지난날과의 화해, 돌이키진 못하지만 돌아볼 수는 있는 수많은 추억들과의 화해.

우리 아빠가 오늘처럼 근사해 보인 적이 없다.

다시 *D-1*

가을 개편을 하루 앞둔 날이다. 국장님은 아침부터 우리 팀을 국장실로 부르셨다.

- 느이들 덕분에 이번 청취율 조사 1위 한 거 알제! 이쁜 내 새끼들! 방송 만드느라 고생 많았데이! 뭐 먹고 싶나? 오늘 한우 꽃등심으로 실컷 먹어봐라~

국장님은 지갑 안쪽에서 법인카드를 척- 꺼내 조 피디에게 건네셨다. 지난 학기 축 늘어져 있던 국장님 어깨가 다시 활짝 펴져 다행이란 생각이 들었다.

개편을 하루 앞둔 긴장 때문인지 오늘 방송이 더 후딱 지나가는 것처럼 느껴졌다.

벌써 오늘 문 닫을 곡을 소개할 시간이네요.

누구의 인생이든 터닝 포인트라는 게 있다고 하죠.

제겐 그 시점이 라디오 디제이를 시작하고 난 후예요.

그 전까진 6개월이라는 시간의 소중함을 잘 몰랐어요.

그냥 1년의 절반쯤의 크기일 뿐이었죠.

정말 부끄러운 고백이지만

디제이가 뭐 그리 대단한 일일까 싶은 적도 있었어요.

그랬던 제가……

말도 많고 탈도 많은 한 학기를 보내고 나니

1센티미터 정도는 자랐고 10센티미터 정도는 깊어진 기분입니다.

언제나 제게 변함없는 믿음과 사랑을 보여준 여러분.

모두 여러분 덕분이에요.

루이의 뮤직 인 헤븐,

감사하게도 이번 개편에 살아남아 계속 함께할 수 있게 됐네요.

앞으로 좀 더 다정한 친구가 될 것을 약속할게요.

그럼 오늘 밤 열 시에 다시 만나요.

이 자리에서 기다릴게요. *I'll Waiting For You.*

루이의 고정 클로징 멘트인 *I'll Waiting For You*의 꼬리를 물고 클로징 곡이 오버랩된다.

마지막 곡은 브라운 아이즈의 〈벌써 일 년〉.

사실 내겐 '벌써 일 년'이 아니라 '벌써 십 년'이다.

좀 전에 밤 열두 시가 막 지났으니 2011년 11월 1일, 내가 방송국에 들어온 지 만 10년째 되는 날이다. 한 가지 일을 10년이나 파고들었으면 뭔가 이뤄냈을 법도 한데 처음이나 지금이나 별반 달라진 게 없다는 생각이 든다. 아쉬움 때문일까, 콧날이 시큰거린다.

그때 갑자기 스튜디오의 불이 꺼진다.

정전인가 싶어 두리번거리는데 바로 내 앞에 촛불 켜진 케이크가 등장한다. 케이크를 들고 있는 사람은 미운 정 고운 정 다 든 우리팀 조 피디와 유리다. 그 둘은 케이크를 든 채 노래를 부르기 시작한다.

– 10년 축하합니다! 10년 축하합니다~

10년 축하합니다? 듣다 보니 어감이 좀 이상하긴 하지만 그까짓 것

뭐 어떠랴.

어느새 루이도 부스에서 나와 함께 노래 부른다. 엔지니어는 직업정신을 발휘해 콘솔에 앉아 생일축하송을 BG로 깔아준다.

뜻밖의 선물로 어안이 벙벙해 있는데 유리가 그렁그렁한 눈으로 날 보며 말한다.

– 언니! 언니는 전정한 제 롤모델이에요~

롤모델이라니? 내가? 이 나이 먹도록 제대로 된 나침반 하나 없이 허둥지둥 하루를 겨우 살아내는 나 같은 여자가! 왠지 우스운 생각이 들었다. 그녀에게 롤모델의 정의를 다시 알려줘야 할 판이다.

– 한 작가 축하해! 10년 동안 고생 많았어. 얼른 소원 하나 빌고 촛불 꺼야지.

대뜸 소원을 빌라는 조 피디 말에 막막해진다. 정월대보름도 아니고 내 생일도 아닌데 갑자기 무슨 소원을 빈다?

그간 워낙에 축하받을 일이 없이 살아와서일까. 날 향한 갑작스런 축하 세례에 정신이 멍멍하다.

그러고 보니 나는 언제나 축하를 '건네는' 입장이었다. 스무 살 이후, 내가 주변 사람들의 취업과 결혼, 임신과 출산에 던진 축하와 축복의 말들을 숫자로 따지면 얼마나 될까. 그리고 언제 돌려(?)받을 지도 모를 축의금까지. 문득 그런 걸 억울하게 느낄 겨를조차 없이 살아왔단 생각이 들었다.

난 무엇을 위해서, 왜 그리 숨 가쁘게 달려온 걸까.

숨을 한껏 길어 올려 초를 향해 후우우— 불었다.

어차피 이뤄지지 않을 소원 따위는 없어도 좋았다.

우린 루이의 밴에 올라탔다. 국장님의 특명을 받들어 방송국 근처의 '창고 43'에서 허겁지겁 등심을 굽고 폭탄주를 돌렸다. 그리고 2차로 이태원에 있는 칵테일 바에서 각자의 최고 주량을 확인하고 집으로 돌아오니 네 시가 조금 넘은 시간이었다.

곧장 침대에 드러누워 그대로 잠 속으로 빠져들었다.

이토록 정신없이 돌아간 한 학기는 처음이었다.

개편 후 몇 주의 시간이 흘렀다.

나는 여전히 120분짜리 생방을 위해 매일 평균 다섯 시간을 원고 쓰는 데 매달리고 일주일에 이틀은 주말 방송 녹음까지 한다.

그동안 유리는 사귀던 개그맨과 '취향의 차이'로 헤어지고 나름 자발적 실연 상태를 즐기는 중이다. 조 피디와 그의 토깽이 민정은 등촌동에 있는 SBC 공개홀에서 초스피드 결혼식을 올렸다. 그리고 아직은 젤리곰만 한 한 방이 원, 투를 배려해서 가까운 제주도로 허니문을 다녀왔다. 소감을 묻는 유리에게 조 피디는 얄미운 표정으로 이렇게 말했다.

— 말로 한다고 아나! 궁금하면 유리 작가도 얼른 결혼해. 법정휴가도 없는 작가들한테 신혼여행, 얼마나 근사한 명분이야! 결혼만 한다면 내가 열흘 휴가 준다! 원하면 2주도 줄 수 있어!

으이그, 좋은 사람 하나 소개해주고 그런 얘기 하면 밉지나 않지.

〈루이의 뮤직 인 헤븐〉은 별 탈 없이 순조롭게 진행되고 있다.

우리 방송에는 매주 열네 명의 게스트가 다녀가고 인터넷 게시판엔 하루 평균 170여 개의 사연이 올라오며 실시간 문자는 2,000여 개에 달한다.

민정은 쌍둥이를 위해 당분간 일을 쉬는 게 좋겠다는 의사의 조언에 따라 지난 개편을 끝으로 〈김복남 쑈〉를 그만두었다. 그러자 장 피디에게서 러브콜이 왔다. 내가 원한다면 이번 개편부터 함께 일해보자는 제의였다. 〈김복남 쑈〉라면 언제든지 달려가고 싶은 프로그램이지만 고민 끝에 정중히 거절했다. 국장님과 루이의 은밀한(?) 계약 때문만은 아니었다. 바로 나 때문이다. 루이가 디제이로서 제 자리를 잡았듯 나역시 이제는 이곳이 내 자리라는 확신이 들었기 때문이다.

주말에는 가끔 동생 집을 방문해 아버지와 조카를 돌본다. 괜찮다는 동생 내외의 등을 떠밀어 영화라도 보고 오라며 보내는 것도 내 몫이다.

참, 운동도 시작했다. 그동안 바쁘다는 핑계로 방치한 내 몸을 이제는 좀 사랑해볼 심산이다. 출근 전 오전 시간에 일주일에 세 번 수영장에 가고 두 번은 요가 학원에 간다. '갱년기 여성의 기(氣)를 되살리는 요가' 프로그램이 내 자궁을 되살려줄지는 좀 더 두고 봐야 한다.

나의 연애는? 뭐, 아직이다.

〈루이의 뮤직 인 헤븐〉에는 연애상담 코너가 없으니 내 연애 사례 따위는 없어도 좋다.

설령 그런 코너가 있다 해도 이제는 절대 내 사적인 기억을 재활용하지 않겠다. 꼬박꼬박 일주일에 한 번 분리수거하듯 내 실연의 추억을 재생시키지 않아도 지구가 나 때문에 더 오염되는 일은 없을 것이다.

아름다웠든 구질구질했든 그 역시 나라는 것을 이제는 조금 알 것 같다.

그리고 그깟 외로움쯤은 견디면 그만이다. 내가 좋아하는 정호승 시인은 일찍이 이렇게 말씀하셨다.

외로우니까 사람인 거라고. 오롯이 혼자인 시간을 견디지 못하는 사람이라면 둘이 된다 해도 여전히 외로울 것이다.

어쩌면 나는, 그리고 우리는 혼자라서 외로운 게 아니라 혼자임을 인정하지 않기 때문에 외로운 건 아닐까?

달라진 게 있다면, 내 맘에 빈 의자가 하나 생겼다는 것이다. 내가 들여놓은 적도 없는 텅 빈 의자, 예전에 잠시 누가 앉았다 간 적이 있는 의자, 누군가 다시 와 앉아주길 바라는 그런 빈 의자 말이다.

고백하자면 가끔 라디오를 듣다가 영화 〈원스〉의 OST가 흘러나올 때나 TV에서 그와 함께 걸었던 파리가 나올 때, 그리고 내 입술이 그의 감촉을 기억할 때면 눈물이 나곤 한다. 그러면, 늦가을이란 계절적 배경 때문일 거라고, 혹은 아직 내가 젊은 감수성의 소유자이기 때문일 거라고 믿어보기로 한다. 그러면 아주 잠시 동안은 위로가 된다.

혼자라는 사실에도 불구하고, 믿기 어렵지만 내 나이가 벌써 30대 중반을 향해감에도 불구하고, 아직도 인생에 있어 뭐 하나 그럴듯하게 가진 것도 이룬 것도 없음에도 불구하고, 그리고…… 진짜 폐경이 찾아올지도 모른다는 불안에도 불구하고. 그래. 나는 아직 괜.찮.다.

그날도 동생네 집에 다녀온 저녁이었다.

카드대금 청구서와 관리비 통지서뿐이던 우편함에 삐죽이 나온 봉투 하나가 보인다. 봉투의 테두리를 보아 하니 국제우편이다. 발신자는 제이였다.

집으로 들어온 나는 침대에 비스듬히 누워 봉투를 뜯어보았다. 그러자 인화된 사진 몇 장이 툭 하고 튀어나온다. 별 생각 없이 그것을 들여다보는 순간, 내 손은 제멋대로 후들거리기 시작했다. 심지어 들고 있던 사진들을 바닥에 떨어뜨리고 말았다.

사진 속에 등장하는 여자는 분명 나였다.

좁디좁은 유로라인 버스 창문에 머릴 기댄 채 잠든 내 모습이 보인다. 밤새 저 자세로 자다가 목디스크 걸리는 줄 알았던 기억이 난다. 잠든 내 손에 들린 건 그 시절 배낭여행족의 바이블이었던 『세계로 간다, 유럽 편』. 파리로 떠나기 직전, 광화문 교보문고에 들러 산 책이었다.

또 다른 사진에서는 로마에서 파리로 오는 유로라인 버스에서 내 앞에 앉았던 레게머리 남자애의 뒤통수도 보인다. 사진 속의 그 머리를 보자 내 코를 잘라버리고 싶을 만큼 괴로웠던 악취도 함께 떠오른다. 레게머리 세척을 위한 스프레이도 있다던데 그 남자애는 얼마 동안이나 안 감은지 모를 고약한 냄새를 풍겼었지. 내가 유독 민감한 건가 싶었지만 옆자리에 앉았던 남미계 여자도 한두 시간 뒤 버스가 국경을 넘을 때쯤 결국 빈자릴 찾아 자릴 옮길 정도였으니 나만 유별난 코를 가진 건 아니었다.

그러나 지금 진짜 문제는 어떻게 이 사진을 제이가 보내왔느냐는 것이다.

그 버스 안에 제이는 없었다.

파리에서 날 배웅하기 위해 잠시 버스에 올랐을 때 찍은 걸까? 아니다. 사진 속 내가 잠들어 있는 걸 보면 그때 찍은 사진은 아닌 게 확실하다. 나는 버스가 출발하고 한참이 지나서야 잠들었다. 분명 버스에서 내린 그가 창밖에서 손을 흔드는 걸 봤는데……

제이가 보낸 열 장 남짓한 사진 속 나는 빈과 베네치아, 로마, 그리고 프라하 곳곳을 누비고 있었다.

유로라인이 2층짜리 고속버스긴 하지만 어떻게 같은 버스를 타고 있으면서 그의 존재를 몰랐단 말인가. 설마 2주 가까운 시간 동안 우리가 함께 빈에서 〈토스카〉를 보고, 베네치아에서 곤돌라를 타고, 로마 트레비 분수 앞에서 환상적인 아이스크림을 맛봤단 건가.

제이가 유령이라도 되지 않은 이상, 일란성 쌍둥이가 아닌 이상 이 사진을 어떻게 설명할 수 있을까.

대체 7년의 시간 동안 나는 얼마나 그를 오해해왔던 것일까.

처음 만난 날 우린 함께 밤을 보냈고, 그는 날 가벼운 원나잇 상대로 여겨 다시 만나기로 한 약속을 저버린 못된 남자였다. 오랜 시간 동안 그 오해는 내 안에서 철저한 사실로 규정돼 있었다.

이제 겨우 그를 향한 내 오해에서 벗어났다고 생각했는데……

나는 제이에 대해 무엇을 더 알아야 하는 걸까. 모든 게 혼돈스럽기만 했다.

그때 내 핸드폰에서 카카오톡 수신음이 울렸다. 제이가 보낸 메시지였다.

'메일을 보냈어요. 확인해줘요. − 제이−'

후들거리는 손으로 노트북 전원을 켰다. 마우스를 클릭하는 손가락이 제멋대로 움직였다.

'당신에게'라고 시작하는 꽤 장문의 메일이었다. 나는 그 긴 메일을 단숨에 읽어내려갔다.

어떤 말로 시작해야 할지 밤새 고민했는데……

역시 마땅한 말이 떠오르지 않네요.

난 지금 파리에 있어요.

만약 당신을 다시 만나게 되면

절대 놓지 않겠다고 결심했는데

바보 같은 나는 또 같은 실수를 되풀이하고 말았네요.

지난 7년으로도 모자랐을까요.

난 지금 후회하고, 또 후회하고 있어요.

혹여 날 거부한대도 당신을 내게로 데려왔어야만 했어요.
당신을 안은 두 팔을 절대 풀지 말아야 했어요.

당신에게 하지 못하고 온 말이 있어요.
믿기 어렵겠지만 7년 전 당신이 유럽을 다니며 여행하는 동안
나도 함께였어요.
빈 시청 앞 오페라 극장에서 〈토스카〉를 볼 때도
프라하의 까를교 위를 건널 때도
〈돈 조반니〉 인형극을 볼 때도
부다페스트 '어부의 요새' 위에서도
난 당신 가까이에 있었어요.
베네치아 '탄식의 다리' 앞에서 사진을 찍다가
물속에 빠질 뻔한 당신을 알고 있다구요.
파리에서 찬비를 맞으며 날 기다린 당신 역시, 난 알아요.
미안해요.
일찍 말하지 못한 거.
용기 없던 날 마음껏 욕해도 좋아요.
부디…… 날 꾸짖어줘요.
……
파리에서 당신이 탄 버스가 보이지 않을 즈음 깨달아지더군요.
내가 엄청난 실수를 저질렀다는 걸.

그 길로 가장 빨리 출발하는 빈행 기차에 올랐어요.

당신보다 조금 먼저 도착해 당신이 버스에서 내리는 모습을 지켜봤죠.

그날 역사 속에 갇혀버린 낯선 도시를 걸으며

호기심으로 가득 찬 눈빛을 반짝이던 당신을 잊을 수 없어요.

그 모습이 너무도 사랑스러워서

하마터면 당신에게 다가갈 뻔했지요.

그러나 그럴 수 없었어요.

그때의 난 이 세상에 뿌려진 내 존재 자체를

거부하고 싶던 때였으니까.

당신 같은 여자를 내게 묶어두는 건 죄악이라고 여겼어요.

날 낳은 친부가 루이를 낳은 친부고

우린 한 아버지에게 버려진 들고양이 같은 존재란 사실에

화가 치밀어 오르던 그때.

내 속에 끓어오르던 화를

당신에게 표출해버리게 될까 봐 겁났어요.

그래서 다가갈 수 없었어요.

고백할게요.

난 지독한 겁쟁이에요.

마지막 여행지였던 로마에서 파리까지

꼬박 서른일곱 시간 동안 당신과 한 버스에 타고 있으면서

무슨 생각을 한 줄 알아요?

우린 언젠가, 이 세상 어디서든 꼭 만났을 사람들이란 거예요.

그리고 난 또다시 당신을 보자마자

사랑에 빠지고 말 거란 확신이 들었어요.

당신이 지갑을 잃어버리고 내게 도움을 청했던

그 처음처럼 말이에요.

믿어줘요.

우린, 함께였어요.

그날 이후 꼬박 사흘을 앓았다. 열은 40도 가까이 오르내렸다. 해열제도 소용없었다. 그는 서른 넘으면서 홍삼 엑기스와 멀티 비타민, 프로폴리스로 다져온 내 면역력을 단번에 무너뜨렸다.

이렇게 무너진 건 7년 전 파리에서 이후 처음이었다.

나는 고열에 시달리며 내내 같은 꿈속을 헤맸다.

파리를 출발해 빈을 향해 달리는 유로라인 2층 맨 뒷자리에 혼자 앉은 내 모습이 보인다. 버스가 국경을 넘고 정류장을 지나지만 아무도 타지 않는다. 계단을 통해 1층으로 내려가 본다. 역시 승객은 아무도 없다. 앞쪽 운전석 쪽으로 가서 "익스큐즈 미" 하고 말을 꺼내자 고개를 돌린 운전기사는 검은 보자기를 뒤집어 쓴 채였다.

나는 불안해지기 시작한다. 그때 어디선가 제이가 나타난다. 그는 따뜻한 눈빛으로 날 보더니 내 양 볼을 감싸 안으며 입맞춤을 한다. 입술이 너무 보드라워서 나는 눈물이 난다. 제이가 내게 괜찮다고, 앞으로 네 곁엔 내가 있다고 속삭이는 듯하다. 그러나 진짜로 내 귀에 대고 그렇게 말했는지는 알 수 없다.

비록 꿈속이지만 나는 예감할 수 있었다. 다시는 내게 악몽이 찾아오지 않을 거라는 것을……

꿈에서 깬 나는 노트북 앞으로 가서 제이에게 보낼 메일을 쓰기로 했다.

우린, 너무 오래 맴돌았다.

다음 날, 평소보다 일찍 출근한 방송국은 단 며칠을 비웠을 뿐인데 서름한 느낌이었다.

11층 작가실은 여전히 분주하다.

하루에 몇 번씩 생명이 단축됐다 늘어났다 하는 작가들의 삶의 터전.

정치인 섭외를 위해 긴 시간 핸드폰을 붙잡고 대변인과 씨름 중인 시사 작가도 보이고 뭐가 재밌어 죽겠는지 혼자 킬킬대며 낮 열두 시 콩트 원고를 쓰는 작가도 보인다. 한쪽에서 매니저와 스케줄 조정 중인 막내 작가, 서브 작가와 머릴 맞대고 청취자 퀴즈 문제를 만들고 있는 작가부터 이어폰을 귀에 끼고 팝을 선곡 중인 음악 작가까지……

화려하게 드러나진 않지만 꿈을 위해 그 안에서 온 열정을 다하는 성실한 라디오 작가들. 꼬박 10년을 보아온 익숙하고 정겨운 풍경이다. 그럼에도 불구하고 이 안에 내가 함께 자리하고 있음이 이렇게 가슴 벅찰 수 없다.

　조용히 내 책상으로 가서 앉는다. 그리고 가만히 두 눈을 감아본다. 어느새 잡다한 소리들은 걸러지고 정지된 공기 속에 한 가지 소리만 들려온다.

　타닥 타닥 타닥–

　노트북 자판을 두들기는 소리다.

　문득 내게 있어 이보다 맑고 아름다운 BGM이 있었던가 싶은 생각이 든다.

　내 오른쪽으로 나 있는 커다란 통유리 너머로 햇살이 들어와 어깨에 머문다.

　오래만의 따듯한 기운이 반갑게 느껴진다.

　계절은 어느새 겨울이다.

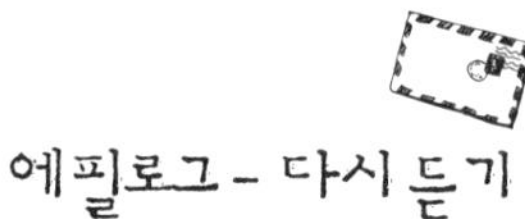

나는 무슨 말부터 어떻게 꺼내야 할지 고민하지 않을래요.

어쩌면 너무 오래 기다려온 시간이었으니까요.

나는 꽤 오랫동안

혼자 걷고 있다고 생각하며 살아왔어요.

그 이유가 우릴 버리고 떠난 엄마 때문인지

아니면 난 누구에게도 사랑받지 못할 거라

스스로 단정했기 때문이었는지는 잘 모르겠지만요.

그런데 당신을 만나고 나서

처음으로 누가 옆에 있는 게 참 좋았어요.

아쉽게도 그걸 깨달았을 때

당신은 이미 떠난 뒤였죠.

꽁꽁 얼어붙은 내 맘이 조금씩 녹아드려는 찰나

다시 파리의 찬 빗줄기에 얼어버리고 말았어요.

그래요, 찰나……

우린, 너무 짧았어요.

그래서 때로는 내가 잠깐 꿈을 꾸었던 것은 아닐까

생각했던 적도 있었으니까요.

당신을 죽도록 미워했다고 생각했는데

사실은 그 반대였어요.

내가 미워한 건 당신이 아니라 바로 나였어요.

당신을 처음 본 그 순간부터 사랑에 빠져버린 나,

그리고 기적처럼 당신을 다시 만난 그날에도

여전히 당신을 사랑하고 있는 나 자신을 미워하고 있었던 거예요.

너무 오래 걸렸죠. 그걸 깨닫기까지.

이제는 알 것 같아요.

그래서 좀 더 솔직해지려고 해요.

사랑해요, 제이.

하지만 그 사랑이 온전히 당신만을 위한 것인지

내가 날 진심으로 이해하고 받아들이기 위함인지는

조금 더 고민해볼 시간을 줘요.

나, 정말 끝까지 이기적이죠.^^

서른넷이 된 지 꼭 보름이 지났다. 스물아홉에서 서른이 됐던 그때와 마찬가지로 서른셋에서 서른넷으로 넘어가고 난 뒤에 달라진 건 아무것도 없다. 우리가 가진 조바심과 걱정보다 삶은 훨씬 더 잔잔하게 흘러가고 있는지도 모른다.

작가실 책상 서랍에서 봉투 하나를 꺼낸다. 기다란 겉봉에 찍힌 에어프랑스 로고가 선명하다.

그 안에는 파리로 가는 비행기 티켓이 들어 있다. 얼마 전 제이가 보내준 것이다. 오픈 기한은, 무.기.한. 그러니 이걸 언제 사용하게 될지는 나도 모른다.

누군가 그랬다. 통장에 현금 10억이 들어 있는 사람과 그렇지 않은 사람은 삶을 바라보는 자세부터 다르다고. 그렇다. 내겐 바로 이 티켓이 10억 같은 마력을 가진 '믿는 구석'이다.

애석하게도 나의 '그날'은 아직이다.

여성호르몬을 활성화시켜준다는 쇼호스트의 말에 혹해 대량 구매해놓은 값비싼 감마리놀렌산은 별 효과를 발휘하지 못하고 있다. 또 한 번의 검사를 마친 의사는 내게 좀 더 꾸준히 운동하길 권유했고 호르몬 처방을 좀 더 늘리면 나아질 수 '있을지도' 모른다는 소견을 밝혔다. 회복될 수 있는 확률 같은 건 묻지 않았다. 두렵긴 하지만 절망은 않기로 했다. 살다 보면 잘 보이지는 않지만 끝내 버릴 수 없는 것들이 있는 법이니까……

그리고 진정 엄마가 되고 싶다면 방법은 생각보다 다양하다는 것도 알게 됐다.

영상 통화로 '자궁에 대한 나의 진지한 고백'을 전해 들은 제이는 너무도 아무렇지도 않게 이렇게 말해주었다.

"세상에는 나와 루이처럼 엄마를 필요로 하는 아기들이 얼마나 많은 줄 알아요? 당신과 내가 그들의 엄마, 아빠가 되어주면 어때요?"

그 말을 들으니 어디선가 갑자기 들은 적도 없는 모성본능호르몬 같은 게 마구 분비되는 느낌이었다. 훌륭하고 멋진 엄마는 못 되더라도 많이 놀아주고, 많이 안아주고, 뽀뽀해주는 엄마라면 할 수 있다는 자신감도 생겼다.

루이와 난 여전히 투닥거리며 지낸다.

며칠 전엔 파리로 날아간다 해도 당신을 '형수'라고 부를 일은 절대 없을 테니 그런 줄 알라며 폭탄선언을 했다. 이젠 그런 협박쯤은 어쩌면 가족이 될지도 모를 철부지의 귀여운 애교로 보인다. 걸 그룹 비너스의 K가 고정 게스트로 출연하도록 스케줄을 조정해보겠다는 매니저의 전화로 봐서 루이와 K, 그 둘이 요즘 서래마을의 한 레스토랑에 자주 출몰한다는 소문은 사실일 가능성이 높다.

제이와는 매일 비싼 영상 통화로 장거리연애를 하느라 요금 폭탄을 맞는다. 지난달 핸드폰 요금으로 무려 140만 원이 청구됐다. 제이 쪽 사정도 별반 다르지 않다. 이 상태로 쭉 가다간 결국 내 월급을 통째로 통신사 계좌로 자동이체시켜야 할지도 모르겠다.

그럼에도 불구하고, 나는 아직 이곳이 좋다.

아직도 내 삶은 느낌표보다는 물음표 투성이요, 어느 것 하나 갖춰지지 않은 불안한 모습이지만 아주 조금씩 이런 내가 좋아지기 시작했다.

해피엔딩만이 최선이란 생각은 하지 않는다. 비극적이고 슬퍼 보이는 결말 너머에 또 어떤 이야기들이 기다리고 있을지 궁금해졌기 때문이다.

오늘도 변함없이 작가실에 앉아 30페이지짜리 생방 원고를 쓴다. 내 원고는 디제이의 목소리를 통해 이 세상에 뿌려질 거다. 그리고 누군가는 그 방송을 듣고 콧노래를 흥얼거릴지도 모른다. 노트북에 이어폰을 연결해 오늘 오프닝 곡으로 선곡된 음악을 듣는다.

토마스 쿡의 〈청춘〉이다.

청춘. 이 얼마나 푸르른 봄빛의 단어인가. 지금 부모님 세대가 조용필과 패티김으로 청춘을 추억하듯 언젠가는 빅뱅과 소녀시대로 우리의 젊은 날을 떠올릴 때가 오겠지. 그렇게 시간은 자연히 흘러갈 것이다.

그리고 그때가 되면 우리가 음악을 듣는 게 아니라 음악이 우리의 이야기를 들어주고 있었음을 깨닫게 될지도 모르겠다. 귓가를 울리는 상쾌한 기타 소리 위로 오버랩되는 휘파람 소리가 명랑하다.

　나도 따라 동그랗게 입술을 오므려본다.

작가의 말

작년 가을, 처음 소설을 쓰기 시작하면서 책상에 앉아 이렇게 중얼거렸습니다.

"와! 이렇게 재미있는 작업을 나 왜 이제야 시작한 거니???"

소설을 마무리 짓고 나니 제 옆에 지금껏 알지 못했던 한 사람이 앉아 있더군요. 처음엔 낯설었지만 곧 어딘지 모르게 익숙한 모습에 작은 미소가 번졌습니다.

그건 바로 이전보다 행복해진 제 모습이었습니다.

고백하자면 아팠던 만큼 행복했습니다.

이번 작업을 하고 얻은 가장 큰 수확은 소설을 쓴다는 건 자신과 끊임없이 대화하는 과정이라는 사실입니다.

처음에는 "난 은밀한 일기를 쓰고 있는 게 아니라구!!" 외치며 반항도 하고 싶어지더군요. 이 작업이 왜 날 이토록 솔직하게끔 만들고 스스로에게 끊임없는 질문을 던지며 대화를 시도하는지 미처 몰랐거든요.

그런데 이제는 알겠습니다. 소설 속 그들의 이야기를 듣기 위해서는 먼저 제 이야기부터 꺼내 보여야 하는 것이더군요.

제 서재들과 다양한 카페들을 돌아다니며 써내려간 시간들은 분명 짜 릿하고 근사한 경험이었습니다.

쓰는 내내 등장인물들과 투닥거리며 울고 웃느라 시간이 어떻게 흘렀 는지 모를 지경이었습니다. 그래서일까요. 소설을 마친 지금도 여전히 제 주변에 숨 쉬고 있는 그들을 떠나보내는 일이 영 서운하기만 하네요. 조 금 더 붙잡고 이야기를 들어볼까요? 아니면 미련 없이 바이바이 떠나보 내 버려야 할까요? 언제나처럼 판단은 어려운 일입니다.

작은 소설에 멋진 날개를 달아주신 도서출판 블루닷의 정해종 대표님, 이단네 님께 특별한 감사의 인사를 전합니다.

한결같은 사랑으로 응원해주는 소중한 가족과 다정한 친구들. 모두 열 거하지 못하지만 정말정말 사랑합니다. 그리고 고맙습니다.

내 인생 최고의 행운이자 영원한 연인인 두 남자 SH&SW에게 나의 첫 책을 보냅니다.

마지막으로 이 소설을 읽어주신 독자들은 그 자체만으로 제게 감동입 니다. 부디 여러분에게 그들의 사랑스런 재잘거림이 전달된다면 더없는 영광이겠습니다.

여러분 앞에 행복한 일들만 가득할 거예요!

Good Luck!!

키스 후에 남겨진 것들

초판 1쇄 발행 2011년 8월 24일
초판 2쇄 발행 2012년 2월 8일

지은이　김주연
펴낸이　정해종
펴낸곳　도서출판 블루닷

주　소　서울시 마포구 마포동 324-3 경인빌딩 3층
전　화　02-3143-7995
팩　스　02-3143-7996
등　록　2003년 9월 30일 제 313-2003-00324호
이메일　touchafrica@naver.com

ISBN　978-89-93255-75-1 03810